RAINER GROSS

Kettenacker

W0345138

GOLDMANN
Lesen erleben

Buch

Dreizehn Jahre ist es her, dass der pensionierte Lehrer Hermann Mauser eine jahrelang vergessene Leiche in einer Höhle aufgespürt hat und damit seine ganze Familiengeschichte in Frage stellen musste. Doch anstatt endlich zur Ruhe zu kommen, findet der passionierte Hobbyarchäologe bei einer erneuten Schatzsuche eine weitere Leiche. Diesmal die eines kleinen Mädchens, brutal vergewaltigt und in der Erde verscharrt. Auch dieser Mord geschah zur Zeit des Zweiten Weltkriegs – und auch diese Geschichte lässt Mauser nicht los. Zusammen mit dem zuständigen Kommissar führen ihn seine Nachforschungen nach Kettenacker, ein Dorf auf der Schwäbischen Alb. Dort stößt er auf eine seltsame Verbindung zwischen der Toten und seiner Schwester Mutz, die wegen diagnostizierten Schwachsinns den »Euthanasieprogrammen« in Grafeneck zum Opfer fiel. Was verband Mutz mit dem ermordeten Mädchen? Was ist damals wirklich mit seiner Schwester passiert? Und warum will keiner der Dorfbewohner den Mund aufmachen und mit Mauser reden? Ihm drängt sich ein unglaublicher Verdacht auf …

Weitere Informationen zu Rainer Gross
sowie zu lieferbaren Titeln des Autors
finden Sie am Ende des Buches.

Rainer Gross

Kettenacker

Kriminalroman

GOLDMANN

MIX
Papier aus verantwortungsvollen Quellen
FSC® C014496

Verlagsgruppe Random House FSC® N001967
Das FSC®-zertifizierte Papier *Holmen Book Cream* für dieses Buch liefert Holmen Paper, Hallstavik, Schweden.

1. Auflage
Taschenbuchausgabe Oktober 2013
Wilhelm Goldmann Verlag, München,
in der Verlagsgruppe Random House GmbH
Copyright © der Originalausgabe
by Pendragon Verlag GmbH, Bielefeld 2011
Alle Rechte vorbehalten
Lektorat: Eike Birck, Vanessa Vogt
Umschlaggestaltung: Uno Werbeagentur, München
Umschlagmotiv: Getty Images/John-Patrick Morarescu, sodapix
Th · Herstellung: Str.
Druck und Bindung: GGP Media GmbH, Pößneck
Printed in Germany
ISBN 978-3-442-47898-9
www.goldmann-verlag.de

Besuchen Sie den Goldmann Verlag im Netz

1

Es wird Herbst. Hermann Mauser holt sein Moped aus der Garage, eine Tausender BMW, packt seine Sachen in die Seitenkoffer, setzt den Helm auf und schiebt das rechte Bein über die klamme Sitzbank. Er rückt das Lederzeug am Leib zurecht und startet den Motor. Ein tiefes Bullern, satter Klang, dann das Einrasten des Ganghebels.

Jetzt geht's los, denkt Mauser. Erst wenn er so auf seiner Maschine sitzt und auf die Ortsstraße hinausrollt, fühlt er sich wieder wohl. Manchmal sitzt er trüb am Küchentisch und schaut in den welk werdenden Garten hinaus, wo jetzt die Astern blühen und die Beerensträucher kahl werden. Um den Anblick loszuwerden, muss er einen Ausflug machen. Er ist jetzt dreiundsiebzig und hat nach seiner Pensionierung als Lehrer an der Lautertalschule viel Zeit. Bis vor wenigen Jahren ist er noch in jedes Kalkloch der Alb gekraucht, mit Karbidlampe und Panzerfahrerkombi, kein Schluf war ihm zu eng. Aber das machen die Knochen nicht mehr mit. Stattdessen hat er sich aufs Archäologische verlegt, historische Denkmäler gibt es genug auf der Alb. Steinzeitjäger, Kelten, Römer, Alemannen, alle haben sie auf der kargen Hochfläche ihre Spuren hinterlassen. Er findet immer was, weil er weiß, wo man suchen muss.

Heute soll's nach Kettenacker gehen. Da ist in den Karten eine Siedlung aus der Hallstattzeit eingetragen, frühe Kelten, er war vor dreißig Jahren mal da und hat sich die Stätte angeguckt, aber nichts gefunden. Seither immer wieder nachgeforscht, kaum Literatur, keine Grabungen, jetzt will er selber mal nachschauen.

Er pfeift unterm Helm leise vor sich hin. Der Tag ist sonnig mit treibenden Wolken, die sich manchmal verdichten und die Landschaft erlöschen lassen wie eine Theaterbühne. Der Wind strähnt die verfärbten Wipfel der Buchen. Mauser fährt die kleine Steige von Buttenhausen hinauf zum Schachen, die Feldstraßen über die umgebrochene Flur am Fladhof vorbei nach Eglingen, die teergeflickte Landstraße über Ehestetten und Aichelau und durch das schluchtige Oberstetter Tal nach Aichstetten und weiter bis Tigerfeld. Hier vermeidet er die befahrene Bundesstraße und sucht am westlichen Ortsrand das Sträßchen, das nach Kettenacker abgeht und bei den beiden Karlsbuchen herauskommt, am Sportplatz. Viele Kahlschläge im Wald, dürre Zweigverhaue, die seit dem Sommer liegen. In Kettenacker hält er an der Kirche und schaut auf seine Karte. Die topografische eins zu fünfundzwanzigtausend. Da sieht man jedes Haus, jeden Umspannturm, jede Lesesteinmauer im Acker. In der Kurve am Ortsausgang biegt er halbrechts ab und kommt im Süden zwischen den Häusern hervor. Drüben liegt die St. Georgskapelle auf einem kleinen Grashügel in der Wiese. Der Kohlhau –

eine mit Fichten und Buchen beschopfte Anhöhe. Am Parkplatz einer Grillstelle stellt er ab, zieht sich um und macht sich auf den Weg.

Das Licht ist spät. Das geht schnell im Herbst, obwohl die Sonne noch nicht tief steht. Im Herbst hat es eine besondere Dichte, ein Schleier aus Glanz breitet sich über die Dinge und verhüllt sie. Mauser traut diesem Licht nicht. Es klärt nicht. Es verklärt. Das Licht im Frühjahr ist besser, noch eisig vom Winter, spröde in der kahlen Flur, die Erde und ihr Relief aufgedeckt und nackt. So lassen sich Geheimnisse enthüllen.

Mauser geht bergan, in dieses Licht hinein wie in eine andere Wirklichkeit, in der er sich verlieren wird. Dann tritt er in den Schatten des Waldes, und alles rückt dicht heran und lauert plötzlich. Er nimmt den Waldweg nach links und kommt in eine Gasse zwischen Buchen und Fichtenwald. Die Säle dehnen sich weit, gepfeilert von silbergrauen Stämmen, gelbrot bestreut. Rechterhand steigt eine steile Böschung. Sieht aus wie ein alter Steinbruch. Oder angeschnitten beim Wegebau. Er schaut sich um.

Man müsste wissen, wo sie genau liegt, denkt er. Vielleicht da oben. Dafür ist die Karte dann doch zu ungenau.

Er steigt die Böschung hinauf und gewinnt ein kleines Plateau unter hundertjährigen Buchen. Am Waldrand zieht sich ein Steinriegel, verbuscht mit Schlehe und Weißdorn. Das Relief unter der Laubstreu unkenntlich, vielleicht ein paar Mulden und Einsenkungen, aber nichts ist sicher.

Hier muss sie sein, denkt er.

Er holt die Schaltkonsole und die Tellerspule hervor und montiert sie mit wenigen Handgriffen auf das Gestänge. Schaltet die Batterie ein. Das Display funktioniert. Der Metalldetektor gibt ein Prasseln und Rauschen von sich. Probeweise schwenkt er den Spulenteller über den Boden. Der Ton beginnt zu schwingen, wird zu einem an und abschwellenden Pfeifen.

Feucht hier, denkt Mauser. Viel Lehm im Boden.

Bedächtig schreitet er das Plateau ab, versucht immer wieder, sich einen Überblick über das Gelände zu verschaffen. Vielleicht sollte ich mir das Ganze von oben ansehen, denkt er. Von einem Hochsitz aus, aber hier hat's keinen. Oder Luftbildarchäologie. Soll ja ein Luftbild geben, aber unveröffentlicht. Könnte mal den Reifmüller fragen, in Münsingen, denkt Mauser, der hat eine Cessna oder so was und fliegt am Wochenende herum. Den müsste ich mal fragen. Druckereibesitzer, Sportpilot.

Das Pfeifen schwillt an und ab. Manchmal trifft das elektrische Feld auf Wasser im Boden, aber das kennt Mauser. Das kann er auseinanderhalten. Manchmal findet sich eine abgerissene Dosenlasche oder ein Taschenmesser, an dem der Rost klumpt.

Was sucht er eigentlich? Was will er finden mit seinem Detektor? Gräber gibt es hier in der Gegend viele, auch Grabfunde wurden schon gemacht. Da kann die Siedlung nicht weit sein. In einem alten Band Fundberichte aus Schwaben von neunzehnsechsundzwanzig steht ein bisschen was darüber, auch in Rieths Vorgeschichte der Schwäbischen Alb, und ein Heimatkundler aus Kettenacker, der Gottfried Glattis, hat seine Entdeckung neunzehnsechsundzwanzig im »Zollerländle« beschrieben. Silber und Gold wird Mauser sicher nicht finden, das sind hier keine Fürstengräber. Aber Bronzen. Münzen. Vielleicht einen Armreif oder auch bloß Nieten oder ein Stück Draht. Ansonsten bloß Scherben, von einem Krug vielleicht, der sandgemagerte graue Ton der Albware, ein Klümpchen Gagat, das fände er mit dem Detektor nicht. Alles in allem ist es reine Glücksache, wie er so mit der Spule über den Waldboden fährt und dem gleichförmigen Singen lauscht.

Sonst ist es still. Nur das Keckern und hohle Rufen der Raben in den Kronen.

Papier ist geduldig, denkt er. Da kann einer ein paar schwarze Striche in die Karte malen, und jeder glaubt's. Vielleicht ist hier gar nix.

Er schaltet das Gerät aus.

In den Kronen rauscht der Wind.

Zetakalke hier, denkt Mauser. Tonige Verwitterungsböden. Vielleicht mal Ackerland gewesen, hält die Feuchte. Dann horcht er.

Es ist nichts zu hören. Nur wieder die Raben.

Ein schwermütiger, rauer Laut, der im Wald widerhallt. Mauser schaut sich um. Zwischen den Stämmen wächst eine Leere, die auf ihn zuflutet und ihn jeden Augenblick erreichen kann. Einen kurzen Moment spürt er Panik. Weg hier!

Ein Schwarm Raben flattert auf und gewinnt mit schwerem Flügelschlag die Ackerweite. Todesboten.

Göttervögel. Werd jetzt nicht heidnisch, sagt Mauser sich.

Dann ist der Augenblick vorbei, Mauser schaltet das Gerät wieder ein und steigt auf den Weg zurück. Dort, am Fuß der Böschung, wo die Bankkalke anstehen, könnten Hütten gewesen sein. Er sucht wahllos herum und will schon wieder abschalten, das ganze Zeug einpacken und heimfahren, als auf einmal der Ton anschwillt und das Display ausschlägt.

Metall.

Er schaltet verschiedene Filter vor, der Zeiger pendelt nach links und hält sich dort.

Na, so was, denkt Mauser. Das muss Silber sein.

Er ortet die Stelle präzise, aber im Boden lässt sich nichts ausmachen. Ein Keltengrab ist das nicht. Vielleicht ein verlorenes Schmuckstück.

Er legt das Gerät weg und geht in die Hocke. Wischt mit den Fingern über die Stelle. Sieht wie gewachsener Boden aus, aber dann kommen Steine, faustgroße Wacken, als hätte sie einer aus dem Wald gesammelt. Muss darunter sein, denkt Mauser. Er holt sein altes Schäufelchen hervor und beginnt vorsichtig zu graben, legt Schicht um Schicht frei. Unter den Steinen kommt wieder Erde, ein lehmiger, dichter Boden. Er prüft noch einmal mit dem Detektor, das Signal ist deutlicher und konzentrierter, da muss was sein.

Dann kratzt die Schaufelkante über etwas Hartes, Mauser legt sie weg und streicht mit den Fingern behutsam den Grund beiseite. Schließlich liegt im Lehm ein kleiner runder Anhänger, verschmiert und angelaufen, sogar die Kette ist noch dran. Er klaubt ihn aus dem Dreck, schmiert ihn mit dem Daumen frei und schaut sich die Beute an.

Silber, tatsächlich. Ein Medaillon. Vorn ein kindlicher Engel in einem Strahlenkranz, hinten drauf eingeprägt:

Gott
schütze
dich
Kyrieleis

Ein Gottschützedichle, denkt Mauser. Klar, wir sind hier ja im Katholischen. Das wird irgendein Taufkind verloren haben. Die Schrift ist Fraktur, also wohl aus der NS-Zeit oder früher. Heute macht man die auch noch so, glaub ich, aber das hier ist alt. Ungewöhnlich ist das Kyrieleis. Gott schütze dich, Herr, erbarme dich – komisch.

Natürlich weiß er, dass Schatzgräberei in Württemberg verboten ist und alle Funde ins Schatzregal wandern. Oberflächenfunde dürfen gemacht werden, aber das hier ist keiner mehr. Trotzdem, denkt er. Das melde ich nicht. Das liegt kaum dreißig Zentimeter unter der Erde. Er will gerade den Fund in einem Tütchen verstauen, als er stutzt.

Da schaut etwas Weißes aus der Erde.

Er macht das Loch größer, ahnt etwas, gräbt weiter, dann gibt es keinen Zweifel mehr.

In dem Loch liegen blanke Knochen.

Einen Moment lang hält er es für möglich, dass es

Tierknochen sind, aber im Grunde weiß er es schon. Er kann nichts mehr denken. Erschrocken und verbissen legt er einen Schädel frei und den Hals, um den herum die Kette gelegen hat. Die Knochen sind verwittert, spröde, liegen schon lang. Der Boden hält Organisches gut. Aber vorgeschichtlich kann das nicht sein.

Als er merkt, dass das Gesicht mit Fasern bedeckt ist, Stoffreste vielleicht, stockt er und beginnt, systematisch mit den Händen eine ganze Fläche freizulegen. Mehr und mehr nimmt ein Skelett Gestalt an. Es ist fast vollständig.

Er steht auf und schaut es sich an.

Ein kleines Skelett. Wahrscheinlich ein Kind. Ein Zwerg hätte einen größeren Schädel.

Und erst jetzt begreift er, dass das kein Fall für das Landesdenkmalamt ist, sondern für die Polizei.

Verdammt, denkt er.

Das hat seine Kleider auf dem Gesicht gehabt, überlegt er. Hat seine Kleider gefressen und dann sich selbst, und dann steigt es aus dem Grab und saugt die Lebenden aus. Wiedergänger, Nachzehrer, man muss Erde zwischen Kopf und Rumpf streuen, aber die sind eh schon getrennt.

Er kneift die Augen zusammen. Spukgeschichten. Volksglauben.

Und wieder ist alles da, wie vor dreizehn Jahren, als er im Münzloch die Mumie fand. Manchmal noch ist er in eine Höhle gekrochen und hat Angst gehabt, dass hinter der nächsten Gangbiegung wieder eine Leiche wartet. Geschichte aufzuscheuchen wie Fledermäuse.

Ein Geheimnis aufzustöbern, das besser weiter geruht hätte. Lange hatte er gebraucht, um das veränderte Bild seines Vaters, wie es die Geschichte um den Tod Schuhmachers, wie es die ganze Sache um Grafeneck offenbart hatte, gelten zu lassen. Er hatte sich verraten gefühlt, noch nachträglich im Stich gelassen, hatte gezweifelt an sich selber und an der Geschichte, die er bisher für sein Leben gehalten hatte. Waltz war ihm ausgewichen, weil er wohl tatsächlich der dritte Mann bei der Erschießung gewesen war, der Mattes hatte ihm die Sache mit der Pistole krummgenommen, mit den Binokelrunden war es vorbei gewesen und im ganzen Dorf hatten sie ihn geschnitten, weil er es war, der die ganze Sache hochgebracht hatte. Und jetzt das.

Schütt das Ding zu, sagt er sich grimmig. Aber er kann nicht anders, er muss das, was er aus dem Verborgenen zutage gefördert hat, liegen lassen, nackt, entblößt, zum Himmel schreiend.

Der hat sich düster bezogen, der Wind frischt auf.

Lange starrt er fassungslos auf die Leiche, hält die Kette mit dem Anhänger klamm in der Hand.

Gott schütze dich, denkt er und beißt auf die Zähne. Von wegen! Das hat er wohl nicht getan. Dich hat er nicht beschützt, Kleines. Elend bist du vielleicht umgekommen in deinem gottverlassenen Waldgrab. Hast vielleicht vertraut auf deinen Anhänger, auf den Schutzengel, auf die gütige Hand des Herrn. Was soll dann der ganze Kirchenklimbim, wenn nicht einmal so ein armes Ding davonkommt?

Er flucht lauthals und kann sich nur schwer wieder

beruhigen. Er weiß nicht, weswegen er so wütend wird, sich so ohnmächtig fühlt, ob wegen der kleinen Leiche da und ihres gottverdammten Anhängers oder weil da wieder eine Geschichte in sein Leben tritt, weil wieder er es sein muss, der die Toten weckt, oder weil irgendwie alles nicht mehr zusammenstimmt, alles ins Rutschen kommt.

Dann muss er lachen.

»Eine Räuberpistole«, lacht er. »Melodramatisches Drehbuch. Oder gleich eine Satire. Du unverbesserlicher Schatzgräber, du! Lass doch die Finger davon! Findest doch bloß Leichen! Und jetzt geht die ganze Gugelfuhr von vorne los. Wer aus meiner Familie ist's diesmal, ha? Die Mutter diesmal? Oder die Mutz, oder wer? Ach, leck mich doch am Arsch, warum immer ich?«

Er schüttelt erbittert den Kopf, schaut das Gottschützedichle in seiner Hand an und legt es dann wieder zurück ins Grab.

Hoffentlich fängt's nicht an zu regnen.

Der Wind geht in Stößen, das Licht ist grau, als Mauser zurück bei seiner Maschine ist. Er holt das Mobiltelefon aus dem Seitenkoffer und zögert unschlüssig.

Noch könnt ich das Ganze vergessen, sagt er sich. Die Leich im Wald liegen lassen, bis sie ein Anderer findet. Hast zwar deine Spuren gelassen, aber nach dem nächsten Schauer ist das sowieso alles weg. Dann kann sich ein Anderer damit rumschlagen.

Aber ich kann es nicht so liegen lassen, sagt er sich. Das Kind. Jetzt muss ich's schon wissen. Jetzt bin ich dran. Da kreuzen sich zwei Lebenswege, wie Fährten auf einem Schneefeld, zeitlos, das eine kam vor hundert Jahren, der andere vor zehn Minuten, und doch sieht's aus, als hätten sie sich getroffen, als wüssten sie voneinander. Wahrscheinlich ist das in der Ewigkeit so. Von Ewigkeit her mussten wir uns treffen, das arme Ding da und ich. Sei's drum.

Er schaltet das Telefon ein und wählt den Notruf.

Es läutet lange, bevor sich jemand meldet. Dafür, dass das der Notruf ist, denkt Mauser. Er berichtet, dass er eine skelettierte Leiche gefunden hat, und beschreibt den Fundort. Der Beamte will seine Personalien und fragt, woher Mauser wissen wolle, dass die Person tot sei.

»Hören Sie nicht zu? Da liegen bloß noch die Knochen da!«

»Ach so«, sagt der Beamte, klein und blechern im Gerät. »Also eine mit dem Leben unvereinbare Antreffsituation.«

»So könnte man's nennen.«

»Fassen Sie nichts an, bis wir da sind!«

Sie vereinbaren die Kläranlage am Ortsausgang als Treffpunkt, und als Mauser das Telefon wegsteckt, denkt er unwillkürlich: So. Die Entscheidung ist gefallen. Es gibt eine Zeit zu handeln und den Weg zu wählen. Und es gibt eine Zeit, in der man warten muss, was kommt. So eine Zeit ist jetzt. Ratlos steht er neben seiner Maschine. Der Himmel hat sich völlig bezogen, von manchen Kaminen im Dorf steigt Rauch auf. Mitte Oktober, da kann es schon kalt werden.

Seufzend macht er sich auf den Weg zur Kläranlage. Es ist still in ihm. Nur eins macht ihm Gedanken: diese Wut in ihm. Eine Wut auf er weiß nicht was. Das war in der Zeit nach dem Mordfall vor dreizehn Jahren genauso, jahrelang ging das, immer wieder kam es in ihm hoch, und dann hätte er am liebsten alles zusammengehauen. Zwang sich zur Ruhe und bastelte an seinem Moped. Nachts wachte er oft auf und konnte nicht mehr einschlafen. So ging das. Bis es nachließ, die letzten zwei, drei Jahre. Und jetzt ist er wieder da, dieser maßlose Zorn auf irgendeine Ungerechtigkeit, auf die ganze Welt oder Gott oder sich selber.

Hilft nix, sagt er sich. Das Kleine steigt aus dem Grab und saugt die Lebenden aus. Muss mich der Geschichte stellen. Wenn's nur nicht wieder mit uns zu tun hat. Als er sich umschaut, sieht er, wie die Raben sich wieder in den Wipfeln niedergelassen haben.

Nach einer Viertelstunde kommt der Streifenwagen und dahinter ein zweiter. Sie lesen Mauser bei der Kläranlage auf und fahren die Waldwege hinauf bis zu der Stelle. Als Mauser aussteigt, hat der Ort sich bereits verändert. Die Fahrzeuge stehen kalt und hart mitten im Wald, Türenschlagen, Stimmen, einzeln und verloren vor der Leere des Waldes.

Der eine Polizist meint, ob sie die Leiche nicht besser abdecken sollten, es fange bald an zu regnen. Das halte sich noch eine Weile, sagt der zweite.

Mauser berichtet dem Polizisten, wie er die Leiche gefunden hat. Kurz ist er versucht, den Metalldetektor zu verschweigen, aber ihm fällt nichts ein, wie er die Leiche zufällig gefunden haben könnte. Sie schauen sich das Grab an, die Bereitschaftsärztin aus dem zweiten Wagen beugt sich über die Gebeine.

»Sie haben mit dem Detektor gesucht?«, hakt der Beamte ein. »Ist das nicht verboten?«

»Das müssten Sie doch wissen«, meint Mauser.

Der Beamte sagt was vom Schatzregal und was Mauser eigentlich gesucht habe.

»Siedlungsspuren. Keltisch.« Er hat keine Lust zu reden.

Er fragt sich, wieso da nicht gleich die Kripo gekommen ist. Noch keine Hinweise auf eine Straftat, sicher, aber wie soll das Kleine denn hier in den Waldboden kommen? So hat das halt zu laufen, denkt Mauser.

Er muss sich noch Kritik anhören, dass er die Leiche freigelegt hat, aber schließlich hatte es ja eine Weile gedauert, bis er wusste, was er da vor sich hatte. Der zweite Polizist sperrt den Fundort ab. Für die Spurensicherung. Da werden die nicht viel finden, nach der langen Zeit.

Sie schauen zu, bis die Ärztin fertig ist.

»Weibliche skelettierte Leiche«, gibt sie zu Protokoll. »Alter: sieben bis zehn Jahre. Auffällig in Rückenlage zurechtgelegt, mit gefalteten Händen. Gewebereste auf Gesicht und Schädel, vermutlich mit Textilien zugedeckt. Gebeine stark verwittert, aber unversehrt. Fraktur des Zungenbeins, Bruchstellen mitverwittert, Verdacht auf Tod durch Erwürgen.«

Mauser dreht sich weg, geht ein paar Schritte. Will ich

gar nicht hören, denkt er. Kleines Mädchen. Einsames Grab im Wald.

Das ist definitiv ein Hinweis auf eine Straftat. Die Ärztin schreibt die Todesfeststellungsbescheinigung. Über Funk wird die Polizeidirektion Sigmaringen verständigt. Der Kommissar macht sich auf den Weg. Das kann dauern. Die Ärztin packt ihre Sachen zusammen, die Polizisten holen eine Plane aus dem Wagen und decken das Grab ab. Sie lassen die Kette mit dem Anhänger liegen, wie sie liegt. Mauser steht und starrt in den Wald.

Ihm ist flau im Magen. Er setzt sich auf einen Baumstamm am Wegrand und holt das silberne Etui mit den dünnen, feinen Zigarren heraus. Beim ersten Zug wird ihm schlecht. Der Rauch flattert klein und ängstlich zwischen die Bäume hinein. Immer wieder schüttelt er fassungslos den Kopf.

Die Ärztin und der Polizist unterhalten sich über das Alter der Knochen. Schwer zu schätzen, meint die Frau. Hängt von den Bodenbedingungen ab. Sie lässt sich über Bodenfeuchte und pH-Wert und Sauerstoffzufuhr aus, erzählt von Friedhöfen und dem Problem mit den nicht verwesten Leichen, zu kurze Ruhezeit, erzählt von Experimenten mit Versuchsleichen, von Insektenbefall und Fäulnisprozessen. Der zweite Beamte macht sich auf den Weg, um den Kommissar herzulotsen.

Sie warten. Eine halbe Stunde. Eine Dreiviertelstunde. Der Himmel reißt ein wenig auf, blaue Löcher treiben im wattigen Gewölk.

Zwei Wagen und ein Transporter fahren den Weg von der Kläranlage herauf. Mauser will eigentlich nur noch heim. Oder nach Kettenacker in den »Bären«, um ein Bierchen zu ziehen. Stühle und Tische um sich, Blumen auf der Fensterbank, linnene Tücher und Servietten. Der gesprächige Wirt am Tresen, Gläser polierend. Der Otto Glattis. Sein Vater Gottfried war der, der im »Zollerländle« geschrieben hat. Alles, nur nicht hier mit den Polizisten im öden Wald sitzen.

Die Fahrzeuge rollen knirschend heran. Der Waldweg wird voll wie ein Parkplatz. Handbremsen rasten ein, Türen öffnen sich. Der Transporter ist nahe an das abgedeckte Grab herangefahren und öffnet das Heckmaul.

Jetzt fressen sie sie, denkt Mauser. Jetzt kommt sie weg aus dem Wald, aus ihrem Grab, wo sie vielleicht hundert Jahr gelegen hat.

Der Kommissar hat einen Anzug an, spricht mit der Ärztin, lässt sich das Grab aufdecken und geht in die Hocke. Die Ärztin zeigt ihm dies und das. Als er einmal über die Schulter schaut, erkennt Mauser ihn.

Der Greving. Da schau her.

Was macht denn der hier? Der war doch in Reutlingen, vor dreizehn Jahren. Ist mit ihm, Mauser, ins Münzloch gekrochen und hat sich die Mumie angeguckt. Klaustrophobie hatte der. Ja, ja, erinnere mich.

Sie reden und reden. Fotos werden gemacht. Das Heckmaul des Transporters spuckt Geräte und Behälter aus, vereinzelt und stückweis, um die Gebeine zu bergen.

Der Kommissar kommt auf ihn zu. »Kennen wir uns nicht?«, sagt er und reicht ihm zur Begrüßung die Hand.

Mauser steht auf, er ist einen halben Kopf kleiner als der Kommissar. Ein kurzer Händedruck. Mauser schaut in das älter gewordene Gesicht. Feine Züge, aristokratische Falten. Ein feiner Herr, denkt Mauser.

»Kann man wohl sagen«, erwidert Mauser.

»Buttenhausen. Der Grafeneck-Fall, stimmt's? Wie lang ist das jetzt her? Zehn Jahre? Und jetzt haben Sie schon wieder eine Leiche gefunden?«

»Ich kann's halt nicht lassen«, sagt Mauser, obwohl ihm ganz anders zumute ist. »Dreizehn Jahre.«

Der Kommissar kommt schnell zur Sache, will wissen, wie Mauser die Leiche gefunden hat, wo die Kette gelegen hat, ob ihm sonst noch etwas aufgefallen ist.

»Nach so vielen Jahren bleibt da nix übrig, was einem auffallen kann«, sagt Mauser.

»Nach so vielen Jahren?«, hakt Greving nach. »Wie vielen denn?«

»Ein bisschen kenn ich mich mit alten Knochen aus«, meint Mauser. »Erhaltungsbedingungen und so. Der Boden ist gut für Knochen und Organisches. Sonst ist ja nach dreißig Jahren alles weg, bei gut durchlüftetem, nicht zu feuchtem Boden. Aber hier: Staunässe, Lehmboden, Luftabschluss – da kann sich das halten. Schätze mal so um die siebzig bis hundert Jahre.«

»Aha. Die Ärztin meint fünfzig. Aber das werden die Kollegen von der Kriminaltechnik herausfinden. Radiokarbon, wissen Sie. Überhaupt wird das so ein Schreibtischfall, Gesichtsrekonstruktion, Zeitungsarchive, zuerst müssen wir herausbekommen, wer die Leiche ist.«

Mauser lacht leise. Radiokarbon taugt für diese Zeitspannen nicht, das weiß er. Erst ab dreihundert Jahren ist das brauchbar. Aber die werden wohl noch andere Methoden haben, von denen der Kommissar nichts weiß.

»Was lachen Sie?«

Mauser erinnert sich an das Hochdeutsch des Kommissars. Wo kam der noch mal her? Oldenburg? Er weiß nicht, ob er den Mann mögen soll oder nicht. Am Schluss haben sie sich ja gut verstanden, und der Kommissar hat auch nicht weiter nachgebohrt, wer da jetzt bei der Erschießung vom Schumacher dabei gewesen war. Haben eine Zigarre zusammen geraucht. Ein bisschen dünner ist er geworden. Aber drahtig. Immer wachsam. Müde Augen. Irgendwas ist mit dem.

Greving notiert etwas in seinem digitalen Notizbuch, Touchscreen, der ist auf dem neuesten Stand, denkt Mauser und weiß nicht, ob er noch zur Verfügung stehen muss. Dann steckt der Kommissar das Gerät ein und deutet auf die Böschung.

»Lassen Sie uns die Sache mal von oben betrachten«, sagt er, als ginge es um einen Sonntagsspaziergang. Er steigt in den guten Schuhen die Böschung hinauf, Mauser hinter ihm sieht den Dreck an den Sohlen klumpen. Greving schaut sich auf dem kleinen Plateau um.

»Und was soll hier gewesen sein?«

Mauser hat keine Lust, einen historischen Vortrag zu halten. Menschen haben hier gelebt, wie überall. Wie immer. Haben Häuser und Hütten gebaut, ihr Leben gefristet, Handel getrieben, den Pflug gezogen. Kegelhalsurnen und Regenbogenschüsselchen. So was halt.

Von oben betrachtet sieht die Versammlung von Wagen und Personal sauber und adrett aus. Alles ordnet sich um die eine Stelle herum an, wo das Skelett jetzt geborgen wird. Wohlgeordnet, da wird man das düstere Geheimnis bald gelüftet haben. Vertrauenerweckend sieht das aus, denkt Mauser. Ein kleines Basislager am Fuß des Aufstiegs in die schwindelnden Wände der Geschichte.

Eine Weile schauen sie sich das an. Das Grab ist jetzt leer, kein Bett mehr, wo sie lange geschlafen hat, kalt und feucht, sondern nur noch ein Loch in der Erde.

»Ein Mordfall also«, sagt Mauser.

Greving nickt. Beide denken an den Grafeneck-Fall zurück. Nicht nötig, irgendwas zu sagen.

»Dass wir noch einmal etwas miteinander zu tun haben«, sagt Greving nachdenklich. »Das ist kein Zufall«, meint er. »Gerade jetzt.«

»Wieso gerade jetzt?« Irgendwas ist mit dem.

»Es gibt Hinweise auf ein weiteres Verbrechen«, sagt Greving stattdessen. »Dass das Gesicht wohl zugedeckt war. Vermutlich mit den Kleidern des Opfers, denn wir haben bisher sonst nirgends Textilspuren gefunden. Depersonalisierung nennt man das. Der Täter wollte verdrängen, dass er einen Menschen umgebracht hat.«

Mauser nickt. Eigentlich will er das gar nicht wissen.

»Und dann die Rückenlage mit den gefalteten Händen. Wie eine Aufbahrung. Der Täter wollte vielleicht, dass es aussieht, als schliefe sie. Eine Art Wiedergutmachung, verstehen Sie?«

Greving greift in die Jacketttasche und zieht ein Plastiktütchen heraus. Die Kette mit dem Medaillon. Er wendet es hin und her.

»Und schließlich die beidseitige Beckenfraktur, die die Ärztin festgestellt hat. Die Bruchstellen sind mitverwittert, ein Lagerschaden ist ausgeschlossen.«

»Ja, und?«

»Das alles deutet auf sexuellen Missbrauch hin. Vergewaltigung.«

Mauser ist sprachlos.

»Der Täter muss sehr tief und brutal in das Opfer eingedrungen –«

»Hören Sie auf!«

Mauser flucht und dreht sich weg.

»Wissen Sie, was das für ein Medaillon ist?«, fragt Greving und hält ihm das Plastiktütchen hin.

»Das hat ihr offensichtlich nichts genützt«, sagt Mauser und ballt die Faust. Kindliches Vertrauen, grausame Welt. Und das soll ein Gott sein?

»Ja, das ist bitter«, sagt Greving.

»Bitter?«, fährt Mauser auf. »Das ist der blanke Hohn!« Dann nimmt er sich zusammen. »Ein Gottschützedichle, das kriegen die Kinder zur Taufe oder zur Erstkommunion. Ist so bei den Katholiken üblich.«

»Also eine Art Aberglaube?«

»Eher Engelglaube.«

»Der ist ja wieder modern.«

»Kinderschändung auch.«

Greving legt ihm die Hand auf die Schulter. Eine leichte Hand, die aber sicher und beruhigend wirkt. »Wie Sie sehen, war das vor fünfzig Jahren nicht anders.«

Mauser holt sein Taschentuch heraus und schnäuzt sich. Am liebsten würde er jetzt irgendwas kaputthauen.

»Kyrieleis steht wohl für das liturgische *kyrieleison* – Herr, erbarme dich, oder?«, fragt Greving behutsam.

Mauser nickt. »Hab ich allerdings noch nie gesehen, dass das auf einem Gottschützdedichle steht.«

»Sie meinen, das ist ungewöhnlich?«

»Bei den Katholiken weiß man nie.«

In den Wipfeln flattern wieder die Raben, träge Unruhegeister, ein Ruf hallt hohl und mahnend durch den Wald. Greving steckt das Medaillon wieder ein.

»Ja, seltsam«, beginnt er. »Diesmal geht mir der Fund auch an die Nieren.«

»Sie haben doch sicher Leichen genug gesehen.«

»Das schon«, sagt Greving nachdenklich. Dann schaut er sich um. »Die Stelle ist vom Dorf aus nicht einzusehen. Gesetzt den Fall, die Bäume standen damals schon.«

»Die sind alt genug«, sagt Mauser. »Bloß, ob der Weg da schon da war, das ist nicht gewiss.«

»Das müsste sich herausfinden lassen.«

»Alte Flurkarten. Sie kommen an so was sicher ran, Herr Kommissar. Jedenfalls ist sie beim Wegebau nicht entdeckt worden. Und auch bei der Untersuchung der Hallstattsiedlung nicht.«

»Es gab hier Grabungen?«

»Das nicht. Aber Gottfried Glattis hat neunzehnsechsundzwanzig was drüber geschrieben, da wird er wohl hier gewesen und sich alles gründlich angeschaut haben.«

»Hm«, sagt Greving. »Das könnte ein Hinweis sein, dass der Mord später geschah.«

»Scheiß drauf«, sagt Mauser.

»Warum geht Ihnen eigentlich die Leiche so nah? Haben Sie Verbindungen zu Kettenacker?«

»Bloß einen dementen Vetter. Bin öfter in den »Bären« eingekehrt, wenn ich auf der Alb unterwegs war. Den Wirt, den Otto Glattis, den kenn ich ganz gut. Nein, das mit der Kleinen, das ist was anderes.«

Greving wartet einen Moment, ob Mauser weiterspricht, dann meint er: »Kettenacker. Ein merkwürdiger Name. Fast poetisch. Fluch und Mühsal der Scholle, die schicksalhafte Gebundenheit des Menschen an die ihn nährende Erde und so.«

Mauser lacht spöttisch. »Ja, ja, da lässt sich schön spintisieren. Hat aber in Wahrheit mit einem Stammesführer namens Ketto zu tun. Die St. Martinskirche da«, er zeigt auf das Dach des Kirchturms, der zwischen den Häusern aufragt, »deutet auf die erste Landnahme im achten Jahrhundert hin. Sankt Martin war der Schutzpatron der merowingischen Könige.«

Greving nickt verstehend. Er seufzt. »Wenn es nur immer so einfach wäre, die Geschichte zu rekonstruieren.«

»Geschichte ist nie einfach«, meint Mauser düster. »Geschichte, da hängt man drin, da kommt man kaum raus, und wenn, dann hängt man schon in der nächsten drin. Es ist immer die Frage, ob einer die eigene Geschichte selber schreibt oder ob er bloß seinen Text abliest.«

Greving schaut ihn an.

Mauser erwidert den Blick. Da liegt etwas Verzweifeltes drin, ein lang gehütetes Grübeln, aber auch die plötzliche Hoffnung, eine Antwort zu bekommen.

»Es ist sicher kein Zufall, dass wir uns getroffen haben«, meint Greving wieder.

Er schaut in die Kronen hinauf. Zwei der Raben flattern von Ast zu Ast, große, schwere Vögel, ihre Bewegung ein bedeutungsschweres Zeichen im fahlen Himmel. Auf einmal dreht Greving sich um und überquert das Plateau, raschelt durch die Laubstreu und bleibt am Gestrüppsaum des Waldes stehen. Die Äcker liegen gepflügt und wartend da, Erdnarben voller Stoppeln und Kalkscherben. Von ihnen weicht die Wohnlichkeit in den leeren Himmel und hinterlässt eine wilde Ödnis.

Mauser folgt ihm, er weiß selbst nicht warum. Irgendwie geht es nicht nur um die Leiche, um den Mordfall, um Ermittlungen. Greving scheint ihn für etwas anderes zu brauchen. Doch, er mag den Mann.

»Eigenartiges Land, diese Alb«, sagt Greving leise und schaut über die Flur. »Jetzt im Herbst hüllt sie sich in ein Geheimnis, das dann im Winter öde und sprachlos brütet. Manchmal bekomme ich fast Angst vor dieser Einsamkeit und Leere.«

Mauser versteht, was er meint. So hätte er das nie ausgedrückt. »Jetzt werden Sie poetisch, Herr Kommissar«, sagt Mauser.

»Nicht poetisch«, erwidert Greving. »Elegisch. Feierlich und traurig.«

Der Mann hat sich verändert, denkt Mauser und wagt noch nicht, ihn darauf anzusprechen. Wir beide haben uns verändert. Wer weiß, was wir uns jetzt zu sagen hätten?

»Waren Sie nicht in Reutlingen, seinerzeit?«, fragt er stattdessen.

»Doch. Ich habe mich inzwischen nach Sigmaringen versetzen lassen, weil es mir in Reutlingen zu aufgeregt wurde. Das ist nun doch eine Großstadt geworden, zumindest der Kriminalität nach. Die vielen Zuwanderer aus dem Osten, die unbescholtene Bürger auf offener Straße zu Tode prügeln ... aber das darf ich ja gar nicht sagen, das ist ja politisch unkorrekt.«

»Sie haben sich verändert, Herr Kommissar«, sagt Mauser nun doch.

Greving schaut ihn an. »Sie auch, Herr Mauser. Dreizehn Jahre, da kann viel passieren.«

»Und jetzt stecken wir schon wieder in so einer Mordgeschichte drin.«

»Wir?« Greving muss lächeln. Dann nickt er nachdenklich. »Ja, vielleicht sind wir beide wieder gefragt. Vielleicht ist es unsere Aufgabe.«

Dann gehen sie zurück zum leeren Grab, wo inzwischen alles verpackt und aufgeräumt ist. Die Schutzpolizei ist schon weg, die Ärztin auch. Sie geben sich die Hand und wissen beide, dass sie sich wiedersehen werden, wegen der Leiche oder auch nicht. Mauser schaut den Autos hinterher, die den Waldweg entlangschaukeln und dann auf der Straße Richtung Kettenacker verschwinden.

Langsam geht Mauser zu seiner Maschine zurück. Als er sich umzieht und den Helm aufsetzt, wird ihm klar, dass er an diesen Ort, an dieses kleine, armselige Gerippe gefesselt ist. Das lässt ihn nicht mehr los. Das geht ihn an wie ein Angriff von hinten. Lust hat er keine, wieder in einer alten Geschichte, womöglich wieder einer Nazigeschichte zu kramen und wer weiß was zutage zu fördern. Aber niemand hat ihn gefragt.

Jetzt erst mal heim, denkt Mauser. Es wird kalt. Erste Tropfen fallen, das Wetter hat sich doch nicht gehalten. Müd und frierend heimkommen, denkt er und startet den Motor, seine Knochen am Ofen wärmen, das tut gut im Herbst.

2

Tagelang geht er mit der Leiche um. Manchmal sitzt er am Küchentisch, das Wachstuch mit Kaffeeflecken und Brosamen vom Frühstück, und starrt aus dem Fenster. Veronika ist auf einem Kunsthandwerkermarkt in Esslingen und hat noch ein paar Tage in Stuttgart drangehängt, abends kann er bloß in der Stube hocken vor dem Fernseher. Irgendwie, denkt er, bekommt mir der Ruhestand nicht. Einmal rafft er sich auf und geht in den »Pflug«. Der Stammtisch ist leer, aber da will ihn sowieso keiner mehr haben. Seit Langem haben sie nicht mehr Binokel gespielt, zu dritt, Waltz, Mattes und er. Der Mattes hatte immer keine Zeit, wenn Mauser dabei war, und mehrmals kam er dazu, wie sie schon zu dritt spielten, mit dem Waiblinger, der war jetzt eingestiegen. Binokel kann man auch zu viert spielen, hatte Mauser einmal gesagt, als er wie bestellt und nicht abgeholt am Tisch stand und den dreien zuschaute. Keiner erwiderte etwas, nur der Waltz meinte, das mögen sie nicht so gerne, da bekäme jeder so wenig Karten, und Mauser hatte verstanden. Der Mattes ging ihm offenkundig aus dem Weg, gerade noch, dass er ihn grüßte. Statt Schatzgräber nannten ihn die Leute Totengräber, ein paar Jahre lang nach dem Mordfall, aber das hat sich jetzt auch gegeben.

Im »Pflug« ist es leer, ein oder zwei trinken ihren Dämmerschoppen. Da könnte ich nun hocken und am Glas lutschen, denkt Mauser. Wenn er nicht fast jede Woche ein oder zwei Ausflüge machen würde, bekäme er die Zeit gar nicht herum. Gerade wenn Veronika weg ist.

Trotzdem bestellt er ein Bier und setzt sich an einen Tisch am Fenster. Mein Leben lang Junggeselle gewesen, sinniert er vor sich hin. Grundschullehrer. Die Familie stirbt mit mir aus. Der Familienname. Ach nein, da gibt's ja noch den Vetter in Kettenacker. Mit der feuchten Kälte zwickt das Rheuma. Und jetzt wieder dieses kleine Gerippe da im Wald. Namenloses Kind. Gott schütze dich. Denen, denkt er und schaut zu den Nebentischen hinüber, werd ich das nicht auf die Nase binden.

Er erinnert sich, wie er damals, als er die Mumie im Münzloch fand, oder nein, das war ja gar nicht das Münzloch, das war eine Höhle nebendran, Lehmkammerhöhle, richtig, wie er also damals Veronika nichts davon gesagt hat. Wie er das wochenlang mit sich rumgetragen hat. Komisch, wenn man heut so drüber nachdenkt. Alleingelassen hat er sich gefühlt. Hat Angst gehabt eine Zeitlang, dass sein Vater der Mörder wär.

Und heut?, fragt er sich und nimmt einen langen Schluck. Gern würde er eine der dünnen Zigarren rausholen und ein bisschen blauen Dunst paffen, aber das geht ja hier nicht mehr. Die spinnen doch, denkt er. Was soll einer dann in der Beiz, wenn man zum Bier nicht mehr rauchen kann?

Irgendwie kann er Veronika nicht mit diesem Gerippe kommen. Was soll er auch sagen? Hör mal, da ist wieder so eine Leiche, die ich gefunden hab. Ein kleines Mädel, vergewaltigt, nackt ins Grab geschaufelt, draußen bei den Hallstattleuten. Und?, könnte sie fragen. Was geht's dich an? Sie wird das genauso wenig verstehen wie die Anderen.

Oder vielleicht doch. Sonst kann er ja mit niemandem reden. Seit er die Kinder in der Klasse nicht mehr hat, die Elternabende, die Kollegen, ist es still um ihn geworden. Daheim besorgt er sich immer wieder ein Geschäft, im Haus gibt's einiges zu machen und im Garten, und studieren tut er immer noch. Auf der Suche nach alten Quellen. Heimatgeschichte und Bodendenkmale, vielleicht sollte er mal ein Buch schreiben. In der Universitätsbibliothek in Tübingen hat er inzwischen den Aufsatz vom Glattis im »*Zollerländle*« ausfindig gemacht und fotokopiert. Ja, damit bringt einer die Tage rum. Aber wenn er nicht abends mal zu Veronika kann und ihr das alles erzählen, was er so forscht und entdeckt, dann hat das alles keinen rechten Sinn. Werd richtig anhänglich auf meine alten Tage, denkt er.

Gott schütze dich. *Kyrieleis.* In Fraktur. Er hat im Internet recherchiert. Per Dekret als undeutsch verboten, jede gebrochene Schrift. Vor einundvierzig muss das also gewesen sein, das mit dem Gottschützedichle. Die Leich kann natürlich jünger sein. Engelglauben. Die Erwachsenen haben ja ein Kreuz umhängen, mit Corpus, das ist der Unterschied. Was die da oben im Katholischen machen, hat ihn nie interessiert. Die Kirchen und Kapellen guckt er sich gern an, geht auch schon mal einen Kreuzweg ab und steigt auf einen Kalvarienberg. Aber wie sie da oben leben, im Zollerschen, das haben die Mausers nie gewusst.

Was war denn mit dem Onkel da, in Kettenacker?, grübelt er. Ein merkwürdiger Kauz, auch so ein Sonderling, wie ich, aber mit Familie. Mutz ist da manchmal hingegangen, glaub ich, aber das war vor meiner Zeit. Mutz, meine behinderte Schwester. Schwachsinnig, vor Kriegsende abgeholt und in Grafeneck umgebracht. Ja, stimmt: Onkel Heinz in Kettenacker, ich glaub, mit dem war was. Dass Mutter die Mutz überhaupt zu dem gelassen hat. Einmal hab ich den glaub ich gesehen, zur Konfirmation oder so, wieso ist der eigentlich als Katholik zu meiner Konfirmation gekommen, komisch. Mutters Bruder. Mit meinem Vetter da oben hab ich auch kaum was zu tun gehabt. Erst später, wenn ich öfter in Kettenacker eingekehrt bin, hab ich den besucht. Das hab ich dann rausgekriegt, dass der da noch wohnt. Ist jetzt ein bisschen nächtig im Kopf, die Kinder wohnen im Haus und passen auf ihn auf, sonst wär der längst im Pflegeheim. Die halten noch zusammen da oben. Könnt mal wieder vorbei bei dem.

Nach dem Bier macht ihn der Gedanke an die Kindsleiche nur noch traurig. Kein gutes Thema für einen Herbstabend im leeren Wirtshaus. Er zahlt und geht. Vielleicht treffen sie sich schon längst woanders zum Binokel, denkt er. Abends kommt ein Film im Fernsehen, er nickt im Sessel ein und erwacht erst nach Mitternacht. Das Schlafzimmer ist ungeheizt, das Laken und die Decke kühl, als er hineinschlüpft. Der Schrank knackt. Droben auf der Bühne hat's noch ein Kredenz mit alten Sachen, denkt er und drückt sich ins Kissen. Fotoalben und so, alte Briefe. Das Kissen knistert und raschelt.

Übermorgen kommt Veronika wieder. Da werd ich ihr von der Leich erzählen. Vielleicht weiß sie mir ja einen Trost.

Heute ist Veronika zurück. Gegen sieben geht die Sonne schon unter, und bald wird auf Normalzeit umgestellt, dann ist's noch früher dunkel. Mauser tritt vors Haus und geht langsam die Straße hinunter Richtung Hauptstraße. Blaue Dämmerung zwischen den Schattenhäusern, gelbe Fenstervierecke. Gardinen und Blumenstöcke auf dem Fensterbrett, Blick in die guten Stuben. Hinter sich hört er das Surren eines Fahrraddynamos. Eine Gestalt schaukelt gemächlich vorbei, ein dünner Gruß im stillen Abend, dann das verschwindende Rücklicht im Blau.

Komm heim, wenn's dunkel wird, sonst holt dich der Nachtgrabb, hat es früher geheißen. Kindheitsabende, wenn er an der offenen Haustür stand und ins Dunkel hinausschaute, hin- und hergerissen zwischen Bängnis und Neugier. Was da draußen wohl alles vor sich ging, von dem die Kinder nichts wussten? Wer der Nachtgrabb war, wie er aussah, was passierte, wenn er einen holte – das sagte einem keiner. Wirst schon sehen, wenn er dich holt, hieß es. Eigentlich unverantwortlich, denkt er und grinst, Kindern solche Schauermärchen aufzutischen. Abgehalten hat's mich trotzdem nicht. Im Ge-

genteil. So ein dämmriger Abend ist erst richtig spannend geworden, wenn er sich vorstellte, dass da draußen der Nachtgrabb umging. Die Erinnerung macht ihn wehmütig.

Was hat mein Leben für einen Sinn?, fragt er sich. Ich steh ja am Ende. Alles vorbei. Ein kleines Lehrerchen bist gewesen, denkt er lächelnd. Hast deine Heimat erforscht, irgendwelche Löcher erkundet und Ruinen vermessen und Aufsätze in alten Zeitschriften gesammelt. Hast deine Funde im Keller in Plastiktütchen gehortet. Keine Familie, keine Frau, keine Kinder. Kam irgendwie nie in Frage. Er freut sich auf Veronika.

An der Hauptstraße ist viel Verkehr. Er muss die Fußgängerampel benutzen. Jetzt kommen sie alle vom Unterland heim, Feierabend, sie strömen herauf und verteilen sich auf die Häuser. Dann steigt er die Gasse hinauf zu Veronika.

Kam irgendwie nie in Frage, denkt er. Weiß auch nicht warum. Lieber allein bleiben. Nie Vater sein. Was sollte ich auch meinen Kindern weitergeben? Was Recht und was Unrecht ist? Das hat schon bei meinem Vater nicht geklappt. Gott dankbar sein für alles, auch für den Krebs und die Arbeitslosigkeit und den besoffenen Ehemann?

Vor dem Haus bleibt er stehen. Die Werkstatt unten ist dunkel, aber oben im Arbeitszimmer brennt Licht.

»Veronika, der Lenz ist da!«, ruft er hinauf. Das hat er schon lang nicht mehr getan.

Das Fenster öffnet sich. »Du mit deinen blöden Sprüchen«, ruft sie zurück. »Wart, ich mach dir auf.«

Oben knarren die Dielen. Veronika sitzt vor dem Rechner und schiebt auf dem Bildschirm Fotos hin und her. Sie schaut nicht auf. Aus der Küche duftet es nicht.

»Was machst grad?«, fragt er.

»An meinem Katalog«, sagt sie kurz angebunden.

Seit Neuestem hat sie einen Onlineshop im Netz, digitale Bestellungen aus dem ganzen Umkreis, jedes neue Stück muss sie fotografieren und einstellen, und die Korrespondenz kostet sie täglich eine Stunde.

Dann lehnt sie sich zufrieden zurück. »Ich muss den Katalog auf Stand bringen«, sagt sie und schaut sich das Ergebnis auf dem Bildschirm an.

»Wie war's in Esslingen?«

»Ganz gut. Eine größere Bestellung hab ich, ein Tafelservice, zwölfteilig. Von dem ovalen mit dem roten Rand, weißt du.«

»Hast schon gegessen?«

»Ich bin erst grad vorhin zurückgekommen. Ich hab in Stuttgart was gegessen. Musst dir selber was machen.«

»Kein Problem«, sagt er und gibt ihr einen Kuss auf die Wange, die fein zerfältete Wange, die nach Tagescreme riecht. Dann knabbert er an ihrem Ohrläppchen, der Ohrhänger tippt neckisch gegen seine Oberlippe.

Sie dreht sich weg und lacht. »Was ist denn mit dir los?«, fragt sie. »Du bist ja richtig anhänglich. Gar nicht so bruddlig wie in letzter Zeit.«

»Vielleicht wird's Frühling«, lacht er. »Der Lenz, der Lenz!«

»Es ist noch eine Scheibe Leberkäs eingefroren. Die kannst du dir auftauen und braten.«

»Kein Problem. Dann mach ich mir ein feines Sößchen dazu, und wenn's noch langt«, er schaut auf seine Armbanduhr, »hol ich mir beim Albmetzger einen Kartoffelsalat.«

»Den kannst du doch selber machen.«

»Ach, Kartoffelsalat bloß für einen allein, das lohnt sich nicht.«

»Und dann willst du jetzt noch nach Gächingen?«

»Blöd, der hat schon zu. Nach sieben. Aber ich hab eigentlich auch keinen Hunger.«

»Was gibt's bei dir Neues?«, fragt sie abwesend und hat den Blick schon wieder auf dem Bildschirm.

»Ich würd gern mal wieder mit dir in die Kiste hüpfen.«

»Was?« Sie fährt herum und schaut ihn entgeistert an. »*Was* willst du?«

»So sagt man doch heut, oder nicht? In die Kiste hüpfen.« Er grinst.

»Was ist denn mit *dir* los?«

Er zuckt die Schultern, nimmt eine unsichtbare Partnerin in den Arm und tanzt im Walzertakt durchs Zimmer. »Ich glaub, ich freu mich einfach, dass du wieder da bist.«

»Der alte Bock hat auch noch Hörner«, sagt Veronika und lacht. So ist er selten, ihr Hermann. Aber wenn, dann gefällt er ihr. Dann bekommt der alte Nörgler etwas von einem Charmeur. Das sollte man ausnutzen, denkt sie. Ihm von Stuttgart erzählen. Von meinen Ideen. Meinen Plänen.

Sie schaltet den Rechner auf Bereitschaftsbetrieb und

geht in die Küche. Sie weiß, dass er abends vor dem Essen gern einen Wein trinkt. Sie hat noch eine halbe Flasche Heilbronner, für sich brüht sie einen Kräutertee auf.

In der Stube setzen sie sich aufs Sofa, Mauser legt den Arm um sie und gibt ihr noch einen Kuss auf die Wange.

»Du riechst gut«, sagt er.

»So riech ich doch immer.«

Sie schaut ihn an, und plötzlich kommt etwas Weiches, Trauriges in seine Augen. Als hätte sie ihm schon wehgetan, obwohl sie noch gar nichts gesagt hat.

»Ich mag dich«, sagt er. Ganz ernst. Was hat er nur heut?

»Ja, doch, etwas Neues gibt's«, fängt er zögernd an. »Neulich war ich in Kettenacker, hab da im Wald nach der Keltensiedlung gesucht, weißt, und dabei hab ich was gefunden.«

Bevor er wieder mit seinen Spinnwirteln und Hufnägeln anfangen kann, sagt sie schnell: »Bei mir gibt's auch was Neues.«

»So? Was denn?« Eigentlich wollte er von seiner Leich erzählen, aber vielleicht ist's besser so.

Sie lehnt sich gegen ihn und nimmt seine Hand, die auf ihrer Schulter liegt. Mit der anderen streicht sie ihm über die Wange. Die raue, stopplige Altherrenwange. Alt geworden ist er, ihr Hermann. Die letzten Jahre haben doch Spuren hinterlassen. In die Kiste hüpfen, denkt sie und kichert.

»War was in Stuttgart?«

»Hermann, was denkst du: Sollen wir uns nicht noch mal verändern?«

»Verändern? Was meinst damit?«

»Weißt du«, sagt sie und beugt sich vor, nimmt einen Schluck, »ich hab die Tage in Stuttgart unheimlich genossen. Mal wieder unter Leuten sein, die vielen Läden, ich bin die Königstraße langgebummelt und hab mich in den Park gesetzt, ich wär ins Theater gegangen oder in die Oper, wenn was geboten worden wär, so bin ich halt ins Kino, und das war schon was anderes als immer in Reutlingen. Und danach bin ich zum Italiener und hab was getrunken und hab so den Leuten zugehört, da waren viele Jüngere, weißt du, die hatten sich ungeheuer was zu erzählen, und da hab ich erst gemerkt, wie allein ich sonst bin. Verstehst du? Ich brauch einfach Beziehungen«, sagt sie und gestikuliert mit der Hand, schaut ihn nicht an, will nicht sehen, wie er das aufnimmt, »ein soziales Netz. Hier auf der Alb werd ich zum Eremiten!« Sie lacht unecht.

Er hört ihr zu, verwundert erst, dann ahnungsvoll. »Was meinst du mit verändern?«, wiederholt er.

»In Stuttgart hätte ich noch ganz andere Möglichkeiten«, fährt sie fort. »Da könnte ich eine Galerie aufmachen, und irgendwo außerhalb lässt sich sicher ein Haus mit einer Werkstatt finden, da könnten wir dann wohnen. Oder, wenn du allein bleiben willst, suchst du dir selber eine Wohnung …«

»In *Stuttgart*?«, fragt er entsetzt.

»Ich weiß ja nicht, ob es was für die Dauer ist. Du sollst da ja auch nicht deinen Ruhestand verbringen. Ich würde nur eben gern mal ausprobieren, wie mir das bekommt, das Stadtleben. Ich bin jetzt lange genug auf der Alb gewesen.«

Er nimmt den Arm von ihren Schultern, als wollte er alle Liebeserklärungen zurücknehmen. Sein Gesicht versteinert. Sie weiß, dass ihn das getroffen hat.

»Hör zu, Hermann, das ist nur ein Vorschlag ... es tut mir leid, ich wollte dich nicht überrumpeln ...«

»Ich zieh nie im Leben von der Alb weg«, sagt er finster. »Und nach Stuttgart schon gar nicht. Stadtleben, ha! Das ist doch ein Provinznest wie alle! Machen immer mordsmäßig auf Kultur und denken, sie wären was Besseres. Da willst du hin? Ohne mich!«

Jetzt versteift sie sich. »Ich hab mir schon gedacht, dass du da stur bist. Du bist einfach nicht aufgeschlossen für etwas Neues.«

»Aufgeschlossen?«, fährt er auf. »Ich bin dreiundsiebzig!«

»Und ich neunundfünfzig – und? Mir fehlt einfach was in meinem Leben, das musst du doch verstehen!«

»Gar nix muss ich! Ich bin dir scheint's nicht genug.«

»Aber ich will doch, dass du mitgehst, Hermann! Ich will das nicht allein.«

»Aber zur Not würdest du es allein tun, oder nicht?«

»Weißt du, es hat mich viele Jahre gekostet, endlich herauszufinden, was ich wirklich will, wer ich wirklich bin. Ich kann meine Bedürfnisse nicht einfach verleugnen. Und ich will es auch nicht!«

»Deine Bedürfnisse! Und was ist mit meinen? Zähl ich gar nicht?«

»Aber ich frag dich doch jetzt!«

»Und ich sag nein. Von der Alb weg bringt mich nichts und niemand!«

»Na ja«, sagt sie beleidigt, »wenn du das so kategorisch siehst …«

»Jetzt kommt's nur drauf an«, wird ihm plötzlich klar, »ob dir das Zusammensein mit mir wichtiger ist als deine Bedürfnisse oder nicht.« Er kann nicht anders als einen verächtlichen Ton anschlagen.

»Aber das kannst du doch nicht darauf reduzieren …!«

»Das ist es doch, oder nicht? Da drauf kommt's doch an!«

»Ich will mich nicht zwischen dir und Stuttgart entscheiden müssen.«

»Wird dir nix anderes übrig bleiben.«

»Also, hör mal, ich lass mich nicht durch unsere Beziehung erpressen. Ich hab immer gedacht, wir lassen uns in unserer Partnerschaft die Freiheit, die jeder braucht. Auch die Freiheit, sich zu verändern. Es kann natürlich sein«, sagt sie gespielt gleichmütig, aber böse, »dass solche Veränderungen eine Beziehung sprengen. Dann muss man eben konsequent sein …«

»Leck mich doch am Arsch!« Er steht heftig auf, stößt an den Couchtisch und wirft das Weinglas um. »Ich geh«, sagt er.

Als er zur Treppe geht, rauscht es ihm in den Ohren. Er kann nichts denken. Da ist nur der Schmerz im Gesicht, der in den Mundwinkeln zieht, der alte, vertraute Schmerz des Alleingelassenwerdens.

Die gute Laune ist wie weggeblasen. Das muss einer halt immer büßen, wenn er sich mal obenauf fühlt, denkt er noch, als er die Treppe hinunterpoltert und aus der Haustür stürzt. Dann lieber bruddlig bleiben, das schützt.

Der Gang durchs abenddunkle Dorf beruhigt ihn. Sein Kopf wird klarer, das Rauschen in den Ohren lässt nach. Es riecht nach Heizungsrauch, den alten Kohleöfen, und nach faulendem Obst in den Gärten. Er muss da noch mal zurück, weiß er, und in Ruhe mit ihr sprechen. So kann er das nicht stehen lassen.

Vor der Tür seines Hauses weiß er nicht weiter. Wieder so ein Abend allein, davor graut ihm. Am liebsten wäre er gleich jetzt nach Kettenacker gefahren und hätte im Wald herumgefunzelt auf der Suche nach wer weiß was. Da ist noch was, denkt er, ich spür's. Ja, den Nachtgrabb hätte er aufgescheucht, der wäre ihm jetzt gerade recht gekommen, und dann hätte er ja gesehen, was passiert, wenn der einen holt.

3

Am nächsten Tag steigt er wieder auf sein Moped und fährt los. Wieder Wolken und Wind und Herbstsonne, aber frischer diesmal. Vom Parkplatz an der Grillstelle geht er bergauf und behält diesmal den Lederanzug an. Fast kommt er ins Schwitzen. Als er den Wald betritt und der Weg kühl und schattig wird, überläuft ihn eine Gänsehaut. Das ist kein gewöhnlicher Ort mehr. Da ist etwas passiert, eine Vergangenheit lastet darauf. Das Grab der Kleinen haben sie wieder zugeschaufelt, man sieht kaum noch was, aber als Mauser daran vorbeigeht und sich im Buchenwald umschaut, gruselt es ihn. Die Herbststürme sind bisher ausgeblieben, gelb hängt das Laub in den Kronen, welk und festlich wie Girlanden, dabei empfindlich, als bräuchte man nur an die Stämme zu stoßen, um den Blättertaumel auszulösen.

Er hat den Bericht von Gottfried Glattis im »*Zollerländle*« jetzt gelesen, ist aber auch nicht schlauer geworden. *Hart am Wege, der in den Flurteil Buo führt,* steht da in Fraktur, *befindet sich eine 25 Mtr. Durchmesser haltende Sickerwasserstelle, die heute trocken liegt.* Am Westrand hat Glattis einen Stichgraben gezogen und bemalte Scherben entdeckt. Neunzehnsechsundzwanzig. Hätte er dabei das Grab entdecken können? Wer weiß.

Mauser steigt die Böschung hinauf und schaut sich auf dem Plateau um. Eine Sickerwassermulde von drei Metern Tiefe ist jedenfalls nicht zu sehen. In den über achtzig Jahren seither kann sie verflacht sein. So ein paar Scherben würde ich auch gern mal finden, denkt Mauser und sucht lustlos ein bisschen herum. Seinen Detektor hat er zuhause gelassen, und richtig bei der Sache ist er auch nicht.

Er weiß nicht, was er sucht. Die Hallstattsiedlung, wird ihm klar, war nur ein Vorwand. Er musste noch einmal hierherkommen. Das Kind geht hier um, Nachzehrer, Wiedergänger, die bleichen Knochen im Waldboden und der längst zergangene, von Laubfall und sanftem Regen weggewaschene Schrecken eines wüsten Todes. Das Grauen hallt nach, erkennbar und deutlich, aber durchscheinend wie ein Geist.

Der Kommissar ermittelt jetzt, denkt Mauser. Der wartet auf die Knochenanalyse und stöbert vielleicht schon in irgendwelchen Archiven, und irgendwann läuft er in Kettenacker herum und fragt die Leute aus. Und ich? Was mach ich derweil? Dahocken und Däumchen drehen.

Hier gibt es noch was zu finden. Er spürt es deutlich. Eine kaum merkliche Trübung im Denken, ein sich verdichtendes Grau in der Seele, je länger er herumgeht.

Mauser steigt wieder hinunter auf den Weg und geht auf der anderen Seite in den Fichtenwald hinein. Dort ist der Boden weich von der Nadelstreu, es riecht muffig und feucht. Kein Unterholz, nur dort drüben, wo es ins Riedlinger Wäldle hinuntergeht, verbuscht das Ganze. Abseitiger Winkel. Mauser streunt durchs Gelände, quatscht durch morastige Stellen, wo der kürzliche Regen noch steht, stößt sich an Knaupen, die aus dem Boden ragen, drückt sich durch Dickicht und Schlehengestrüpp, es geht immer bergab, und plötzlich steht er am Waldrand gegenüber der Kapelle.

Hoppla, denkt Mauser. Hier bin ich also rausgekommen.

Er überquert die Wiese und steigt den sachten Hügel hinauf, auf dem die Kapelle steht. Er geht um den Bau herum, das Kapellendach leuchtet. Auf der Westseite schilfert langmähniges Gras in gilben Schöpfen, Schafsködel geben winzige Einsprengsel. Ein Vordach, unter dem er schon steht wie unter einer besonderen Hut. Die Tür ist offen, drinnen ist es still und kellerkühl.

Er schaut sich um. Rundfenster in den Wänden, zwei Reihen mit je fünf Bänken, ein Stapel Stundenbücher. Die Schlichte der geweißelten Wände macht andächtig. Das Deckengemälde in poppigem Historienstil zeigt die vierzehn Nothelfer mit Engel und Jungfrauen, ein Schriftband ruft Sankt Georg um Schutz an für diesen Ort. Leise geht er nach vorn zum Altar, seine Schritte hallen. Der Altar ist noch auf Erntedank geschmückt, grünes Tuch mit goldenen Fransen, eine Hand reicht von oben einen Brotlaib, *Du bist das Brot des Lebens.* Neben dem Altar steht auf einem Podest eine Pietà, gealtertes Holz mit Maserung und Schnitzspuren, mattglänzender Ölstrich. Die weißen Kerzen auf dem Altar sind halb abgebrannt, in Blecheimern stehen Sträuße von Ähren und dürren Kornblumen, ein Feston aus

Kürbissen und Bohnen und Getreide, aus verschrumpelten Äpfeln und Maiskolben und Zucchini ist aufgebaut. Was sich eben lange hält seit Ende September.

Mauser steht und lauscht auf die Stille. Seinen Atem hört er. Das Schweigen der Wände. Die beredte Stummheit der Bilder. Ein ungesprochenes Wort, das ihn auffordert, tröstet, ermutigt. Dabei will er das gar nicht.

Heiliger Sankt Georg, denkt Mauser. Da kommen die Leute her und rufen einen Toten an, als hätte der Macht, die Gott nicht hat. Da geht das Jahr seinen Gang in dieser Kapelle, von Weihnachten bis Ostern, von Pfingsten bis Allerheiligen. Volksfrömmigkeit. Das ist ihm zutiefst fremd. *Gott schütze dich*. Vielleicht ist ja alles voll von unsichtbaren Mächten, denkt er und muss lächeln. Um uns herum. Dichtgedrängt. Wie viele Engel gehen auf die Spitze einer Nadel? Was ist die Höchstgeschwindigkeit deines Schutzengels? Hat er bei dieser Kleinen im Wald nicht aufgepasst? Hat er geschlafen oder war er pinkeln? Hat er zugeschaut mit höchster Weisung? Hat Gott gesagt: Lass nur, ist alles zu ihrem Besten? Muss mal den Kommissar fragen, denkt er. Der ist doch so ein Frommer. Was der dazu meint.

Nach seiner Konfirmation hat Mauser damals seine Bibel zurückgegeben, er brauche sie nicht, hat er dem verdutzten Pfarrer gesagt. Eigene Wege gehen. Dann, mit der Zeit, hat er sich mit dem Gedanken, dass es einen Gott gibt, wieder angefreundet. Heute ist es in der Kirche manchmal richtig schön. Aber in der Gemeinde mitarbeiten, da käme er nicht drauf. Beten gehen, Bibel lesen. Eher Gott einen guten Mann sein lassen, wenn er das denn ist. Mauser ist sich da nicht so sicher. Und irgendwie hat das jetzt miteinander zu tun: die Gottesfrage und die Kleine im Waldgrab. Ein Rätsel, unbedingt zu lösen. Eine Knobelaufgabe. Dabei hilft mir der ganze Klimbim aber gar nix, denkt er verächtlich und schüttelt den Kopf. Er weiß nicht, was er sich hier erhofft hat. Er dreht sich um und geht hinaus, ohne auf den Lärm seiner Schritte zu achten.

Er stakst den Hügel hinunter und schlägt sich drüben am Waldrand wieder ins Gebüsch. Es riecht nach Moder und Moos, ein aufgeschossenes Vogelbeerdickicht, kahl jetzt mit einzelnen schwefelgelben Fiederblättern. Aus dem Laub steht ein Stein hervor, löchrig, weiß, verkrustet von Flechten, beflort mit Moospolstern, und erst im Näherkommen erkennt Mauser die Kreuzform.

Aha, denkt er. Ein Sühnekreuz. Mitten im Wald. Muss früher ein Weg dran vorbeigegangen sein. Gedenkstein an eine Untat, einen schaurigen Mord. Mauser schaut ihn sich an, kratzt die Verkrustungen ab, so alt scheint der nicht zu sein. Dolomit hier von der Hochfläche. Und dann findet er die Einkerbungen, die eine Jahreszahl ergeben: 1933. Er sucht den ganzen Stein ab, der ist nicht löchrig wegen Verwitterung, die Gravierungen sind deutlich zu erkennen, aber sonst trägt der Stein nichts. Namenloses Gedenken.

Komisch, denkt Mauser. Die Sühnekreuze stammen sonst aus dem Mittelalter. Ein Rechtsakt war das, Wiedergutmachung des Täters, richterlich verhängt. Meist findet man nichts als die Jahreszahl, manchmal aber auch Namen und Hergang. Aber seit das nicht mehr

Teil des Rechts ist, setzt keiner mehr einen Stein. Eher ein Flurkreuz oder einen Bildstock, dort verrichten sie dann ihre Andacht. Aber hier? Mitten im Wald? Da ist kein Weg vorbeigegegangen, den hat jemand ins Unterholz gestellt, damit ihn keiner findet. Muss ein frommer Mann gewesen sein, dass der auf die Idee kommt. Oder einer, der durch Rituale Befreiung will.

Neunzehndreiunddreißig, denkt Mauser, und eine Gänsehaut überläuft ihn. Das könnte passen. Gut siebzig Jahre. Der Mörder hatte ein Gewissen. Vielleicht hat ihn jemand daran erinnert, wie es früher war, als einer wegen seiner Tat Sühne suchte. Eine hilflose Geste, ein Glaubensakt. Aber wer macht das in dem Dorf da drüben, oder vielleicht auch sonst wo, er muss aus dem Dorf sein, sonst wäre hier nicht das Kreuz, wer wagt es, einem Steinmetz den Auftrag zu geben und es hier aufstellen zu lassen, im Dickicht?

Mauser steht und horcht. Der Wind hakelt in den Kronen. Fern der Ruf eines Raben. Nach einer Weile raschelt es im Unterholz und setzt ein eiliges Geläuf durchs Laub.

Verdammt einsam hier, denkt Mauser. Obwohl das Dorf nahe ist. Aber das Dorf ist selber auch einsam.

Er bricht quer durch den Wald und merkt sich die Stelle im Zurückblicken. Oben auf dem Weg schaut er weg von dem Grab. Jetzt, im Nachdenken, ist alles doch unwahrscheinlich. Irgend so ein Kreuz im Wald, zufällige Jahreszahl, und da soll es einen Zusammenhang geben? Damit könnte ich dem Kommissar nicht kommen, denkt Mauser, aber das will ich auch gar nicht. Neunzehndreiunddreißig. Jetzt könnte einer mal gezielt im Dorf fragen. Den Pfarrer fragen, wo das Kreuz herkommt. Ob einer was weiß davon.

Das Dorf ist ein Straßendorf, angelegt an zwei alten Straßenzügen, die sich kreuzen: von Nord nach Süd die Straße von Wilsingen her und die von Ost nach West, die Tigerfeld mit dem Laucherttal verbindet. Wo sich die beiden Straßen treffen, steht das alte Rathaus, und ein paar Häuser weiter der »Bären«. Die Häuser in Kettenacker sind mittlerweile alle aus dem zwanzigsten Jahrhundert, das letzte der typischen Seldnerhäuser wurde vor zehn Jahren abgebrochen.

Schade, denkt Mauser und stellt in dem Sträßchen ab, das sinnigerweise Unterm Rathaus heißt. Er spaziert die Straße entlang und gelangt zur Kirche. Hinter ihr liegt der kleine Friedhof. Wenn irgendwo steht, wo man den Pfarrer findet, dann im Schaukasten der Kirche.

Seelsorgeeinheit Gammertingen, heißt es im Aushang, Pfarrbüro Sankt Leodegar in Gammertingen. Kettenacker hat also keinen eigenen Pfarrer mehr. Nun ja, sagt sich Mauser, wenn ich schon einmal in der Gegend bin, geht zurück zu seiner Maschine, durch den Schattenfall der Häuser, die leere, sonnenzerschnittene Straße entlang. Ab und zu fährt ein Auto durch, zwei Frauen stehen am Gartentor und schwatzen, ein Trecker rattert um die Ecke.

Mauser fährt weiter, am »Bären« vorbei und aus dem Ort hinaus über Feldhausen nach Gammertingen. Es ist nach zwei, im Pfarrbüro müsste jemand da sein. Die übergewichtige Sekretärin ist freundlich und leutselig, der Pfarrer in seinem Büro zu sprechen. Der Pfarrer ist jung, wohl noch nicht lange hier, ob der mir meine Frage beantworten kann, denkt sich Mauser.

Er sagt Herr Wiegand zu ihm und nicht Herr Pfarrer. Er gibt sich als Heimatforscher aus und erzählt, dass er bei Kettenacker ein Sühnekreuz entdeckt hat, nennt die Jahreszahl, ob der Herr Wiegand etwas davon weiß. Der schüttelt den Kopf. Vor acht Jahren sind die Dörfer zur Seelsorgeeinheit zusammengefasst worden, erklärt er, zusammen mit Bronnen, Feldhausen, Harthausen und Neufra. Wer könnte mir, fragt Mauser, denn vielleicht weiterhelfen? Da sei einmal der alte Pfarrer, im Ruhestand jetzt, der noch in Kettenacker gewohnt habe. Oder der Fritz Schlagenhauf, einer von den ganz Alten, der sich mit der Ortsgeschichte auskenne und auch ein kleines Archiv angelegt habe. Der Pfarrer notiert die Adresse auf einem roten Zettel mit Haftstreifen und reicht ihn Mauser. Aber von einem Sühnekreuz, sagt der Pfarrer, habe ich noch nie gehört. Die sind doch normalerweise aus dem Mittelalter, oder?

Mauser bedankt sich für die Adresse und fragt noch einmal nach dem alten Pfarrer. Ob der denn die Nazizeit miterlebt hat. Ja, natürlich. Vor ihm allerdings, bis achtunddreißig, sei das ein gewisser Bonaventura Glattis gewesen. Der Pfarrer lehnt sich zurück und beginnt zu erzählen. Soweit er weiß, gab es da einen losen Zusammenschluss von Pfarrern aus der Gegend, die alle aus Kettenacker gekommen sind. Das Kettenacker Siebengestirn hat man die genannt. Sie haben Bibelarbeiten und Konferenzen und Predigtreihen abgehalten und sich einfach so zum theologischen Austausch getroffen. Schlagenhauf müsste da noch ein Foto haben aus der Zeit, da sind sie alle drauf. Und dieser Bonaventura Glattis war in Kettenacker eine prägende Gestalt, Glattis ist ja dort eine weitverzweigte Familie, die sich aber in verschiedene Sippen aufgeteilt hat, der Pfarrer Glattis hat, soweit Wiegand weiß, nichts mit dem gleichnamigen Wirt zu tun. Auf jeden Fall ist diesem Bonaventura das geistliche Wohl Kettenackers sehr am Herzen gelegen, er hat sich besonders für den Kampf gegen das alte heidnische Wesen eingesetzt, Sie wissen ja, sagt Wiegand und zwinkert Mauser zu, die alten Volksbräuche und Aberglauben, das sechste und siebte Buch Mose.

Mauser stellt sich dumm. Auch in seiner Familie in Buttenhausen hat dieses Werk herumgegeistert, mancher sollte es auf der Bühne haben oder darin lesen oder gar die Zaubersprüche ausprobieren. Das Buch hatte auf der Alb wohl eine weite Verbreitung.

Eine Sammlung von Gebeten und Hauszaubern aus dem achtzehnten Jahrhundert, sagt der Pfarrer wegwerfend. Manche behaupten, man könne damit seine Seele dem Teufel verschreiben, aber im Grunde ist das Büchlein ziemlich harmlos. Ich habe zwar selber noch nicht reingeschaut, versichert Wiegand, aber es ist in der theologischen Auseinandersetzung durchaus bekannt. Jedenfalls, dieser Bonaventura hat immer gegen den Gebrauch und den Besitz des Buches gewettert, das muss man verstehen, in Kettenacker hat der Aberglaube Tradition, man braucht nur an die Geschichte von den Tischlesruckern zu denken.

Wiegand lächelt. Aber so ernst sei das auch nicht zu nehmen. In vielen Albdörfern begegnet man der Volksfrömmigkeit, und im Rückgriff auf Hausmittel und alte Sprüche muss man nicht gleich einen Teufelspakt sehen. Problematischer ist da schon die Haltung gegenüber dem Nächsten, wenn man ihm mit einem Fluch oder einem Zauber schaden will. Darum, betont er, muss sich die Kirche kümmern.

Mauser ist beeindruckt. Er bedankt sich höflich, schüttelt dem Pfarrer die Hand, ein junges, glattrasiertes Gesicht, der weiße Kragen und das schwarze Hemd, moderne Zeiten vielleicht in der Kirche. Aber immer noch Verhütungsverbot und Männerdomäne. Wahrscheinlich kommt's drauf an, wie einer das lebt.

Draußen überlegt sich Mauser, ob er nun etwas erfahren hat. Zu diesem Schlagenhauf fährt er heute nicht mehr. Aber dieser Bonaventura geht ihm auch nicht aus dem Kopf. Komische Type. Passt irgendwie zu dem Sühnekreuz und der Kleinen im Grab. Alte Geschichten. Sechstes und siebtes Buch Mose. Bin wohl auch so ein Spiritist, denkt er und grinst. Sechster und siebter Sinn, was?

4

Der Garten hinter seinem Haus verschließt sich. Er rückt in eine Ferne, aus der ihn erst der Frühling zurückbringen wird. In den Beerenbüschen hängen letzte Früchte, schwarz geworden und ungenießbar. Ein fahles Blatt spießt sich auf einen Dorn. Die Hecken sind kahl und bieten keinen Schlupf mehr für Vögel. Der Quittenbaum steht nackt, eine dürre Gestalt mit fahrig gespreizten Ästen wie eine hysterische alte Jungfer.

Mauser recht das Laub zusammen an einem klammen Morgen und will es verbrennen, kriegt aber den Haufen nicht angezündet. Als er endlich brennt, quält sich der Qualm zäh in den grauen Himmel. Mauser gräbt die Beete um und verschnauft immer wieder, die Hände auf den Spatenstiel gestützt. Sofort bekommt er Blasen, die Bewegungen werden bald schwer und ungenau. Bin nichts mehr gewöhnt, denkt er.

Hinten, an der Hecke zum Nachbargarten und schon zur Lauter hin, sumpft der Rasen. Hier hat er die P 04 vergraben, Vaters Pistole aus der Kaiserzeit, die vor dreizehn Jahren so viel Furore gemacht hat. Samt Munition in Plastik verschweißt. Eigentlich hatte er sie Greving übergeben, sie war ein Beweisstück, aber der Fall ist offiziell ja nie gelöst worden. Vor ein paar Jahren hat er sie sich von Greving zurückerbeten, obwohl er keinen Waffenschein hat, aber Greving hat den Schlagbolzen abfeilen und sie ihm aushändigen lassen. Mauser hat den Schlagbolzen ersetzt und sie dann vergraben, weil er sie nicht mehr im Haus haben wollte.

Beim Umgraben, wenn das scharfe Spatenblatt in die Erde fährt und der Lehm schmatzt, muss er an das Waldgrab denken. Der würzige Ruch vom Laubfeuer gibt ihm ein Gefühl von Endgültigkeit, von der Zuverlässigkeit der kleinen Dinge. Das Leben, denkt er ungenau. Beim Schaffen kann einer nicht viel denken. Die Gedanken gehen träge im Kreis, und doch kommt am Ende eine Sache heraus, die vorher nicht da war.

Er hält inne und schaut sich den Garten an, das vom Herbst verwahrloste Stück Boden. Dann schaut er sich das Haus an, ein altes Haus, der Stock hat sich gesenkt und die Ziegel versetzt, der Putz blättert und müsste erneuert werden. Der alte Schopf, angebaut aus grauen Brettern und Latten. Aus dem Schornstein kräuselt Rauch.

Hier ist er geboren worden. Hier hat er als Kind sein Zuhause gehabt. Hier ist sein Vater jung gewesen, leidenschaftlich und verbissen; hier war seine Mutter eine hübsche Frau mit zwei Kindern. Hier hat sie sich aufgehängt, nachdem Mutz abgeholt worden ist. Hier ist Mutz ein kleines Mädchen gewesen und geblieben. Er hat sie nicht anders gekannt. Seine erste Erinnerung an sie war die an eine große Schwester, die anders war, als Schwestern sein sollten. Sie sagte wenig, spielte versunken stundenlang, begriff nichts. Sie ist blöd, hatte er zu

Mutter gesagt. Sie gab ihm eine Ohrfeige und schimpfte, das sollte er von seiner Schwester nicht sagen. Sie ist halt anders. Sie ist noch ein Kind, wie er. Er kann mit ihr spielen wie mit seinen Kameraden. Das hat er anfangs getan, bis er merkte, dass ihn die Freunde auslachten.

Eigentlich weiß er nicht viel von Mutz. Therese, wie sie richtig hieß. Sie war einfach da, als er auf die Welt kam. Wie Vater und Mutter. Und plötzlich war sie verschwunden, er kam heim von der Schule, Mutter heulte und schluchzte, der Vater starrte finster, und seine Mutter war dann auch nicht mehr da, er hat sie nie im Keller hängen sehen, er wusste nicht einmal die Stelle, der Vater hat es ihm nie gezeigt. Manchmal geht er noch zur Gedenkstätte in Grafeneck und sucht Thereses Namen in dem ausgelegten Buch, regengeschützt, die Liste mit den Namen aller, die dort ermordet wurden. Therese Mauser, geboren 1924, gestorben 1944 in Grafeneck. Wieso haben sie sie eigentlich zuhause abgeholt?, fragt er sich. Nie drüber nachgedacht. Waltz hat ihm erzählt, dass die Behinderten systematisch aus den Heimen und Kliniken zusammengekarrt worden sind, ein richtiger Verwaltungsapparat. Aber Mutz? Zuhause? Wieso war sie überhaupt zuhause und nicht auch in einem Heim, wenn sie doch schwachsinnig war? Wieso konnten die Eltern sie behalten? Siebenunddreißig trat doch das Erbgesetz in Kraft, das Gesetz zur Verhütung erbkranken Nachwuchses. War es da nicht vorgeschrieben, dass alle Behinderten in ein Heim kamen?

Waltz müsste ich mal fragen, denkt Mauser und macht mit dem Graben weiter. An den Sohlen der Gummistiefel hängen fette Batzen. Aber der redet ja nicht mehr mit mir.

Kurz nach eins geht Mauser wieder ins Haus. Die Gummistiefel bleiben vor der Hintertür stehen wie zwei Ministranten, der Spaten wird gesäubert und findet seinen Platz im Schopf. Das Mittagessen lässt Mauser ausfallen. Er macht sich den Leberkäs in der Mikrowelle warm und hat noch einen Rest Kartoffelsalat vom Albmetzger aus Gächingen. Die Senfschnecke auf dem Teller bleibt unberührt, das Brot ist alt und schmeckt nach Brotkasten. Dann macht er sich eine Tasse Bohnenkaffee und setzt sich in die Stube. Während er sitzt und trinkt und gedankenschwer döst, beginnt es zu regnen. Ein gleichbleibendes Rauschen und das Prasseln aufs Dach. Bald gluckert es in den Dachrinnen, und die Fenster verhängen sich mit Wasserschlieren.

Mist, denkt Mauser und weiß nicht genau, was er meint.

Kraftlos hängt er im Sessel, der Kaffee ist längst lau, die Uhr tickt. Er fröstelt. Er sollte die Heizung höher drehen. Bullige Wärme, Gardinen, Blumen auf der Fensterbank. Staubgeruch, Teppichmuster. Da wird einer ja rammdösig.

Dann fällt ihm Mutz wieder ein und dieser eine Gedanke, der ihn plötzlich vorwärtsbringt: sein Leben. Wie alles gekommen ist. Wie es damals war. Wer er eigentlich ist. Da wird einer dreiundsiebzig und hat sein Leben lang nicht gewusst, wer er ist. Hat alles einfach so gemacht, wie's gekommen ist. Das Eine gibt das Andere. Und am Schluss fragt sich einer, ob das alles gewesen sein soll.

Da muss doch noch was kommen.

Mutz, ja. Wie war das eigentlich mit seiner großen Schwester, die keine war? Was für eine Familie waren die Mausers?

Dann fällt ihm ein, dass auf der Bühne oben ein altes Kredenz steht, und in den riesigen Laden stopft sich lauter Andenkenkrempel: Fotos in Pappkartons, Schulzeugnisse, Rechnungen fürs Haus, Familienbriefe, Vaters Ahnenforschung, für die er einen eigenen Ordner anlegte, lauter solche Sachen.

Da sollte einer mal reinschauen, denkt Mauser.

Schwarz-Weiß-Bilder von Mutz. Mit der Erinnerung vergleichen. Mutter, die junge hübsche Frau. Vater in seiner Polizeiuniform. Der kleine Hermann im Gitterbettchen, zahnlos an einem Brotkanten nagend, mit Lederhose beim Wandern, das Hermännle, das nachts oft schrie und unruhig träumte. Das Hermännle, das still und stur seinen Weg ging. In der Schule. Im Studium an der PH. Im Beruf. In seinem Ledigenhaushalt, bevor Vater starb und er das Haus übernahm. Hermann, der tief verbunden war mit seiner Heimat. Du bist ja mehr Älbler als die Älbler selber, sagte Vater einmal. Ja, das alles mal wieder ausgraben. Die Gespenster der Vergangenheit, die umgehen und die Lebenden stören, hineinziehen wollen in ihre Scheinwelt, auf der sie beharren.

Es braucht noch eine Weile, bis er sich aufrafft und die steile Stiege in den ersten Stock hinaufsteigt. Sie knarrt und knackt vertraulich. Oben knarzen die Dielen. Im Flur bleibt er stehen und holt mit einem langen Haken die Falltür von der Decke, aus der sich dann die Leiter faltet. Das orangefarbene Holz, der Speichergeruch, die Kälte vom Dach. Während er hinaufsteigt, bleibt die Gegenwart zurück. Er stößt mit dem Kopf ins Dunkel vor, in die harsche Leere der Bühne, schiebt sich vollständig hinein und schaut sich um. Der Lichtschalter ist noch zum Drehen, ein altes schwarzes Ding, das federnd einrastet und den Strom fließen lässt. Eine nackte Glühbirne erhellt das Geviert dürftig. Hinten in der Dachkammer, hinterm Lattenverschlag, steht das Kredenz. In der Kammer, die einmal sein Kinderzimmer war. Eisige Winter, in denen vom Fenster die Eiszapfen hingen, innen wohlgemerkt. Das kalte Porzellan am warmen Po, wenn er pinkeln musste, Bottschamber, sagte die Mutter immer. Der dampfende Urin, ein traulicher Geruch in der Speicherkälte. Seine Angst vor dem Nachtgrabb. Im Bett, im Haus bist du sicher. Aber das glaubt so ein Kind nicht.

In der Kammer hat es noch eine Glühbirne und das blaue Regenlicht, das durchs Gaupenfenster fällt. Er wuchtet die oberste Lade auf, Kirschbaum, dunkle Maserung, hat sich verzogen und klemmt. Stöße von Papier darin, alte Kugelschreiber, Stapel mit aufgerissenen Briefumschlägen, ein Leitz-Aktenordner. In der zweiten Lade findet er dann die Kartons mit den Fotos. Blättert sie durch im fahlen Schein, monochrom mit Zierrand, so alt sind sie gar nicht. Von ihm gibt es nur ein, zwei Bilder, von Mutz erst, als sie schon älter war. Vater als Polizist, er hat auf einen alten Stich aus der Kaiserzeit gehofft mit Pickelhaube und Kaiserschnurrbart, aber so ließ ein Mauser sich wohl nicht fotografieren. Mutter im Badeanzug an einem Voralpensee, knackige Vorkriegsschönheit. Ja, ja. Er schiebt im Stehen ein Bild hinters andere, bis er die Stapel durchhat. Das hat mit mir nicht mehr viel zu tun, denkt er. Das bin ich nicht, da auf den Bildern. Das könnte wer weiß wer sein. Die jüngeren Fotos vom Vater sind interessanter, als er alt war und gebrechlich wurde, aus den Sechzigern. Familie Mauser. Einige Vettern und Onkel und Tanten, eine Base im Schwarzwald, ein Vetter auf der Alb, knuffig liegt er im Arm der Tante, dick verpackt, ja genau: der Vetter in Kettenacker. So sah der später aus, bevor er ein Greis wurde. Schnittig, breites Gesicht, dicke Brauen, scharfe Nase. *Fidel* steht auf der Rückseite, *Fidel beim Wandern, 1951.* Den könnte ich eigentlich mal wieder besuchen, in Kettenacker hab ich sowieso was verloren.

In der dritten Lade findet er ein Buch, in Leder eingeschlagen, dick und großformatig. Er holt es heraus und legt es auf das Kredenz. Blättert auf, die schweren Seiten mit wattig zerschlissenen Rändern. Mutters Schrift, blau verblasst, Sütterlin, das kann er noch lesen. Er irrt durch die Zeilen, dann versteht er: eine Art Tagebuch. Über Mutz, ihre Säuglingsjahre, ihre Kindheit. Fortschritte, Gesundheitszustand, Ausflüge. Kein Wunder, sie war ja das erste Kind. Stolze Mutter. Fürsorglich, manchmal ängstlich. Mauser erwischt eine Zeile: Vater hat gebruddelt, dass sie kaum noch Zeit für ihn hat.

Das war bei mir nicht anders, denkt Mauser, schiebt die Lade mit einem schrillen Ächzen zu und nimmt das

Tagebuch unter den Arm. Ich musste auf Mutz immer Rücksicht nehmen. Ihr wurde alles nachgesehen, mir nicht. Wollte mich gar für sie verantwortlich machen. Weil sie ja nicht auf sich selber aufpassen konnte, hieß es. Immer sollte ich mit ihr spielen, durfte sie aber nicht zu hart anpacken. Mutter hätschelte und herzte sie andauernd, denkt er und spürt eine fade Traurigkeit aufkommen. Er, Hermann, war ja ein Junge, das stand ihm nicht zu. Außerdem war er klug und schon groß. Mutter und Mutz, die beiden gehörten zusammen.

Er steigt die Leiter hinunter und drückt mit dem Haken die Falltür zu. Das muss ich mal in Ruhe durchlesen, denkt Mauser und setzt sich im Wohnzimmer in den Sessel. Von Anfang an. Der Kaffee ist kalt. Er geht in die Küche, um sich einen neuen zu machen. Das Knäuschen vom Hefezopf schneidet er auf, bestreicht es mit Butter und nimmt es mit in die Stube.

Eigentlich hab ich nie eine Schwester gehabt. Eine große, mein ich. Ich hab auf sie aufgepasst, und sie war Mamas Liebling. Auch eine Mutter hab ich nicht richtig gehabt, denk ich manchmal. Als sie sich aufgehängt hat, weil Mutz weg war, hab ich sie gehasst. Ich war stinkwütend, glaub ich. Oder war ich es später, bin es vielleicht heute noch? Hat mich alleingelassen, sobald Mutz nicht mehr da war. War ich denn niemand? War ich nicht auch ihr Kind? Vater ist in die Lücke gesprungen, hat mich rangenommen, mir die geordnete Polizistenwelt gezeigt. Da waren nur noch wir beide übrig. Die Weiber waren weg. Vielleicht hab ich deswegen nie geheiratet.

Als der Kaffee in der Tasse dampft, nimmt er das Buch her und schlägt es vorn auf. Ein paar Zeilen liest er, dann legt er es wieder weg, taucht den Hefezopf in das heiße Braun, dass sich der Teig vollsaugt; die Butter schmilzt und hinterlässt goldgelbe Fettaugen im Kaffee, er hebt das Stück heraus und schlürft den triefenden Teig weg. Ein Tropfen läuft über die Unterlippe das Kinn hinunter, bleibt in den Stoppeln hängen.

Wieso bin ich eigentlich die ganze Zeit allein geblieben?, fragt er sich. Was war das für ein Leben? Nur die Schule und die Heimatforschung, im Studium zu schüchtern oder was weiß ich, die anderen gingen nach Ravensburg und zogen durch die Altstadt, ich trieb am Rand mit und guckte zu. Oder wie war das? Nur keine Geschichtsklitterung. Du hast dich schon was getraut. Vielleicht warst du sogar ein richtiger Weiberheld, du mit deinen Grübchen. Aber irgendwie wurde nie was Festes draus.

Er nimmt das Buch wieder her, liest aber nicht.

Ich muss mit Veronika reden, denkt er. Eigentlich will ich mit ihr zusammen sein, so richtig. Das ist nicht nur eine Freundschaft, eine Liebschaft. Eigentlich könnten wir heiraten, wenn das für mich jetzt, wo's dem Ende zugeht, nicht lächerlich wäre. Oder wär's das gar nicht? Wir kommen gut miteinander aus. Wir brauchen einander. Wir suchen was, einer beim andern. Nennt man das Liebe?

Ich muss mit ihr reden, denkt er und fängt dann endlich an zu lesen.

5

Ein paar Tage regnet es. Veronika ist mit ihrer neuen Bestellung beschäftigt, Tafelservice, beide trauen sich nicht, miteinander zu reden. Er könnte auch mit dem Auto nach Kettenacker fahren, sein Stolz gegenüber den Schönwetterfahrern unter den Bikern hat nachgelassen, aber irgendwie will er das nicht. Die Feuchte im Innern, der Geruch nach Kunstleder, der Scheibenwischertakt, der den Regen unabänderlich macht – er hätte das Gefühl, gar nicht unterwegs zu sein, bloß auf Besorgungsfahrt, wie wenn er zum Supermarkt nach Münsingen fährt. Gern würde er bei Fidel im Lederanzug auflaufen, an einem sonnigen Vormittag. So schiebt er den Besuch hinaus. Was wohl der Kommissar inzwischen macht? Und ob Mauser wohl je wieder von ihm hören wird?

Dann kommt eine südwestliche Luftströmung zwischen die Polartiefs und bringt schwere, feuchte Luft, warm und böig wie im Vorfrühling, die Wolken ziehen aus der Welt heran, überfliegen die Alb und wecken Wünsche.

Mauser legt seinen Lederanzug an, steigt auf seine Maschine und fährt wieder los. Diesmal nähert er sich Kettenacker über Wilsingen, am Sportplatz vorbei in die Tigerfeldstraße. Er muss ein bisschen suchen, bis er das Haus wiederfindet. Ein paar Jahre ist's schon her, er rechnet nach und erschrickt. Acht Jahre. Inzwischen ist es mit dem Vetter nicht besser geworden. Sohn und Schwiegertochter wohnen im Haus und versorgen ihn, eine Pflegekraft kommt ein paar Mal in der Woche, und das Hirn wird immer brüchiger. Hoffentlich weiß er noch, wie man auf's Klo geht, denkt Mauser.

An der Tür drückt er die obere Klingel und wartet. Niemand öffnet. Dann die untere. Die Schwiegertochter macht auf.

»Was?«, sagt sie erstaunt. »Du?«

Mauser nickt nur und drückt ihr die Hand. »Wollte mal wieder nach meinem Vetter schauen«, sagt er verbindlich.

»Du lässt dich doch sonst nicht blicken. Schön, dass da bist. Willst ein Kaffee?«

»Danke. Wollte bloß zu Fidel. Wie geht's ihm denn?«

»Heut ist kein guter Tag für einen Besuch.« Sie steht in der offenen Tür und weiß nicht, ob sie ihn hereinlassen soll. »Er ist ziemlich durcheinander. Ich glaub, er hat sich noch mal hingelegt. Er steht ja immer noch früh auf, aber das hält nicht lang an so einem Tag wie heut.«

Mauser zögert, nickt verständnisvoll. Die Frau ist nicht mehr ganz jung und sieht abgeschafft aus. Sie macht den Eindruck, als sei ihr die ganze Arbeit zu viel. Alleingelassen, überlastet. Sie stammt aus dem Unterland. Auf der Alb wohnen und auf den senilen Schwiegervater aufpassen. Karges Los.

»Ja«, sagt Mauser langsam, »dann … ist's wohl besser, ich komm ein andermal wieder, was meinst?«

»Bei ihm kann man nie wissen«, sagt sie bestätigend. »Aber heut wird das wohl nix mehr.«

»So, gut. Dann …«

Sie nimmt die Türkante und schaut ihn auffordernd an.

»Wie geht's euch denn so?«, fällt Mauser noch ein.

»Gut, danke. So lang man aufstehen und schaffen kann …«

Aber das ist ein Satz, der ihr nicht zusteht. Dafür ist sie zu jung. Den hat sie sich hier oben abgeguckt, das ist nichts als eine Verweigerung, eine Beschämung dessen, der fragt. Abgehärmt und freudlos, denkt Mauser. Muss mit Fidel selber reden. Will sie ihn nicht reinlassen, oder sind es nur die Peinlichkeiten, die Mauser riskiert mit dem dementen Vetter? Oder ist es wirklich Fürsorge?

»Dann ist gut«, sagt Mauser kurzentschlossen und wendet sich ab. »Ich komm noch mal vorbei. Einen schönen Tag noch.«

Als er vom Haus weggeht zurück zu seinem Moped, ist er froh, dass er nicht mit dem Auto gekommen ist. Dann hätte es nur diesen erfolglosen Versuch gegeben und nichts weiter. So aber kann er sich vorkommen, als wäre er auf einem Ausflug.

Jetzt hab ich Durst, denkt er und steckt den Schlüssel ins Zündschloss. Im »Bären« war ich schon lang nicht mehr. Er fährt die Lusthoferstraße hinauf bis zur Einmündung, dann biegt er ab und hält auf dem breiten Platz vor dem Wirtshaus. Giebelseite zur Straße, sandgelb mit weißen Fensterbögen, angebaut das renovierte Sudhaus. Früher, bis achtundneunzig, war das eine

Brauereigaststätte, da gab es hier eigenes Bier, Spezialbier mit Hefe, unfiltriert. Dann hat das aufgehört, und seither trinkt man Zwiefalter. Schade drum. Er kann sich noch an das alte Etikett auf den Flaschen erinnern, blaurot mit dem Bären, *Bleibt Eurer Heimat treu*, als wär man noch im Krieg. Im Krieg gegen das Fremde. Das hält heute fröhlich Einzug, kein Nest ist heutzutage abgelegen, auch hier hat man seit März DSL, und die Schüsseln an den Hauswänden beten Astra an.

Drinnen ist es wie sonst. Hell und freundlich renoviert, mit viel Holzgebälk und Täferung und gusseisernen Lampenschirmen. Ein geschmackvolles Arrangement in Eichenbraun und Tischdeckenweiß, in Brauereizunft und Aktivurlaub. Mancherorts auf der Alb heißt das immer noch Fremdenzimmer.

»Grüß Gott, Hermann«, grüßt der Wirt, der gerade aus der Schwingtür der Küche kommt. »Mal wieder hier?«

»Grüß Gott, Otto. Durst hab ich.«

»Kommt gleich«, sagt Otto und zwinkert Mauser zu.

Der setzt sich an einen Zweiertisch am Fenster, von wo er die Stube überblicken kann. An dem Ecktisch gegenüber sitzt ein altes Männlein im abgeschabten Anzug, den Hemdkragen offen, und süppelt an seinem Schoppen. Mauser kennt ihn nicht, ihre Blicke begegnen sich kurz und nichtssagend. Mauser zieht den Zettel mit dem Namen heraus, den ihm der Pfarrer gegeben hat. Fritz Schlagenhauf. Die Adresse. Er will Otto fragen, wo er den findet.

Otto stellt ihm im Vorbeilaufen ein Weizenbier hin.

Der steife Schaum schwappt über und trielt am Glas hinunter. Das Bier ist trübgelb und perlt. Mauser nimmt den ersten Schluck, einen langen, der erste ist immer der beste, wischt sich den Schaum von den Lippen und wartet, dass Otto noch mal vorbeikommt.

»Willst was zum Essen?«, fragt Otto und hält nur kurz am Tisch.

»Was hast's denn so eilig, Otto?«

»Wir haben heut Abend einen Vereinsabend. Die Sportler, weißt. Abendessen mit allem. Da muss ich jetzt schon vorbereiten.«

»Die Kameraden von der Spielvereinigung, soso.«

»Alle Mann. Also die Kreisliga und die AH. Die Junioren feiern im Jugendtreff.«

Sonst interessiert sich Mauser nie für das Lokalgerede. Aber nun, da er nach der Identität einer Leiche sucht, kann alles wichtig sein. Er hat ja Zeit. Die hat Greving nicht, und der wird auch nie hier sitzen und sich beim Hefeweizen vom Wirt Fußballergeschichten erzählen lassen.

»Nein, zum Essen will ich noch nix. Sag mal, Otto, wer ist denn das da?«, fragt Mauser und zeigt auf das Männlein im Anzug.

»Kennst den nicht? Das ist der Fritz, der Schlagenhauf, unser Heimatforscher.«

»Ich hab gedacht, das wär dein Verwandter, der Gottfried.«

»Wer?«

»Der in Mannheim. Der im ›*Zollerländle*‹ veröffentlicht hat.«

»Ach, den meinst. Der ist nicht mit mir verwandt. Der gehört zu einer anderen Glattis-Sippe. Obwohl: Verwandt sind wir sicher irgendwie, um ein paar Ecken. Nein, der Fritz, der hat nie was veröffentlicht. Der hat alles daheim im Keller und alles im Hirn. Alte Fotos hat der noch aus der Kaiserzeit. Und der weiß natürlich auch noch alles, was seit Adolfs Krönung in Kettenacker losgewesen ist. Das mögen ein paar Leute nicht. Deshalb schneiden ihn auch manche. Aber ich mag den Kerl. Der sagt einem, wie's ist.«

»Ach, da guck an. Euer Heimatforscher.«

»Richtiges Archiv hat der.«

Dass er den Namen vom Gammertinger Pfarrer kennt, sagt Mauser wohlweislich nicht. »Wenn ich nachher Hunger krieg, tätst mir dann auch einen Wurstsalat machen, Otto?«

»Ha, freilich. Warum nicht?«

Otto verschwindet wieder in der Küche, und Mauser nimmt das Männlein mit seinem Weinschoppen ins Visier. Dann steht er kurzentschlossen auf, nimmt sein Glas und trägt es quer durch die Stube bis zum Tisch des Alten. Ohne groß zu fragen, hockt er sich hin und prostet dem Alten zu.

Der schaut erstaunt auf, erwidert aber das Prosit nicht.

»Haben Sie Otto schon mal Musik machen hören?«, fragt Mauser aus heiterem Himmel.

»Wen?« So dünn das Männlein ist, so fest und barsch kommt die Stimme.

»Den Wirt. Otto Glattis. Der spielt doch auf mit seiner Quetschkommode, für Touristengruppen und so. Der singende Wirt, heißt's. Haben Sie das schon mal gesehen?«

»Wer bist denn überhaupt? Was willst denn von mir?«

»Die Vergangenheit«, sagt Mauser und denkt sich, dass bei dem Kerl Unverblümtheit am besten weiterhilft.

Der Mundarteinschlag ist stark bei diesem Alten. Da hört man schon das Tuttlingerische heraus. Er benutzt Formen für »haben« und »sein«, die man in Buttenhausen nicht kennt. Umgekehrt weiß der Alte sicher schnell, wo Mauser her ist.

»Die Vergangenheit? Bist von der Polizei, oder was?«

»Nein, seh ich so aus?«

»Weiß man nie.« Schlagenhauf zuckt die Schultern.

»Warum?«, fragt Mauser nach. »Ist was passiert?«

»Man hört immer was. Da kommen welche und wollen Sachen wissen. Was man da und da gemacht hat. Wer mit wem gestritten und wer wessen Bett gewärmt hat. Bist auch so einer?«

»Nein«, sagt Mauser entschieden, »das interessiert mich nicht. Was über alte Zeiten, über Heimatgeschichte will ich hören. Ich bin der Hermann.« Er hält die Hand hin.

»Fritz«, sagt der Andere und nickt bloß. »Was willst denn wissen?«

»Alles. Wie's damals mit dem Pfarrer war in Kettenacker, oder das alte Wegenetz und die Keltengräber, was einer da noch findet, oder wie's mit den Nazis hier angefangen hat, lauter solche Sachen.«

»Und was interessiert dich das? Was geht dich Kettenacker an, ha?«

Der ist nicht leicht zu knacken, denkt Mauser. Räß wie vorjähriger Most. Aber ich krieg dich, Bürschchen.

»Ich war Lehrer in der Lautertalschule, weißt. Da hab ich den Kleinen alles beigebracht, was es von der Alb zu wissen gibt, und das hab ich natürlich alles selber nachgeprüft. Ich glaub, ich weiß über die Alb ziemlich gut Bescheid. Habt ihr hier irgendwelche Höhlen?«, fragt er und redet gleich weiter. »Aber in Höhlen kann ich nicht mehr so, die Knochen machen's nicht mehr.«

»Ha, was soll ich dann sagen?«, trumpft der Schlagenhauf auf. »Aber mit Höhlen hab ich's nie so gehabt. Bin mehr dafür, mit den Leuten zu schwätzen, weißt? Man lässt sich von vielen erzählen und hat bald den Kern von der Geschichte. Das hab ich dann aufgeschrieben und gesammelt. Vieles weiß ich auch von meinem Vater und meiner Mutter. So ist das zusammengekommen, das Archiv.«

»Warst du denn für deine Forschungen auch schon in Stuttgart, im Landesarchiv?«

»Ha klar! Obwohl man vieles in Sigmaringen findet, das hier war ja lange zollerisch.«

»Aber auch mal württembergisch«, wendet Mauser ein.

Schlagenhauf lacht und wird lebendig. »Achtzehnfünf. Das zählt nicht. Das waren bloß ein paar Monate.«

»Das mein ich nicht. Fünfzehnvierunddreißig, da

ist der Herzog Ulrich in die Spethsche Herrschaft eingefallen. Das waren ganze zwölf Jahre.«

»Ja so, und der Alba hat's ihm wieder abgenommen, gell?« Schlagenhauf pfeift durch die Zähne. »Du weißt aber Bescheid! Donderwetter aber auch! Hast das aus der Achthundertjahresfestschrift?«

»Natürlich.«

»Soso, bist also auch so ein Heimatforscher, wie ich. Erzählen kann ich dir einen Haufen. Du hast vorhin von den Kelten geredet und von dem alten Wegenetz. Pass auf, was ich dir erzähl!«

Und dann beginnt eine kurzweilige Geschichtsstunde, zu der bloß noch der Kamin mit prasselndem Feuer gehört. So sollte ich mit dem sitzen, bis es dunkel wird, denkt Mauser einmal. Der Wurstsalat ist vergessen, und Schlagenhaufs Reserve gegen ihn auch.

Er erzählt von der Flur Alte Wege nördlich von Ittenhausen, wo die alten Nord-Süd-Wege die Öde überqueren, Überbleibsel aus der Bronzezeit, von der Weiler Furt bis zum Wilsinger Gräberfeld. Was man davon noch sieht? In bebautem Gelände halten sie sich an geleismäßige Bahnen, haben aber keine Steinlage und bilden in den tiefgründigen Böden markante Hohlwege. Mauser gibt seinen sachkundigen Senf dazu, und das Gespräch blüht weiter auf. Ob denn etwa der Weg, der durch den Kohlhau zu den Buchäckern führe, auch so ein alter Weg sei, fragt Mauser scheinbar arglos. Ha nein, heißt es, das sei ein Feldweg gewesen aus der Zeit, als der Kohlhau noch gerodet war, aber das sei ein abseitiges Gewann, da gehe kaum einer hin. Behutsam lenkt Mauser die Erzählung auf abergläubische Sitten im Dorf, er weiß nicht, ob er einen guten Katholiken vor sich hat, aber Schlagenhauf winkt ab. Das hat es in jedem Albdorf gegeben, und vielleicht gibt es auch heut noch welche, die diesen Zauberkram glauben. Besonders das sechste und siebte Buch Mose, erzählt der Alte, hat mancher in der Lade gehabt und heimlich hervorgeholt. Mauser erwähnt Bonaventura Glattis. Und tatsächlich weiß Schlagenhauf auf das Stichwort von dem einstigen Pfarrer, dass er wie wild gegen den Aberglauben gekämpft hat, er hat ja zum Kettenacker Siebengestirn gehört, Schlagenhauf führt das ein wenig aus und kommt dann auf die Tischlesrucker, die alte Geschichte, die immer noch erzählt wird. Aus Traditionsstolz und aus Gaudi, und immerhin ist daraus ja der hiesige Fasnetsverein entstanden. Schlagenhauf hebt an, die Mär zum Besten zu geben, aber Mauser hält ihn noch einmal zurück. Ob denn der Bonaventura auch dagegen was gehabt habe. Weißt, sagt der Heimatgeschichtler, ich bin ja auch kein rechter Katholik, also so ein Hundertfünfzigprozentiger. Ein bisschen Aberglaube schadet der Kirch sicher nix, und vielleicht ist ja der ganze Katholizismus ein einziger Aberglaube. Mauser erinnert an die Gottschützedichle, aber dieses Stichwort verfängt nicht. Er wolle halt auf dem Friedhof begraben werden und nicht im Wald, bekennt Schlagenhauf. Bei den Kelten, wirft Mauser ein. Ja, genau. Das mit der geweihten Erde sei ja schon zum Nachdenken, aber von einem Waldgrab oder einem verschwundenen Mädchen erzählt er nichts.

Jedenfalls, die Sache mit den Tischlesruckern, und dann erzählt er doch noch den Schwank, der an die Sieben Schwaben erinnert und auch so daherkommt. Da wollten fünf aus der Gemeinde den Schatz Attilas heben, den sie auf dem Dachsberg vermuteten, und befragten dazu im »Bären« Attilas Geist beim Tischlesrucken. Der antwortete prompt, aber es war der Wirt aus dem Nebenzimmer. Die fünf zogen mitten in der Nacht los, im Winter, und fanden auf dem Dachsberg einen Haufen Geister und Dämonen vor, sodass sie Hals über Kopf die Flucht ergriffen. Der ganze Spuk war natürlich vom Wirt und Helfershelfern inszeniert, und das ganze Dorf lachte über die verhinderten Schatzräuber. Wegen der dabei verwendeten Fasnetsmasken hat dann der hiesige Verein den Namen gewählt. Mauser lächelt und nickt dazu. So machen sich die Leut über ihr eigenes Heidentum lustig. Selbstironie, kein schlechter Zug, denkt er. Immerhin steckt in der Mär allerlei volkskundliche Information, erläutert Schlagenhauf, so weist etwa die Sage, dass der Hunnenkönig auf dem Dachsberg begraben liegt, vielleicht auf ein heidnisches Heiligtum hin.

Ob er denn von einem wisse, der mit dem sechsten und siebten Buch Mose umgegangen sei. Der Pfarrer hat, sagt der Alte, besonders den Schellenheinz auf dem Kieker gehabt, er weiß auch nicht warum. Die beiden sind sich spinnefeind gewesen. Der Pfarrer hat dem Heinz öffentlich vorgeworfen, dass er Zauberei treibt, und manche im Dorf haben ihm sowieso bloß Böses gewünscht, aber aus anderen Gründen. Was für ein

Heinz?, fragt Mauser dazwischen. Der Heinz Mauser, sagt Schlagenhauf und guckt ganz erstaunt, als Mauser lacht. Kennst den? Ha klar, das war mein Onkel. Und der Fidel ist mein Vetter. Ja dann bist du ein Mauser? Schlag mich's Blechle, ja sag das doch gleich!

Freudiger als vorher erzählt der Alte weiter. Heinz war ein eingefleischter Sozi und kam nach der Machtergreifung der Braunhemden auf den Heuberg, dreiunddreißig war das gleich. Heuberg? Na, das Internierungslager bei Stetten am Kalten Markt. Vorher ist ihm seine Frau weggelaufen, dem Armen, wahrscheinlich war die nicht rassenrein nach der neuen Ideologie und hat im Voraus was geahnt. Jedenfalls war er dann allein mit seinen Bälgern und ist auch noch auf den Heuberg gekommen. Im gleichen Jahr allerdings war er wieder frei, aber im Dorf hetzten sie gegen ihn. Besonders die, die damals in der HJ waren, der Verein war ganz schön umtriebig, da waren Dreikäsehochs dabei, die jetzt noch in der Altherrenriege zusammenglucken und von den alten Zeiten schwärmen. Altherrenriege? Die Altherrenmannschaft von der Spielvereinigung, er will keine Namen nennen. Aber die machten dem Heinz das Leben sauer, und der Fidel hat davon auch einiges abgekriegt. Ja, ja, der Fidel. Der geht jetzt auch anfangen hinüber, sagt Schlagenhauf nachdenklich. Das ist normal. Schön, dass seine Kinder sich um ihn kümmern. Aber die Schwiegertochter, das ist eine Herbe. Mauser nickt und grinst. Jetzt hat er ganz nebenbei etwas über seinen Onkel erfahren, Dinge, von denen er keine Ahnung hatte. Nach Reutlingen ist er immer hinunter, legt Schlagenhauf nach, zu den roten

Versammlungen. Na ja, später sei das ja nicht mehr gegangen.

Das Gespräch tröpfelt aus. Plötzlich wird Schlagenhauf wieder maulfaul. Er trinkt seinen Schoppen leer und schaut Mauser an. Er runzelt die Stirn.

»Was ist?«, fragt Mauser.

»Ich mein, da ist noch was gewesen«, sagt Schlagenhauf zögernd. »Irgendwas mit dem Schellenheinz. Da ist was passiert, dreiunddreißig, kurz bevor er auf den Heuberg gekommen ist. Der Pfarrer hat auch immer davon angefangen, ich weiß nicht, was da zwischen den beiden am Laufen war. Und einmal hat's glaub ich auch was Böses gegeben mit der HJ, irgendeine Strafaktion gegen den Heinz. Aber da musst die Herren selber fragen, die wissen noch genug von damals, und soweit ich weiß, haben die Väter munter mitgemacht.«

»Was ist aus dem Pfarrer geworden?«, fragt Mauser in einem hellen Moment. »War das der letzte Kettenacker Pfarrer?«

»Nein, der letzte war der Biener. Der ist danach gekommen. Der Glattis, glaub ich, ist versetzt worden. Im gleichen Jahr. Irgend so was. Ich müsst noch mal nachgucken, vielleicht findet sich noch was. Im Archiv von der Lauchert-Zeitung vielleicht, die hat's damals hier gegeben.«

Mauser kann mit diesen Informationen noch wenig anfangen. Möglich, dass sein Onkel Heinz irgendetwas mit dem Verschwinden zu tun hat, auch wenn keiner was von der Kleinen zu wissen scheint. Vielleicht weiß ja Fidel was, denkt er. Auf jeden Fall wird der Kommissar das mit der Lauchert-Zeitung auch schon wissen, nur dass er das Datum nicht kennt, nach dem er suchen müsst. Das werd ich ihm nicht verraten. Und der würd mir sowieso nicht glauben.

»Ja, ja, so ist das. Heut Abend hocken sie wieder alle beinander, die Altherrenriege, und tun, als könnten sie kein Wässerchen trüben. Uns geht's nur um den Fußball, sagen die – ja, Pfeifendeckel! Ein Verein muss's sein, egal welche Farb die Tracht hat.« Er winkt ab. »Aber vielleicht seh ich das auch falsch. Ich will mit keinem Streit. Sollen die machen, was sie wollen.«

»Es gibt eben solche und solche«, tröstet Mauser.

»Ja, aber leider mehr solche als solche.«

Schlagenhauf lässt sich zu keinem zweiten Schoppen einladen, sondern bricht auf. Handschlag, Ausdruck gegenseitiger Kennenlernfreude, Hoffnung auf Wiedersehen. Vielleicht kreuze er bei ihm noch mal auf, sagt Mauser, wenn er was wissen wolle. Ja, ist recht.

Mauser bleibt allein am Tisch.

Otto hetzt vorbei und wirft ihm einen Blick zu. Einen bedenklichen. Wird das hier nicht gern gesehen, wenn sich einer mit dem alten Schlagenhauf unterhält? Oder war die Sache mit der Altherrenriege zu laut zu hören?

Tatsächlich beugt sich Otto beim nächsten Gang kurz her.

»Du, was der alte Fritz da über die AH gesagt hat, das darfst du fein nicht auf die Goldwaage legen. Der Fritz ist ein bisschen verbittert, sein Vater hat einen Grundstücksstreit mit dem Katzenmanges gehabt, das hat böses Blut gegeben. Und das mit der HJ, das war auch nicht schlimmer als anderswo auf der Alb. Das waren halt Kinder.«

»Schon recht«, winkt Mauser ab und zahlt sein Bier. »Geht mich auch nix an. Feiert heut Abend schön«, sagt er mit einem undurchsichtigen Lächeln und geht.

Draußen vor der Tür ist es warm. Der Wind stöhnt in den Baumgerippen und zupft die letzten Blätter weg. Mauser weiß nicht recht wohin. Er fährt nördlich aus dem Ort heraus, guckt sich den Sportplatz an, der verwaist in der Flur liegt, von Wiesen und Äckern umgeben, dann biegt er auf die Tigerfelderstraße ein. Die heißt dann Kapellenweg, weil sie am Kapellenhau vorbeiführt und dann, an der Gemarkungsgrenze, an der Sattlerkapelle. Dort heißt sie Kettenacker Weg. Die beiden Buchen am Wegrand sind ein Naturdenkmal, Karlsbuchen heißen sie, und darunter steht ein blauer BMW und ein Mann im Gras, der übers Land schaut. Im Vorbeifahren erkennt Mauser den Mann.

Er hält an und stellt am Straßenrand ab. Der Mann schaut her und wartet. Er trägt eine dick gefütterte Lederjacke und Jeans. Mauser trabt hinüber, den Helm am Arm, und stellt sich neben den Mann ins Gras.

»Grüß Gott, Herr Kommissar.«

»Guten Tag, Herr Mauser.«

Eine alte Egge rostet im Gras vor sich hin. Mauser schaut den Baum hinauf in die mächtigen, kahlen Kronen. Ungestalter Stamm, vielfach zerteilt und verwachsen. Das kleine Blechschild: *Naturdenkmal.*

»So, sind Sie bei der Arbeit?«

Greving zuckt die Schultern. »Ich wollte mich mal umsehen. Viel können wir noch nicht tun.«

»Haben Sie noch kein Ergebnis von der Knochenuntersuchung?«

»Das ist nicht so einfach, wie ich es mir vorgestellt habe. Mit der Radiocarbonmethode kriegt man keine vernünftigen Ergebnisse. Nun müssen wir warten. Wir brauchen schließlich ein konkretes Datum.«

Mauser denkt sich seinen Teil und nickt.

»Haben Sie sich schon im Dorf umgehört?«

»Nein, noch nicht. Ich will das machen, wenn wir ein konkretes Datum haben. Dann werde ich auch nach dem Kettchen fragen ...«

»Das Gottschützedichle?«

»Genau.«

»Und in der Zeitung? Könnte da was gestanden haben?« Mauser gibt sich beflissen, um sich sein Interesse am Kenntnisstand des Kommissars nicht anmerken zu lassen.

»Dass es damals vor und während der NS-Zeit eine Zeitung namens Lauchert-Zeitung gab, wissen wir jetzt. Wir haben ja immerhin die Frakturschrift auf dem Medaillon als zeitlichen Anhaltspunkt. Aber trotzdem ist es natürlich eine Heidenarbeit, alle Jahrgänge auf gut Glück zu durchsuchen. Na ja, aber das gehört eben zu unserem Job. Als Erstes müssen wir herausfinden, wer die Tote ist.«

Greving steckt die Hände in die Taschen seiner Lederjacke und schaut sich um.

»Und Sie?«, fragt er harmlos, ohne Mauser anzusehen. »Wie weit sind Sie?«

»Was meinen Sie?«

»Sie recherchieren doch sicher auch. Sie wollen doch auch wissen, was es mit der Leiche auf sich hat, oder?«

Mauser lacht. »Wie kommen Sie denn da drauf, Herr Kommissar?«, sagt er übertrieben unschuldig. »Nein, nein, ich hab meine Lektion von vor dreizehn Jahren gelernt.«

»Und was führt Sie dann nach Kettenacker?« Greving zeigt nicht, ob er die Ironie in Mausers Antwort bemerkt hat.

»Hab hier einen Vetter, den wollt ich besuchen.« Das ist nicht einmal gelogen. »Und mit der Hallstattsiedlung da drüben im Kohlhau bin ich auch noch nicht fertig.«

Greving nickt abwesend.

»Wohin geht es denn da?«, fragt er und zeigt den Kapellenweg entlang.

»Nach Tigerfeld. An der Gemarkungsgrenze kommt eine kleine Kapelle, die Sattlerkapelle. Da bin ich manchmal an Karfreitag.«

»Sie sind doch evangelisch, oder?«

»Na und? Das ist ein schöner Ort. Abgelegen, hat eine ganz eigene Stimmung. In dem Kapellchen kann einer gut sitzen und nachdenken. Da braucht einer ja keine Maria anzubeten, wenn er nicht will.«

»Ach, wissen Sie, das mit dem Glauben …« Das klingt resigniert.

»Ha no, Herr Greving, Sie sind doch sonst immer so fromm!«

»Fromm bin ich nicht. Ich versuche nur zu leben, was ich glaube. Das ist alles nicht so einfach, Herr Mauser.« Er seufzt. »Manchmal denke ich, es wäre leichter, solche katholischen Rituale befolgen zu können, wissen Sie? Man betet einen Rosenkranz oder ein Avemaria, geht zur Beichte oder stellt Blumen vor die Marienstatue, und schon ist man von aller Last befreit. Das sind alles Dinge, die man leisten kann. Aber ständig sein Gewissen prüfen müssen, und immer angehen müssen gegen die Trägheit und die Selbstsucht, gegen die Angst, zu kurz zu kommen, gegen die eigene Gier – das zermürbt.« Greving atmet tief durch. Jetzt wird er für ein paar Augenblicke lebendig, richtig leidenschaftlich. »Wissen Sie, das eigentlich Heidnische am Aberglauben, an Zauberei und Hausmittelchen und Amuletten ist ja nichts Dogmatisches, sondern der Versuch, das Böse zu bannen in eine Form, die man beherrschen kann. Die das Böse veräußerlicht und zum Objekt macht, mit dem man dann umgehen kann. Warum ist das so verwerflich, werden Sie fragen. Ganz einfach: Weil es eine Lüge ist. Weil es von unserer Ohnmacht ablenkt. Weil es unsere Erlösungsbedürftigkeit leugnet. Weil dann Christus nicht für uns hätte sterben müssen. Denn das Böse sitzt schon in uns selber, von Geburt an. Wir haben uns dahinein verstrickt, und das Einzige, was uns davor retten kann, ist eine radikale Umkehr. Eine Neuwerdung. Eine Auslieferung des ganzen Menschen an Gott. Und das ist es, was der Aberglaube uns erspart. Und deshalb muss jede christliche Lebensform, die das leugnet, zum Aberglauben werden.«

Mauser kann dazu nichts sagen. Da trifft er diesen Kommissar unter den Karlsbuchen und will ihn aushorchen, und dann kommt er mit einer religiösen Beichte. Der hat auch keinen, mit dem er reden kann. Was ist mit seinem Pfarrer? Was ist mit seiner Frau?

»Sind Sie eigentlich verheiratet, Herr Greving?«

»Geschieden, Herr Mauser, geschieden. Seit zwei Jahren. Das hätte ich nie für möglich gehalten. Zwei Christen, die es miteinander nicht aushalten. Die aus der Vergebung leben und ohne Gottes Gnade keinen Tag überstehen könnten und es trotzdem nicht schaffen, einander zu vergeben.«

Aha, daher weht der Wind.

»Das hat Sie getroffen, ha?«

»Seither bin ich ins Nachdenken gekommen«, gibt Greving zu. »Über alles. Mein Leben. Meinen Glauben. Was das alles für einen Sinn hat. Da muss doch noch was kommen, das kann doch nicht alles gewesen sein!«

Der hat seine Krise, denkt Mauser und kann ein mitfühlendes Bedauern nicht unterdrücken. Dem geht es grad so wie mir.

»Deshalb bin ich auch von Reutlingen weg. Ich brauchte ein neues Umfeld. Ich wollte meine Ruhe haben.«

»Und? Haben Sie die?«

»Der Job, wissen Sie. Irgendwie macht mich das fertig.« Er hat immer noch die Hände in den Taschen vergraben und späht übers Feld, als wäre er auf Beute aus. Was sieht er da?, fragt sich Mauser. Einsamkeit. Ödnis. Den ruhigen Gang der Natur. Ein sanftes Sichsinkenlassen, Aufgehobensein, vielleicht ein Ausbrechen aus den eingefahrenen Bahnen. Freiheit? An einem Wochentag mit Büroarbeit nach Kettenacker fahren und sich umschauen. Die Leiche ist bloß der Vorwand dazu. Was er hier findet, ist eine ganz andere Welt. Eine unerhörte Möglichkeit: So könnte das Leben auch sein. Du könntest ein ganz Anderer sein, einen ganz anderen Weg gehen. Du könntest frei sein, dort drüben am Waldrand hinspazierend und dir nasse Schuhe im Gras holend, und du könntest vergessen, was alles war und ist und wer du bist und sein musst und was man alles von dir erwartet. Du könntest dich selbst vergessen. So etwas, das muss er sehen, wenn er da so in die Landschaft schaut.

»Wissen Sie, Herr Mauser, es sind nicht die vielen Leichen, die ich gesehen habe, die machen mir nichts aus. Tote Leiber eben. Aber meine Arbeit hat ja nicht unbedingt etwas Konstruktives, verstehen Sie? Ich bringe nichts Gutes hervor, etwas, das die Welt besser macht. Man könnte sagen, dass ich für Gerechtigkeit sorge, gewiss, aber was ich in Wahrheit tue, ist nur, die Wirklichkeit zu rekonstruieren. Die Geschichte, die hinter jeder Leiche steckt. Nein, nicht rekonstruieren – das setzt voraus, dass es sie schon gibt und wir sie nur entdecken müssten. Wir *konstruieren* die Wirklichkeit, das ist es! Wir liefern eine lückenlose Realität, in der sich das Böse mit Wissenschaft und Cleverness in ein durchschaubares Gefüge überführen lässt. Das beruhigt, das tröstet. Das nimmt dem Bösen den Schrecken, das Grauen, das in unser Leben eingebrochen ist. Wir geben der Dunkelheit ein ansehbares Gesicht. Das

Böse darf nicht gesichtslos bleiben, auch das Leid und der Schmerz nicht, das ist wichtig. Deshalb übrigens«, sagt er und nimmt nun die Hände aus der Tasche, gestikuliert wild herum, »lesen die Leute so gerne Krimis. Man will die Geschichte hinter der Untat, oder irgendeine Geschichte. Denn dann erst ergibt das Böse einen Sinn. Wenn wir den Täter und sein Motiv kennen, wenn wir wissen, wann und wo und wie er es getan hat, dann weicht das Abgründige der Tat. Das beruhigt. Das festigt die Weltsicht. Aber das Böse *ist* in Wahrheit ein Abgrund, Mauser. Da ändern unsere ganzen Konstruktionen und Geschichten nichts. Das Böse ist sinnlos, unauslotbar, unauflösbar, eine ständige Bedrohung für jedes Weltbild, aus dem wir ja Sinn und Ordnung ziehen. Das Böse dürfte es eigentlich gar nicht geben. Und dass es das Böse dennoch gibt, das ist im Grunde eine Absurdität, die alles in Frage stellt.«

Mauser nickt nur. Jetzt muss er zuhören, weiß er. Wenn einer so anfängt, dann muss da was raus. Erstaunlich bloß, dass der Kommissar zu ihm, Mauser, dieses Vertrauen hat. Was bringt ihn dazu? Was haben sie gemeinsam?

»Immer mehr«, fährt Greving fort, »gehen für mich die Geschichten nicht mehr auf. Alles wird immer undurchschaubarer. Wir wissen mittlerweile so vieles über uns, durch Psychologie und Soziologie und Biologie und was weiß ich, aber im Grunde bleibt der Mensch immer noch ein Rätsel. Das Rätsel des Bösen und die Möglichkeit des Guten sind unauslotbar. Die Geschichten, die wir uns erzählen über uns selbst und unsere

Welt sind fadenscheinig geworden. Wenn ich so einen Mordfall aufkläre, erhalte ich am Schluss eine Geschichte, in der ich mir das Geschehen einsichtig machen kann. Aber ich komme nicht darüber hinweg, dass ich interpretiere, um meine Geschichte zu finden. Dass die Fakten letztlich nicht ganz aufgehen. Dass die Lösung, die ich finde, immer von meinem Bedürfnis nach Sinn geprägt ist. Das Böse selbst aber entzieht sich der Deutung. Das ist es, lieber Herr Mauser, was mich allmählich fertigmacht!«

Mauser schweigt einen Augenblick. Was soll er dazu sagen? Er hat nicht in allem folgen können, aber er merkt, dass das eine grundlegende Sache ist, die den Kommissar umtreibt.

»Sie sind ja richtig gesprächig geworden seit dem letzten Mal«, sagt er.

»Nur frustrierter«, erwidert Greving. Er schaut Mauser an und lacht.

»Und Ihr Glaube hilft Ihnen dabei nicht?«

»Der kann mir nur sagen, was ich sowieso schon weiß. Der Mensch ist ein Sünder, bis in die Tiefe seines Wesens. Die Sünde ist die Ungeheuerlichkeit, die nie hätte existieren dürfen. Lauter Finsternisse, Täuschungen und Wahnbilder. Das war mir schon früher klar, aber jetzt geht mir die Tragweite dieser Erkenntnis erst so richtig auf. Was ist denn die christliche Hoffnung gegen diese Dunkelheit? Dass Gott schützend und erhellend eingreift? Dass am Ende alles gutgehen wird? Dass wir die Chance haben, es anders zu machen? Das klingt ziemlich dünn angesichts der Realität. Und wissen Sie, Mauser, auch Gott geht am Ende nicht auf. Wir meinen immer, wir verstehen Gott und können uns auf sein Handeln einen Reim machen. Aber Gott ist genauso unauflöslich. Er ist genauso ein Rätsel. Ein gutes zwar, aber letztlich hängen wir mit unserem Glauben im Leeren. Wir haben ein, zwei Dinge, an die wir uns halten können – der Rest ist blindes Vertrauen. Gott ist ein Abgrund, Herr Mauser!«

»Das nimmt Sie ganz schön mit«, sagt Mauser, weil ihm nichts anderes einfällt. »Herr Greving, dazu kann ich leider nichts sagen.« Er legt ihm für einen kurzen Moment die Hand auf die Schulter und erinnert sich, dass das zwischen ihnen schon einmal die einzig mögliche Geste war.

»Haben Sie noch von den dünnen Zigarren von damals, Herr Mauser?«, fragt Greving und lächelt.

Mauser holt das Etui aus der Innentasche seiner Motorradjacke und pflückt zwei der braunen Stäbchen heraus. Anzünden, Rauchwolken, die Würze des Tabaks. Die Sonne wärmt im Genick. Das sind so die Wirklichkeiten, an die einer sich halten kann, denkt Mauser.

Sie stehen und rauchen.

6

Als er vor Veronikas Haus ankommt, ist ihm nicht nach irgendwelchen Liedversen. Er hat ein paar Vollkornscheiben gefrühstückt und vom Kaffee Sodbrennen bekommen. Am liebsten hätte er sich auf der Bühne verkrochen oder im Tagebuch der Mutter gelesen, aber bloß nicht die Aussprache mit Veronika! Der Streit vom letzten Mal steht zwischen ihnen, das muss ausgeräumt werden. Von sich aus hat Veronika keinen Schritt getan, also liegt es an ihm.

Als er geklingelt hat, öffnet sie. Sie ist in der Werkstatt und räumt auf. Eben sind die letzten Stücke in den Ofen gekommen, das Tafelservice sicher und noch anderes, das schon länger gewartet hat. Sie tut beschäftigt, grüßt ihn abwesend. Das macht es nicht leichter.

»Willst du dich überhaupt mit mir versöhnen?«, fragt er deshalb rundheraus.

»Versöhnen? Warum? Haben wir Streit?«

»Tu nicht so.«

Sie lacht und streicht ihm im Vorbeigehen mit der Hand über die Wange. Sie ist rau, diese Hand. Einen Augenblick lang hofft er, dass dieser Streit nichts bedeutet hat und alles wie vorher ist. Dass Stuttgart kein Thema mehr ist. Eine vorübergehende Laune. Sie ist wieder seine Veronika, nicht diese Fremde, die ihn verletzt hat.

»Dann willst du nicht mehr nach Stuttgart ziehen?«

»Doch, natürlich«, sagt sie gespielt leichtmütig. »Ich hab gedacht, ich nehm mir eine Woche Urlaub und schaue mir Stuttgart in Ruhe an. Ausprobieren, wie es sich da lebt. Theater, Oper, Kino, Restaurants. Abends schick ausgehen.«

»Mit wem?«, fragt er unwillkürlich.

»Weiß nicht«, sagt sie achselzuckend. »Ich frage die Silke, ob sie mitkommt.«

»Die Silke? Deine Freundin in Wasserstetten?«

»Ihr tut es sicher auch mal gut, die Werkstatt zuzumachen und ein bisschen rauszukommen. Ihr Mann kann ja den Haushalt mal alleine schmeißen.«

»So, dann tut ihr euch also zusammen. Gegen die Männer, aha.«

»Nun sei mal nicht gleich beleidigt«, sagt sie in mütterlichem Ton. »Wir Frauen wollen auch einmal unseren Spaß.«

»Den ihr ja sonst nicht habt. Weil das Leben mit euren Männern ja sooo freudlos ist.«

Sie lacht unecht. »Mein kleiner Bruddler.«

»Leck mich am Arsch!«, sagt er hart. »Was glaubst du eigentlich, wer ich bin? Dein Hampelmann fürs drohende Alter? Dein Zwischendurch fürs Künstlerdasein? Du drehst Tonschüsseln, mehr nicht. Dass du davon leben kannst, ist purer Zufall. Die Allüren stehen dir nicht.«

»Ach? Und du, Herr Grundschullehrer? Für deine fette Beamtenpension kannst du auch nichts, und was hast du denn schon gemacht in deinem Leben? Hosenscheißern das ABC beigebracht. Hockst seit Jahrzehnten auf deiner Alb und kriegst nichts von der Welt mit. Das ist nicht das, was ich mir unter einem adäquaten Partner vorstelle!«

Das hat so keinen Sinn, merkt Mauser. Im Streit ist sie ihm überlegen. Nicht, weil sie redegewandter wäre, sondern weil ihm der Schmerz und die aufkommende Wut die Worte nehmen. Er wird immer sprachloser, während sie sich in einen Beschimpfungsrausch hineinredet. Hinterher tut's ihr leid, sie weiß dann gar nicht mehr, was sie alles gesagt hat. Aber er weiß es noch, Wort für Wort.

»Was willst du eigentlich von mir, Veronika?«, fragt er ernst.

»Ich?«, sagt sie und dreht sich plötzlich zu ihm um. »Was ich von dir will? Was willst du denn von mir, das ist doch die Frage! Meinst du nicht, ich habe genug Rücksicht auf dich genommen? Meinst du, das ist so leicht, mit dir altem Nörgler zusammenzuleben? Ich hab all die Jahre auf deine Eigenheiten Rücksicht genommen, und ja: Ich hab's gern getan. Weil ich dich mag, und weil ich mit dir zusammen sein wollte. Aber ich will nicht das Gefühl haben, dass ich mich in einer Beziehung aufgeben muss. Es wird Zeit, dass du auch einmal Rücksicht auf meine Bedürfnisse nimmst!«

»Du hast Rücksicht auf mich genommen?« Mauser fällt aus allen Wolken. »Wer hat denn immer gewartet, wenn du gerade am Töpfern warst und keine Zeit gehabt hast? Wer hat denn immer ...« Er winkt ab. »Ach, das hat doch keinen Sinn.«

»Ich hab jedenfalls nicht das Gefühl, dass du dich sehr um meine Bedürfnisse gekümmert hättest.«

»Deine Bedürfnisse, deine Bedürfnisse! Wenn ich das schon hör. Du bist eine erwachsene Frau, sollt man meinen, und kein Kind mehr. Ihr Frauen kommt immer mit euren Bedürfnissen daher, wenn irgendwas schiefläuft, und wir Männer sollen alles stehen und liegen lassen und für euch da sein. So ist das halt nicht im Leben! Jeder muss auch für sich selber sorgen.«

»Du hast anscheinend eine andere Vorstellung davon, was eine Beziehung sein soll«, giftet sie. »Von einem Zusammenleben gleichberechtigter Partner keine Rede, das hätte ich mir denken können. Wie hättest du's auch lernen sollen, du hast ja niemand anderes gehabt als deinen Vater.«

»Was hat der denn jetzt damit zu tun? Spinnst du?«

»Ich weiß, wovon ich rede!«

»Ja, ja, ihr mit eurer Gleichberechtigung. Und wie sieht das in Wirklichkeit aus? Wegen jedem Hennenfurz muss einer auf euch Rücksicht nehmen, alles dreht sich bloß um eure ach so sensiblen Befindlichkeiten«, er wirft ihr das Wort voller Verachtung hin. Das hat mit Mutz angefangen, denkt er, und ist so weitergegangen, bei jedem Weib, das ich in meinem Leben getroffen hab. Und jetzt fängt die auch noch damit an. Ich hätt gedacht, dass sie erwachsener ist als die andern. Aber da dreh ich die Hand nicht um.

»Weißt was?«, sagt sie und wendet sich wieder ab,

räumt geräuschvoll die Brennbleche in den Nebenraum. »Ich glaub, in Wirklichkeit verachtest du die Frauen. Du diskriminierst sie. Du bist ein Weiberfeind, du alter Älbler.«

»Ja und? Was soll denn an Weibern Gutes sein?« Er ballt die Fäuste. Er versteht nicht, wie es so weit kommen konnte, so mühelos, dass er gerade eben noch vor der Tür stand und sie sich jetzt schon die größten Gemeinheiten an den Kopf werfen. »Immer muss einer zurückstehen, immer muss er lieb und nett sein. Wenn er nur ein Mal machen will, was ihm selber in den Kopf kommt, ist er gleich egoistisch und rücksichtslos.« Ist doch wahr, denkt er. Ein Mann kann nicht dauernd darauf fixiert sein, was gerade wieder in der Frau vorgeht. Er hat seine eigenen Dinger im Kopf. Er hat seine eigenen Wege. Wie soll einer ein Mann werden, wenn er dauernd am Schürzenbändel hängt? Ich war immer bloß recht als Aufpasser für meine blöde Schwester. Die ist hinten und vorne verhätschelt worden, für alles war ich verantwortlich, ich war ja der Gescheitere, sie konnte ja nix dafür für den Mist, den sie gebaut hat. Aber dass mir auch mal danach war, gelobt zu werden oder getröstet, dass ich auch mal gern getan hätt, wonach mir's zumut war, das hat keinen interessiert. Ich hab immer nur Rücksicht nehmen müssen, und dann war ich recht. Bloß Vater, den hat's interessiert, was aus mir wird. Der hat mir eine ganz andere Welt gezeigt, eine Männerwelt. Der hat mir gezeigt, dass es klare Regeln gibt, und wenn einer sich an die hält, dann geht's vorwärts. Nicht dieses Kuddelmuddel von Gefühlen und

Empfindlichkeiten und was weiß ich, wo keiner durchsteigt.

»Was soll denn an den Weibern Gutes sein, ha?«, wiederholt er. »Komm du mir nicht mit Diskriminierung!«

»Das war mir klar«, sagt sie kalt und steht da, mitten in der Werkstatt, mit einem Packen französischen Tons im Arm, »dass du, wenn's mal ernst wird, keine Rücksicht auf mich nimmst. Das hab ich geahnt, aber ich blöde Kuh hab auf das Beste gehofft. Ich will in der Beziehung mit dir nicht draufgehen. Ich will leben, was in mir ist. Das lass ich mir von dir nicht kaputtmachen.«

»Herrgottsakrament!«, flucht er und weiß nicht wohin mit seiner Ohnmacht und Wut. Alles geht in Scherben, und dann kann es die auch gleich wirklich geben. Er nimmt eine Schale aus dem Trockenregal und knallt sie gegen die Wand. Es kracht nur dumpf, das Stück war noch nicht gebrannt, aber die Scherben spritzen hässlich durch den Raum.

Veronika starrt ihn entgeistert an.

Er ist noch nicht fertig. Er greift nach einer weiteren Schale.

»Bist jetzt vollkommen übergeschnappt!«, kreischt sie. »Meine Sachen! Du vergreifst dich an meinen Sachen!«

Stur und wortlos nimmt er die zweite Schale und holt aus. Veronika lässt den Tonpacken fallen und stürzt zu ihm hin, fällt ihm in den Arm.

»Hör auf damit!«, sagt sie mit zusammengebissenen Zähnen und will ihm die Schale aus den Händen winden. Dabei fällt sie zu Boden und klirrt auseinander.

»Du hörst auf, meine Sachen anzulangen!«, stößt sie verbissen hervor und hämmert mit den Fäusten auf ihn ein. Er wehrt sich nicht, ist merkwürdig zufrieden, dass er sie aus der Fassung gebracht hat.

Er lässt sich aus der Werkstatt schieben und lächelt grimmig. Das hast du davon, denkt er gehässig.

Sie verriegelt die Tür und hastet zu ihrem Wagen draußen auf der Straße.

»Du spinnst!«, schreit sie wütend aus dem Seitenfenster, die Tränen laufen ihr übers Gesicht. Der Motor startet, sie fährt mit quietschenden Reifen los.

Wohin fährt sie wohl?, fragt sich Mauser und schaut ihr hinterher. Die Wut kühlt aus, der Krampf lässt nach. Dumpf spürt er die Verzweiflung, die Schuld. Jetzt hab ich's wieder geschafft, denkt er bitter. Aber was! Bin ich dran schuld? Sie hat mich doch beschimpft. Muss ich mir alles gefallen lassen? Muss ich mich so behandeln lassen? Nein, denkt er entschieden und macht sich auf den Heimweg.

Als er zuhause ankommt, ist er nur noch traurig. Deshalb bin ich nicht zu ihr gegangen, denkt er und schließt die Haustür auf. Jetzt ist's noch schlimmer als vorher. Was die alles gesagt hat über uns, über mich. Als hätt das längst keinen Sinn mehr.

Die ist jetzt sicher in Wasserstetten, bei der Silke. Glucken zusammen und ziehen über die Männer her. Sie heult und die Silke gibt ihr ein Taschentuch. Wer weiß, was die ihr rät. Gewalttätig sei er geworden, heißt's jetzt sicher. Das ist die billigste Anklage, und das Gemeinste ist, dass es dazu am schnellsten kommt. Was soll man auch machen gegen diese moralische Schuld, die einem da gleich angehängt wird? Unreif ist einer da gleich, wie ein Kind kommt einer sich vor, das nimmt einem glatt die Luft.

Vergiss es, denkt er. Kannst jetzt eh nix mehr machen. Ablenken. Er geht in die Küche und schenkt sich aus der Flasche einen Schlehenschnaps ein. Hab nicht mehr viel, denkt er. Bald ist der erste Frost drüber, dann kann ich losziehen und wieder welche sammeln. Selbstgemachter. Der harsche Fruchtgeschmack bringt ihn zur Besinnung. Noch einen. Das schmeckt nach Alb, nach Wacholderheide, nach einsamen Wanderungen, im Hochsitz hocken und übers Land gucken, allein sein, nur das Zwiegespräch mit einem selber.

Er hockt sich in der Stube vor den Fernseher. Um diese Zeit kommen immer Dokumentationen, auf arte und 3sat und so. Er zündet sich eine der dünnen Zigarren an und brütet vor sich hin. Lässt die Gedanken treiben, während er hin und wieder etwas in der Sendung, das er noch nicht wusste, erstaunt zur Kenntnis nimmt.

So hockt er zwei Stunden. Ich sollt mal in Mutters Tagebuch lesen, denkt er nebenhin. Das mit Mutz, wie das denn genau war. Vielleicht kommt das mit den Weibern ja alles daher. Obwohl Mauser nichts von dieser Art Psychologie hält: Alles auf fehlende Muttermilch zurückführen und den Eltern die Schuld geben. Davon kriegt einer sein Leben auch nicht in den Griff. Aber er hat doch sein Leben immer im Griff gehabt, oder? Bloß jetzt, wo es dem Ende zugeht und einer eigentlich zufrieden sein müsst, jetzt, wo einer eh nix mehr machen kann, jetzt kommen die Zweifel.

Dann fällt ihm sein Moped ein. Der Winter steht vor der Tür, sein Saisonkennzeichen läuft ab. Normalerweise baut er all ander Jahr den Motor auseinander, zerlegt ihn in Einzelteile und baut ihn im Frühjahr wieder zusammen. Das ist jetzt schon zwei Jahre überfällig. Sollt ich mich mal ranmachen, denkt er.

Er steht auf und geht hinunter in die Werkstatt. Trübes Mittagslicht herrscht in der Garage, die Lampe funzelt bloß. Er zieht den Blaumann über und sortiert das Werkzeug. Schade, denkt er. Wär gern noch mal so richtig gefahren. Eine Tour gemacht, an den Bodensee vielleicht, wenn's so richtig warm und sonnig ist. Aber Mitte November kann schon der erste Schnee fallen.

Er steht da, die Hände in den weiten Taschen, und schaut sich sein Gefährt an. Zuerst den Tank runter. Dann Luftfilter und Ansaugstutzen weg. Dann die Halteschrauben lösen und das Ding an den Seilzug hängen. Verdammt schwer, so ein Motor. Unlustig steht er und wartet auf irgendwas.

Nach zwei Stunden will er Pause machen. Er rubbelt die Hände am Lappen ab. Plötzlich rasselt die Türklingel. Durch das geriffelte Glas der Garage sieht er einen Schatten vor dem Haus stehen. Er öffnet die Garagentür und erkennt Greving. Diesmal wieder im Anzug.

»Ah, da sind Sie!«, sagt der und kommt mit ausgestreckter Hand näher.

»Ja, grüß Gott, Herr Kommissar. Was führt Sie hierher?« Er reicht ihm den Ellbogen.

»Ich könnte jetzt sagen, dass ich gerade auf der Ecke war und bei Ihnen vorbeigekommen bin«, sagt der Kommissar glatt, »aber das wäre gelogen. Ich wollte zu Ihnen, Herr Mauser.«

Der ist heute ganz anders als beim letzten Mal. Ganz routiniert, ganz berufsmäßig. Den darf einer nicht unterschätzen, denkt Mauser und ahnt, warum der Kommissar gerade zu ihm kommt.

»Auf der Ecke«, wiederholt Mauser. »Das sagt man bei uns nicht.«

»Wie heißt es bei Ihnen?«

»Um den Weg. So sagt man im Schwäbischen. Aber ich bin nicht der Rechte, um Ihnen Schwäbisch beizubringen, oder?«

»Vielleicht haben wir mal übrige Zeit, wer weiß.«

»Kommen Sie doch gleich herein. Bin grad dabei, mein Moped auseinanderzunehmen. Winterfest machen, wissen Sie.«

»Soso«, sagt Greving und schaut sich in der Werkstatt um. »Die Pflichten des Motorradfahrers, was?«

Um etwas zu sagen, fängt Mauser an, die technischen Schritte der Demontage zu erklären. Wie die Zylinderkopfdeckel abgenommen und die Ventile ausgebaut werden. Wie er die Vergaserdüsen mit Druckluft reinigt und in Benzin aufbewahrt.

Aber Greving braucht keine Einleitung. Er kommt gleich zur Sache.

»Wir haben jetzt die Ergebnisse der Analyse. Leider

lassen sie uns immer noch einen Spielraum von über zehn Jahren.«

»Ah ja?«

»Herr Mauser, ich bin mir ziemlich sicher, dass Sie schon angefangen haben zu recherchieren. Wie vor dreizehn Jahren. Und ich bin überzeugt davon, dass Sie mehr wissen als wir.« Greving sagt das ohne Ärger oder Vorwurf. Er stellt es einfach fest. Mauser weiß nicht, was er sagen soll.

»Ich weiß, dass es wenig Zweck hat, Sie auf die Pflicht hinzuweisen, Erkenntnisse weiterzugeben und die Ermittlungen nicht zu behindern. Ich appelliere lieber an Ihren Gemeinschaftssinn. Lassen Sie uns zusammenarbeiten, Herr Mauser! Auch wenn Sie vielleicht einen persönlichen Grund haben, nach dem Mörder zu forschen, das weiß ich ja nicht, und ich weiß auch nicht, worauf Sie da gestoßen sind, aber lassen Sie uns zusammenarbeiten!«

»Schön und gut«, erwidert Mauser und fragt sich, ob er in irgendeiner Verhandlungsposition ist, »aber erfahre ich dann auch von *Ihren* neuesten Erkenntnissen? Wenn Sie schon so schön von Zusammenarbeit reden.«

Greving zuckt die Schultern. »Bisher habe ich nicht damit hinter dem Berg gehalten, das wissen Sie. Natürlich darf ich Ermittlungsergebnisse nicht weitergeben, die Gefahr, dass der Täter davon profitiert, besteht ja immerhin.«

»Ach was«, winkt Mauser ab, »der Täter ist sicher längst tot. Der wär jetzt wahrscheinlich über neunzig.«

»Nun ja, immerhin könnte er noch leben. Oder wissen Sie da Genaueres?« Greving schaut ihn eindringlich an. Mauser lacht.

»Nein, nein, keine Sorge, so weit bin ich nicht.« Dann gibt er sich einen Ruck und sagt schelmisch: »Bloß das Datum weiß ich, und auch das mehr aus einer Intuition heraus. Fakten gibt's da noch keine.«

»Soso. Und jetzt darf ich dreimal raten, oder wie?« Greving grinst nicht.

»Neunzehndreiunddreißig«, sagt Mauser und atmet insgeheim auf. Es tut überraschend gut, das Wissen zu teilen. Dass da noch einer ist, der mitmacht, der nicht gegen ihn arbeitet oder er gegen ihn. Und er erzählt ihm von dem Sühnekreuz und der mutmaßlichen Frömmigkeit oder dem Aberglauben des Stifters.

Greving hört sich das an und lässt nicht erkennen, ob er die Argumentation überzeugend findet.

»Gut«, sagt er schließlich. »Jetzt haben wir zumindest einen konkreten Anhaltspunkt. Auf die Lauchert-Zeitung habe ich in Sigmaringen im Kreisarchiv ja Zugriff. Vielleicht finden wir was.«

»Wenn Sie was finden«, sagt Mauser und grinst immer noch spitzbübisch, »dann wär's nett, wenn Sie's mich auch wissen lassen.«

»Mal sehen«, sagt Greving und wird wieder ernst. »Und wie geht's Ihnen sonst so? Was macht der Altersruhestand?«

»Ach, wissen Sie, im Moment hab ich andere Sorgen als eine Mädchenleiche im Wald. Private, verstehen Sie?«

Greving nickt. »Nur zu gut.«

»Haben Sie eigentlich Geschwister, Herr Greving?«

»Nein, ich bin ein Einzelkind. Warum fragen Sie?«

»Ich hab ja eine Schwester gehabt, die Mutz. Therese hat sie eigentlich geheißen ...«

»Die nach Grafeneck gebracht wurde?«

»Ja. Sie wissen's noch.« Mauser senkt den Kopf. Er weiß selbst noch nicht, was er sagen will, was er zu sagen hat. In seinem Kopf formt sich ein Gedanke, wird klarer, fasst sich ein Ziel. »Ich glaub«, sagt er, »da muss ich ein bisschen nachforschen, wie das damals eigentlich war. Mutz war ja zwölf Jahre älter als ich. Als sie abgeholt wurde, war ich acht. Ich weiß gar nicht richtig, wie das war mit ihr. Komisch, sich an einen Menschen immer in einem bestimmten Alter zu erinnern. Sie ist nicht älter geworden, wissen Sie?«

Greving schweigt und schaut ihn an. Mauser hebt wieder den Kopf und begegnet dem Blick. So stehen sie in der Werkstatt, der Eine im Blaumann, der Andere im Anzug.

Mit dem kann man einfach so stehen und nix sagen, denkt Mauser.

Ich will mehr von dem Kerl wissen, denkt Greving.

»Ja«, sagt Mauser schließlich und nimmt einen Schraubenschlüssel, dreht ihn in den Händen. »Ich mach dann wohl mal weiter.«

»Gutes Gelingen«, sagt Greving. An der Garagentür tippt er sich mit zwei Fingern an den Kopf und nickt. »Ich melde mich wieder.«

»Ist gut. Bis bald.«

Mauser sieht ihm noch nach, wie er in sein Auto

steigt, das er auf der anderen Straßenseite geparkt hat. Ein Handgruß durchs Seitenfenster, dann ist er weg. Fährt zurück nach Sigmaringen, ins Donautal. Den könnt ich eigentlich mal besuchen, denkt Mauser. Wieso eigentlich dauernd *eigentlich*? Ich sollt's einfach machen, alles, was ich mir so denk.

Dann dreht er sich um und geht zurück in die Werkstatt.

7

Bei Veronika geht niemand ans Telefon. Er ist vor ihrem Haus vor verschlossenen Türen gestanden, ein Schild hing in der Werkstatttür. Das übliche »*geschlossen*«, mehr nicht. Sie war also inzwischen noch einmal da und ist wieder weggefahren. Vielleicht nach Wasserstetten. Vielleicht nach Stuttgart. Ich muss mich ablenken, denkt Mauser, als er morgens in der Küche sitzt. Heut mach ich am Moped weiter, da hab ich was zum Schaffen.

Den ganzen Morgen bastelt er daran herum, breitet auf einem Filztuch die entfernten Schrauben, Muttern und Dichtungen aus, sammelt die Kleinteile in Gläsern. Er hat den Motor gestern gelöst und mit dem Seilzug aus dem Rahmen gehoben. Jetzt liegt er auf der Werkbank, immer noch an der Kette, und wird Stück für Stück auseinandergenommen. Es ist zwar schon eine Weile her, dass er das gemacht hat, aber er kennt sich noch aus. Der Motor ist ihm vertraut; er könnte ihn zwar nicht blind auseinandernehmen, muss manchmal überlegen, was wie zusammengehört, manchmal notiert er sich auf einem Zettel, was er beim Wiederzusammenbau zu beachten hat, aber die Arbeit beruhigt und entspannt ihn.

Als er so weiterschraubt, fragt er sich, wieso das so ist. Das sind klare Sachen, denkt er. Mechanische Zusammenhänge. Ich hab alles in der Hand, ich muss bloß technisch denken, so ein Motor ist eine durch und durch logische Sache. Da geht es so geordnet zu wie früher bei meinem Vater. Recht und Unrecht. Das eine vom anderen unterscheiden. Das tut halt gut, wenn die ganzen Gefühle in einem sich so knäueln.

Er arbeitet bis zum Mittag, macht sich dann was zu essen und setzt sich mit einer Tasse Kaffee in die Stube. Den Blaumann hat er ausgezogen und sich die Hände mit Reinigungspaste gewaschen. Er mag das breiige, raue Zeug, das schäumt und scheuert in einem. Den Fernseher will er nicht anmachen.

Jetzt wär's mal Zeit, in dem Tagebuch zu lesen.

Er hat es vom Speicher geholt und im Büfett verwahrt, er holt es aus der Lade und legt es vor sich hin. Kein Titel. Die erste Seite leer. Keine Einleitung, nichts. Mutter hat einfach an irgendeinem Tag angefangen, er rechnet nach, da war Mutz gerade zwei Jahre alt. Er selber noch nicht auf der Welt, noch nicht einmal geplant. Ein Gedanke in Gottes Hirn, wie man so sagt. Komisch.

Passagen in Tinte, verblasst, mit dunklen Verdickungen, wechseln ab mit Bleistiftnotizen, ein weiches, körniges Graphit. Mutters Sütterlin, er braucht ein bisschen, bis er sich eingelesen hat. Er blättert und schnappt hier und da Sätze auf. Was Mutz für Fortschritte macht, was sie erlebt hat, erste Krankheiten, Mutters Ängstlichkeit, was falsch zu machen. Es war ihr erstes Kind.

Ein neues Bild, das er da von seiner Mutter kriegt. Er hat immer das Gefühl gehabt, dass sie genau weiß, was sie tut. Und jetzt diese Besorgtheit um Mutz. Wahrscheinlich behandeln alle Mütter ihr zweites Kind anders.

Mutz war ja auch das Sorgenkind. Allerdings ist da in den ersten Jahren nichts davon zu lesen. Merkwürdig. Die Behinderung müsste sich doch schon bemerkbar gemacht haben. Oder kommt so was erst später? Er jedenfalls hat Mutz nie anders kennengelernt. Sie war immer die große Schwester, die nicht recht weiß, was sie tut. Dabei hat sich die Mutter die ganze Zeit um sie gekümmert, er selber war für sie wohl das, was man einen Selbstläufer nennt. Ihn allein in den Arm genommen hat sie selten, und wenn, dann hat sie immer von Mutz gesprochen. Dass er auf sie aufpassen müsse und dass sie viel mehr Aufmerksamkeit brauche als er. Er sei ja schon ein großer Junge.

Er blickt vom Lesen auf. Eine lähmende Traurigkeit überkommt ihn. Ein uraltes Gefühl, das sich ausnimmt wie eine vergilbte Fotografie, aus einer Zeit, die schon gar nicht mehr wahr ist, aber genau diese Zeit, beklemmend, unhinterfragbar, ist nun in seiner Seele.

Er wird wütend.

Mutz hat alles gekriegt. Und er durfte sie dafür nicht einmal hassen, weil er war ja der große Junge. Sie konnte nichts dafür, sie konnte für nichts irgendetwas.

Verdammt, denkt er. Ich dachte, das hätte ich längst hinter mir.

Die Trauer ist wieder da, die Lähmung, die Wut. Er will weggehen und in sein Zimmer auf dem Dachboden, er will seine Fliegermodelle basteln oder Landkarten aus dem Atlas abpausen oder irgendwas, bei dem er nicht mehr denken muss. Vater hat ihm oft was mitgebracht, das er basteln und zusammenbosseln konnte; einmal hat er ihm eine alte Uhr gegeben, eine Taschenuhr, die nicht mehr ging. Er hat sie auseinandergenommen, mit dem Winzschraubenzieher, und sich alles angeschaut. Vater hat ihm dann erklärt, wozu jedes Teil gut war. Solche Sachen halt. Die haben ihn abgelenkt, ihm Ruhe gegeben. Ein kleiner Junge schlägt nicht auf den Tisch und sagt seiner Mutter, dass sie ihm fehlt.

Und heute nehm ich meine BMW auseinander, wenn's mit Veronika Schwierigkeiten gibt. Das erscheint ihm, dem Zyniker, ein bisschen einfach, aber das Gefühl ist unzweifelhaft wieder da. Ein Knäuel aus Schuld, Ausgestoßensein, Wut und Selbsthass. Irgendwas war an ihm, was ihn weniger liebenswert machte. Oder besser: Irgendwas war an ihm nicht, er war normal, er wusste, was er tat, er war kein Idiot. Ihn musste keiner schützen. Auch nachts in der Dachkammer oben mit den vielen Geräuschen im Dunkeln, draußen vor dem Fenster und drinnen. Natürlich hat er Angst gehabt. Besonders wenn die Mutter ihm vom Nachtgrabb erzählt hat. Der Nachtgrabb. Komisch.

Der Vater hat dazu ruhig genickt und gesagt: Ja, der Nachtgrabb sorgt für Ordnung. Wer sich an die Regeln hält und abends da ist, wo er hingehört, der ist vor ihm sicher. Das sollte den kleinen Hermann wohl trösten, aber es hat nicht funktioniert. Spukgestalten halten sich vielleicht nicht an die Regeln. Und vielleicht gilt schon ein vorsichtiges Spähen aus der Dachluke als Draußensein. Vielleicht kommt der Nachtgrabb ja auch in Häuser, obwohl er draußen im Wald umgehen soll. Das alles weiß man nicht, wenn man ein kleiner Junge ist und allein in der Dachkammer liegt.

Mutz hatten sie wohl auch vom Nachtgrabb erzählt. Aber für sie galten die Regeln nicht mehr. Sie musste geschont werden, sie war schnell ängstlich und sehr schreckhaft. Dann wimmerte sie und schlang die Arme um ihre aufgestellten Knie, so fest, dass die Hände ganz weiß wurden, und jammerte: Ich hab den Nachtgrabb gesehen.

Das will ich jetzt wissen, denkt Mauser, trinkt den Kaffee leer und nimmt das Buch wieder. Wann das bei Mutz angefangen hat.

Er blättert und sucht, und tatsächlich stößt er auf eine Eintragung, die von etwas Ähnlichem erzählt. Die Mutter ist beunruhigt und macht sich Sorgen. Das Kind sei ja schon immer zurückgezogen und still gewesen, aber seit gestern sei sie doch richtig verändert. Da sei etwas zum Ausbruch gekommen, mutmaßt die Mutter.

Er blättert zurück und findet das Datum: sechster Mai neunzehnhundertdreiunddreißig. Da war Mutz neun. Jetzt schreibt die Mutter, die Mutz sei ja schon immer ein bisschen einfältig und langsam gewesen, aber nun könne sie gar nichts mehr, sich nicht einmal mehr die Schuhe auf- oder zubinden. Sie sitze bloß da und sage kein Wort. Sie schaue der Mutter nicht in die Augen. Plötzlich könne sie anfangen zu heulen und sich in den hintersten Winkel verkriechen, untröstbar. Sie sei abwesend, unkonzentriert, brabble vor sich hin wie ein Kleinkind. Seit zwei Tagen.

Also der vierte Mai. Aber da findet Mauser nur eine kurze Notiz. *Mutz beim Leisle gewesen. Abends spät heimgekommen, hat nichts erzählt. Gezittert am ganzen Leib. Hab ihr einen heißen Tee gemacht und sie ins Bett gebracht. Muss Heinz fragen, ob was war.*

Ach, da schau her, der Onkel Heinz.

Kettenacker. Wenn das noch ein Zufall sein soll! Was hat mir der Schlagenhauf erzählt? Vom Heuberg und einer Strafaktion. Dass da vorher was gewesen sei, was Schlimmes. Am vierten Mai war er dann noch nicht auf dem Heuberg. Und das Leisle? Das war dann wohl seine Tochter, eins seiner zwei Kinder. Fidel ist der andere. Soso.

Das Leisle. Mein Bäsle. Was ist aus der geworden? Mauser kann sich an nichts erinnern, was man in der Familie über sie erzählt hätte. Wäre heute so um die siebenundachtzig, wie Mutz.

Komisch, dass ich von der noch nie was gehört hab. Er blättert weiter zurück und sucht nach irgendwas über die Tage, an denen Mutz bei Onkel Heinz war. Ab und zu wird erwähnt, dass die beiden Kusinen zusammen gespielt haben, unbeaufsichtigt, weil Heinz beim Schaffen war. Durch die Wälder gestreift, sie sei immer ganz dreckig heimgekommen. Hat den weiten Weg von Kettenacker nach Buttenhausen allein gefunden, manchmal hat sie auch abends der Heinz gebracht. Zu Fuß. Weil abends ja der Nachtgrabb umgeht. Dann blättert er nach vorn und findet einen Eintrag, nach dem Heinz auf den Heuberg gekommen sei und die Kinder jetzt allein seien. Oder vielmehr der Fidel. Was ist mit dem Leisle? Leisle taucht nicht mehr auf. Doch, da, am achten Mai: Heinz habe jetzt mit sich selber zu tun, der Heuberg drohe ihm und das Leisle sei auch verschwunden, seit dem vierten Mai.

Sie ist an dem Tag verschwunden, an dem Mutz so verwettert heimkam. Seither war Mutz anders. Was hat es mit Mutz' Krankheit wirklich auf sich? Ist sie da zum Ausbruch gekommen? Was ist am vierten Mai passiert?

Donderwetter, denkt Mauser. Jetzt kann ich nicht mehr! Mein Bäsle. Die Mutz. Was ist damals passiert?

Für heute hat er genug vom Tagebuch. Seine Hände zittern. Er will sich noch eine Tasse Kaffee machen, lässt es aber bleiben und geht stattdessen wieder in die Werkstatt. Beim Schrauben werden die Hände wieder ruhig, aber er ist nicht recht bei der Sache. Ich muss das Tagebuch durchforsten, sagt er sich. Wie das mit Mutz weitergegangen ist. Wieso Mutz als schwachsinnig eingestuft worden ist. Schwachsinnig – im Dritten Reich! Wann ihr Weg nach Grafeneck begonnen hat. Greving wird sich freuen, dass ich jetzt anderes zu tun hab, denkt er, aber er selber freut sich kein bisschen.

Als es dunkel wird in der Werkstatt, macht er kein Licht. Scheinbar konzentriert hat er an den Ventilen gewerkelt und die Kette ausgebaut, die Nockenwelle, die Stößel, alles liegt übersichtlich auf der Werkbank auf einem weißen Tuch; aber in ihm selbst ist's alles andere als übersichtlich. Plötzlich schaut er auf, bemerkt das Zwielicht um sich her und wird wütend. Kriegt einen richtigen Zorn auf die ganze Schrauberei.

»Was soll das Ganze eigentlich?«, schimpft er vor sich hin und schmeißt den Schraubenschlüssel auf den Boden, dass er klingelnd weiterspringt. »Ich lass mich doch nicht zum Affen machen! Euch werd ich's zeigen!«

Er weiß nicht genau, wen er meint, aber als er sich die Hände wäscht und den Blaumann vom Leib reißt, die Treppe hinauf in die Stube stapft, kommt ihm Veronika in den Sinn. Dann die Freundin in Wasserstetten. Und Stuttgart. Und das Geschlossen-Schild an ihrer Werkstatttür. Und das, was sie zu ihm gesagt hat.

»Wer bin ich denn?«, wütet er. »Glaubt ihr, ihr könnt das Michele mit mir machen?«

Mit zusammengebissenen Zähnen setzt er sich ins Auto, hat das Stubenlicht oben brennen lassen, ein friedlicher Anblick, ein sicheres Haus, ein sicheres Leben, aber es hat ihn ausgespuckt wie einen Fremdkörper, dort gehört er nicht mehr hin. Er verlässt es wie eine rettende Arche, die im Blau des Abends zurückbleibt.

Er fährt talaufwärts. Richtung Wasserstetten. Er weiß nicht, was er dort will. Es zieht ihn dahin, als könnte er dort die Spur zu Veronika aufnehmen. Kann er ja auch. Vielleicht ist sie ja dort. Ich fahr ihr nach, sicher, ich lass sie nicht in Ruhe, aber das ist mir jetzt grad egal. Ich brauch nicht daheimsitzen und alles mit mir machen lassen. Ich brauch nicht meine Zeit totschlagen und in der Werkstatt rumschrauben. Das Moped auseinandernehmen – so ein Schwachsinn!

Der Feierabendverkehr aus dem Unterland kommt ihm entgegen. Gelbe Lichterpaare im Blau, die Lauter läuft verschattet und still in der Talaue. Er kennt die

Töpferei der Freundin, er hat Veronika zweimal hingefahren, die Freundin hat er von Anfang an nicht leiden können. So eine Emanze, die ihre Unabhängigkeit heraushängt. Wozu die verheiratet ist, will ich auch mal gern wissen. Der Mann von ihr macht irgendwas mit Computern. Mauser biegt in der ersten scharfen Kurve links ab in einen geschotterten Hof und hält vor der Bretterbude der Töpferei. Die Tür ist verschlossen. Im Haus brennt Licht. Mauser klingelt und glaubt, er ist ganz friedlich, will nur mal fragen, ob jemand was weiß, Veronikas Wagen ist nirgends zu sehen, aber reden kann man ja mit den Leuten.

Im Dunkeln erkennt Silkes Mann Mauser nicht. Mauser steigt eine Stufe hinauf ins Lampenlicht.

»Veronika?«, sagt der Mann. »Die ist nicht hier.«

»Wissen Sie, wo sie ist?«

Der Mann zuckt die Schultern. »Hier ist sie jedenfalls nicht.«

»Wo ist denn Ihre Frau, die Silke? Vielleicht sind sie zusammen weg?« Dann kann man sich gemeinsam Sorgen machen, denkt Mauser. So unter Männern.

»Die Silke? Ja, die ist … die ist weggefahren.«

»So? Dann sind Sie allein?«

»Ja. Ich schaff grad an meinem Programm …«

»Wo ist sie denn hingefahren, die Silke?«

Und jetzt merkt Mauser, dass der Mann ihm etwas verheimlicht. Direkt sagen, dass ihn das nichts angehe, will er nicht. Aber er druckst herum.

»Ist sie vielleicht in Stuttgart?«, bohrt Mauser nach. »Zusammen mit Veronika?«

»Also … ich weiß nicht, ob ich das sagen darf …«

»Also jetzt hören Sie mal, ich bin Veronikas Lebensgefährte! Wieso soll ich nicht wissen, wo sie ist? Sie ist doch nicht vor mir geflohen.«

»Also, wissen Sie, da hat sie was anderes erzählt.«

»Ach, hat sie das? Da schau hin! Und deshalb dürfen Sie mir nicht sagen, wo sie ist? Hat sie Angst vor mir, oder was?«

»Hören Sie, Herr Mauser: Mir macht das Ganze auch keinen Spaß! Die beiden sind nach Stuttgart gefahren und wollen dort ein paar Tage bleiben. Ich hab zu Silke gesagt, okay, nimm dir eine kleine Auszeit, und Ihre Veronika wollte gern mit. Ob das etwas mit Ihnen zu tun hat, weiß ich nicht. Es tut mir leid, aber ich kann Ihnen nicht weiterhelfen.«

Mauser nickt. Seine scheinbare Friedlichkeit ist verflogen. Die Wut ist wieder da.

»Veronika hat kein Handy. Aber Silke hat doch sicher eins, oder? Sie können Sie doch sicher anrufen, was los ist. Oder?«

»Für den Notfall, ja. Aber …«

»Das ist ein Notfall! Ich muss mit Veronika sprechen.«

»Herr Mauser … verstehen Sie doch …«

»Ja was? Sie wollen sie nicht anrufen? Oder mir die Adresse geben, wo sie untergekommen sind? Wir kennen uns doch, ich bin doch kein Schwerverbrecher.«

»Darum geht es nicht. Ich hab versprochen, dass ich nur im Notfall anrufe, die beiden wollen völlig ungestört sein. Silke will keine Anrufe, auch keine geschäftlichen. Können Sie das nicht respektieren?«

»Was Ihre Silke will, ist mir scheißegal! Ich will ja nicht mit ihr sprechen, sondern mit Veronika.«

»Veronika hat das Gleiche gesagt wie Silke. Ich kann's auch nicht ändern, Herr Mauser.«

»Natürlich können Sie's ändern! Sie brauchen mir bloß die Adresse geben. Oder lassen Sie mich mit ihr telefonieren, dann können Sie dabei sein.«

»So weit kommt's noch«, sagt der Mann ungehalten. »Ich kann Ihnen nicht weiterhelfen, das müssen Sie einsehen, und ich würde jetzt gerne zurück an meine Arbeit ...«

Er will die Tür schließen, und ehe Mauser nachgedacht hat, steckt schon sein Fuß zwischen Tür und Rahmen. Einfach ein Reflex, weil für ihn das Gespräch noch nicht beendet ist, aber für den anderen schon ein aggressiver Akt.

»Nehmen Sie Ihren Fuß da weg!«, herrscht der ihn an. »Was fällt Ihnen ein? Das ist Hausfriedensbruch!«

»Gut, Sie haben Recht«, sagt Mauser und tritt nahe an die Tür. »Manchmal muss man den Frieden der Häuser brechen, besonders wenn's ein falscher ist.«

Er packt den Türknauf und will die Tür vollends öffnen. »Ich breche Ihren Frieden jetzt! Und? Was wollen Sie machen? Die Polizei holen? Sie sagen mir einfach, wo die beiden in Stuttgart sind, und alles ist gut.«

»Spinnen Sie jetzt völlig? Sie sind ja wirklich gewalttätig!« Auch mit seiner pazifistischen Gesinnung ist es nun vorbei, er packt Mausers Arm und reißt ihn vom Knauf weg. Drängt Mauser von der Tür ab. Sie schnaufen einander vor Anstrengung ins Gesicht, ringen verbissen um die Tür. Der Krafteinsatz wird heftiger, Mauser stolpert und taumelt zurück. Mit einem Knall ist die Tür zu. Durchs Fenster daneben schreit der Mann: »Machen Sie, dass Sie fortkommen, Sie gescheiterte Existenz! Hauen Sie ab!«

»Leck mich doch am Arsch, du tauber Seggel!«, poltert Mauser zurück. Und weil er nun schon abgestempelt ist und es ihn nicht mehr kümmert, dass die ganze Nachbarschaft zuhört, geht er zur Werkstatttür und tritt dagegen. Es wettert durch den stillen Abend. Noch einmal tritt er, noch einmal. Das macht schön viel Krach, aber es geht nichts kaputt. Dann hebt Mauser einen Stein auf und wirft ihn gegen das Fenster. Im Dunkeln sieht er nicht, ob er trifft, aber das folgende Klirren ist eindeutig.

Er schimpft und flucht auf diese Töpferin, diese Zicke, diese Giftspritze, die die Frauen gegen ihre Männer aufhetzt, und findet bald keine Ausdrücke mehr.

»Die Hur«, grölt er. »Die Hur! Die kann was erleben! Die Hur, die elende!« Und ob er damit Silke oder Veronika meint, ist auch schon egal.

Jetzt erscheint der Mann mit dem Mobiltelefon am Ohr. Er spricht hinein oder wartet auf eine Verbindung.

Mist, der holt wirklich die Bittel!

Grummelnd zieht sich Mauser zu seinem Wagen zurück, steigt ein, gemächlich, damit es nicht wie Flucht aussieht, und fährt weg. Im Rückspiegel sieht er noch den Mann mit seinem Telefon hantieren, vielleicht hat er keinen Empfang gekriegt, denkt Mauser, werd's dann ja sehen. Vielleicht stehen die in Buttenhausen schon vor der Tür.

Den Rest des Abends geschieht nichts mehr. Keine Polizei klingelt bei ihm, kein Anruf aus Stuttgart, alles wie nicht gewesen. Mauser sitzt fassungslos im Sessel, er ist erschrocken über sich selbst. Hast du das nötig?, fragt er sich, aber das nützt wenig. Wieder knäuelt sich alles in ihm, und weil er keinen Ausweg weiß, verrennt er sich darin, stolz auf seinen Ausbruch zu sein. Ihr könnt mich alle mal kreuzweis, denkt er. Das Tagebuch, das noch daliegt, fliegt seitenblätternd in die Ecke, der Umschlag bekommt einen Riss.

8

Am nächsten Morgen ruft Mauser in Wasserstetten an und entschuldigt sich halbherzig, bietet an, dass der Mann die Rechnung für die Glasscheibe an ihn schicken soll. Das hätte er sowieso getan, sagt Silkes Mann und klingt wenig erbaut von diesem Anruf. Na ja, denkt Mauser, ich hab wenigstens guten Willen gezeigt.

Es gibt Wichtigeres. Er will nach Kettenacker zu Vetter Fidel, um ihn nach dessen Schwester zu fragen, diesem Leisle. Warum wusste er, Mauser, nichts von einem Bäsle in Kettenacker? Wo ist die jetzt? Vielleicht weiß sie ja, was damals am vierten Mai passiert ist und was Mutz so verschreckt hat.

Das Dorf liegt ruhig, ein Trecker rattert zwischen den Häusern, an einem Haus sind sie am Renovieren, bei Fidel ist wieder die Schwiegertochter an der Tür. Diesmal ist er mit dem Auto da, es ist bewölkt und feucht, und er wird sich diesmal nicht abwimmeln lassen. Die Schwiegertochter ist aufgeregt.

»Ein Kommissar war da«, erzählt sie gleich, als bedeutete Verwandtschaft auf einmal Vertrauenswürdigkeit. »Er hat mit dem Vater gesprochen. Seither ist er ganz durcheinander. Sitzt bloß in seinem Sessel am

Fenster und brabbelt vor sich hin. Was hat der denn von ihm gewollt?«

Sie lässt ihn ein und führt ihn in die Stube. Wird das eine längere Unterhaltung? Sie setzt sich und bedeutet Mauser, das Gleiche zu tun.

»Mich hat er auch gefragt. Ob ich von einem verschwundenen Mädchen in den Dreißigern wüsst. Aber da war ich ja noch gar nicht auf der Welt. Und dann hat er mir so eine Kette gezeigt, mit einem Anhänger, du weißt schon, so ein Kommunionsgeschenk ...«

»Ein Gottschützedichle«, sagt Mauser. Der Kommissar geht also durchs Dorf und befragt die Leute. Irgendwie muss er ja was rauskriegen.

»Genau. Ob ich das schon mal gesehen hätt. Ob ich wüsst, wem das gehört hat. So ein Blödsinn! Wahrscheinlich hat er Vater damit auch verrückt gemacht. Hast du eine Ahnung, worum es da geht?«

Mauser zuckt die Schultern. Soll er etwas sagen?

»Die haben da scheint's eine Leiche gefunden, drüben im Wald, bei der Keltensiedlung ...«

»Keltensiedlung? Was für eine Keltensiedlung?«

»Drüben im Kohlhau. Ein kleines Mädchen. Mehr weiß ich auch nicht.«

»Ja und? Was soll Fidel damit zu tun haben?«

Nervös verknotet sie die Finger und blinzelt in einem fort. Das hat sie aufgeregt, das war nicht wie immer. Das Gleichmaß der Tage hier oben ist stark, denkt Mauser, da fällt einer gleich aus aller Ordnung, wenn was passiert.

»Und Georg ist natürlich wieder nicht zu erreichen. Der ist in Münsingen, auf der Baustelle.« Sie stöhnt.

»Sag mal«, beginnt Mauser vorsichtig, »hast du jemals was vom Fidel seiner Schwester gehört?«

»Dem Vater seine Schwester? Wer soll das sein?«

»Das Leisle. Sie muss ungefähr Mutz' Jahrgang sein, Therese, meine Schwester.«

»Die vergast worden ist?«

»Ja, die. Das Leisle wär dann meine Base, verstehst?«

Sie schaut ihn irritiert an. Wahrscheinlich fragt sie sich, ob er langsam auch senil wird. Sucht nach Personen, die's nie gegeben hat!

»Also …«, sagt sie zögernd, »von einem Leisle weiß ich nix. Du könntest mal den Georg fragen, aber der ist grad nicht zu erreichen.«

»Hat denn der Fidel nie was von einem Leisle erzählt?«

»Nicht dass ich wüsst.«

»Hm.« Mauser tut so, als würde er nachdenken, aber er ist längst entschlossen. Nur will er diesmal behutsamer vorgehen.

»Was meinst, soll ich mal den Fidel selber fragen? Wenn er doch jetzt so viel in Kindheitserinnerungen unterwegs ist, im Kopf mein ich, dann fällt ihm vielleicht was dazu ein.«

Sie verzieht den Mund und zupft ein Fädchen aus dem Tischtuch. Nicht einmal einen Kaffee bietet sie ihm an.

»Weiß nicht, ob das so eine gute Idee ist. Zuerst der Kommissar mit seiner Kette, und jetzt du mit einem angeblichen Bäsle. Na ja«, sie faltet die Hände und schaut ihn an, mit rotgeränderten Augen von zu wenig Schlaf, lächelt ergeben.

»Probier's mal. Ich bring dir einen Kaffee rauf und Vater seinen Tee.«

»Das mach ich.«

Während die Schwiegertochter in der Küche verschwindet, steigt Mauser schnurstracks die Treppe hinauf. Fidel hat oben den Stock für sich, mit Bad und Klo und einem kleinen Zimmer, in dem er wohl den Tag verbringt. Dort ist er aber nicht. Mauser sucht in den anderen Räumen und findet ihn im Bad. Er irrt suchend darin herum, die Hose auf Halbmast, sodass man sein verhutzeltes Seggele sieht, er schaut nicht auf, als Mauser eintritt, sondern jammert leise vor sich hin.

Was das Alter aus dem Menschen macht, denkt Mauser wieder einmal. Ein bisschen Ablagerung in den Blutbahnen, und schon ist alle Würde und Selbstbestimmung dahin.

Der schwäbische Spruch stimmt: Das Alter ist eine Krankheit, an der man stirbt.

Er redet beruhigend auf ihn ein, nimmt ihn an den Schultern, fragt, was er denn vorhat. I muass, sagt er nur, i muass. Was muasch denn?

Fidel öffnet den Schrank und deutet nach unten. Mauser holt nacheinander heraus, was da verstaut ist, bis er ein Plastikkörbchen zutage fördert. Wild deutet Fidel darauf und nimmt es ihm aus der Hand.

»Was willst denn damit?«, fragt Mauser.

»Da! Da!«

Er stellt es auf den gefliesten Boden, und erst als Fidel

seinen Hintern darüber bugsiert und in die Knie geht, dämmert Mauser, was er will.

Resolut nimmt er ihn am Arm, zieht ihm die Hose hoch und führt ihn ins Klo nebenan. Dort setzt er ihn auf die Schüssel und sagt ihm, was er machen soll.

Dann wartet er draußen, und als er Geräusche hört, verzieht er sich ins Stübchen. Hoffentlich kann er sich allein abwischen, denkt Mauser. Mensch Meier, der ist heut wirklich nicht gut drauf. Das wird nix mit dem Leisle.

Ob er sich nun gesäubert hat oder nicht, weiß Mauser nicht; jedenfalls kommt Fidel angezogen aus dem Klo und sieht Mauser auf dem kleinen Sofa sitzen.

»Ja was, hab ich Besuch? Wer sind Sie denn?«

Mauser steht auf und begrüßt Fidel mit Handschlag. So viel Achtung muss sein. »Ich bin dein Vetter aus Buttenhausen. Der Hermann.«

»Ja was, der Hermann. Guckst auch mal wieder vorbei? Wie geht's denn deiner Mutter? Und deinem Vater? Alle wohlauf?«

»Alles bestens.«

»Ich frag mal die Tochter, ob sie dir ein' Kaffee macht. Weißt, ich selber trink ja nur noch Tee. Der Kaffee macht mich immer so zittrig.«

Doch da bringt die Tochter auf einem Tablett schon das Gewünschte. Sorgsam stellt sie die Tassen ab, der Tee hat gezogen, neben den Kaffee stellt sie eine Dose Kondensmilch und die Zuckerschale. »So, lasst's euch schmecken«, sagt sie, als wäre sie die Kellnerin. »Gell, Vater, trinkst dein' Tee, solang er noch heiß ist. Dann wirkt er besser.«

Aber als sie draußen ist, wird es nichts mit dem Tee. Fidel scheint vergessen zu haben, dass sie hier war, dreht umständlich die Tasse auf der Untertasse hin und her, starrt manchmal aus dem Fenster.

Mauser schlürft seinen Kaffee, der nur noch lauwarm ist, und fragt sich, wie er seine Frage an den Mann bringen soll.

»Du, Fidel«, versucht er es mit einem Trick, »wie geht's denn deiner Schwester? Dem kleinen Leisle? Ihr habt doch immer zusammen gespielt.« Das ist hinterhältig, aber wenn es kein Leisle gab, kann es auch nicht schaden. Fidel schaut ihn groß an und verzieht weinerlich den Mund. Er fängt wieder leise zu jammern an.

Er verschränkt die Hände und hebt und senkt sie, als wollte er beten.

»Was sagst?«, fragt Mauser.

Das Jammern wird lauter. Jetzt wird er auch noch fromm, denkt Mauser. Kyrieleis, jammert Fidel, Kyrieleis.

»Ja, Fidel, hast Recht. Der Herr erbarme sich! Über uns und über die ganze Welt!«

»Kyrieleis, Kyrieleis.«

Das hat er von dem Gottschützedichle, denkt Mauser. Der Kommissar hat ihn ganz schön durcheinandergebracht. Vielleicht erinnert er sich gerade an seine katholische Kindheit oder so.

»Da war bloß vorhin so ein Mann von der Polizei da«, sagt Mauser beschwichtigend. »Der hat dir was gezeigt, Fidel, oder? Weißt das noch? So ein Kettchen, mit einem Anhänger. Da stand das Kyrieleis drauf, erinnerst dich? Das hat dich so durcheinandergebracht …«

»Kyrieleis, Kyrieleis.«

»Der Kommissar ist ein Grasdackel, weißt. Der darf dich so was nicht fragen. Oder hast du das Gottschützedichle schon mal gesehen? Nein, sicher nicht, oder?«

Wieder schaut ihn Fidel mit großen Augen an, hebt bittend die Hände und intoniert seinen Spruch. Der Herr segne und behüte dich, fällt Mauser ein, und am liebsten hätte er seinem Vetter die Hand auf den Kopf gelegt und ihn gesegnet.

Und dann trifft es Mauser wie ein Schlag.

Das Leisle. Kyrieleis. Das ist ein Name!

Die Inschrift auf dem Gottschützedichle ist kein frommer Anruf, sondern ihr Name! Die Mädchenleiche im Wald war sein Bäsle. Fidels Schwester.

Und der weiß das. Der erinnert sich jetzt.

Aus dem Winkel seines Gedächtnisses, wo die bunten Kinderbilder wohnen, da steigt seine Schwester herauf. Er kann nichts damit anfangen, es bedrängt ihn, es will erkannt und gewusst werden und mit ihm das schreckliche Geheimnis, aber Fidel ist nicht wach, nicht bei sich, er kann es nur erleiden.

»Mensch, Fidel!« Mauser werden die Augen feucht, er nimmt ihn in den Arm und versucht, das jammervolle Kyrieleis wegzutrösten.

»Warum hast du nie jemandem gesagt, dass es das Leisle gab? Warum habt ihr geschwiegen, du und Onkel Heinz? Was ist damals bloß passiert?«

Der Vetter brabbelt unverdrossen vor sich hin, wird

immer zittriger. Mausers Gefühle sind nicht weniger heftig, als ihm klar wird, was Mutz an jenem vierten Mai vielleicht miterlebt hat.

Wenn die beiden zusammen waren, wusste Mutz etwas darüber. Über den Missbrauch. Über den Mord.

Vielleicht hat sie es mit angesehen. Vielleicht dabei gewesen, selber in Gefahr. Trauma, Schock, wer weiß was. Hat niemandem davon erzählen können.

Vielleicht war das die Ursache für ihre Krankheit. Oder vielleicht war das gar keine Krankheit? Wie ist denn das mit Schwachsinn, wie äußert sich das? Wer hat das damals überhaupt festgestellt?

Mauser überfordert die Lage. Er will laut nach der Schwiegertochter rufen, doch ihr Name fällt ihm gerade nicht ein.

»Kommst du mal?«, ruft er hinunter. »Fidel geht's schlecht! Kannst du mal kommen?«

Die Treppen geben hektischen Laut, dann stürzt sie herein.

»Siehst, ich hab's doch gesagt. Das tut ihm nicht gut, diese ganze Fragerei.«

Sie beugt sich über ihn, nimmt seine Hände und versucht, zu ihm durchzudringen.

»Erkennst mich, Vater? Weißt, wer ich bin? Ist alles gut, Vater! Hörst?«

Mauser steht auf und verlässt das Zimmer. Kein guter Abgang, aber zu mehr ist er gerade nicht fähig. Er verlässt das Haus ohne ein Wort. Steigt in seinen Wagen, fährt los.

Am Ortsende, als er auf die Landstraße nach Geisingen kommt, merkt er, dass er gar nicht weiß, wohin er will. Langsam, sagt er sich. Immer mit der Ruhe.

Ich hab also was rausgefunden. Das werd ich dem Greving sagen. Okay. Wir wissen jetzt, wer das tote Mädchen ist. Wir wissen, dass sie am vierten Mai verschwunden ist. Und ich weiß, dass Mutz etwas damit zu tun hat, dass etwas Furchtbares geschehen ist, das vielleicht ihre Krankheit verursacht hat. Das muss ich rausfinden. Und was mit Onkel Heinz in der Zeit war. Wann er auf dem Heuberg war. Wer das Gutachten über Mutz erstellt hat. Was Mutter nach dem Ganzen mit Mutz gemacht hat. Lauter solche Sachen. Wo kann ich da jetzt hin?

Er steht am Straßenrand mit laufendem Motor und guckt den grauen Wolken zu, wie sie sich dicht über die kahlen Waldrücken dahinwälzen. Eine Zeitlang ist sein Kopf völlig leer. Dann fällt ihm der Schlagenhauf ein. Vielleicht weiß der was über Onkel Heinz. Der hat ja so was angedeutet, irgendwas mit der HJ und so. Wenn ich schon hier bin, könnte ich den gleich mal befragen.

Schlagenhauf ist nicht zuhause. Er ist auch nicht im »Bären«. Frau hat er keine mehr, Otto aber verrät ihm, dass er auf dem Sportplatz ist. Draußen an der Straße nach Wilsingen. Da schaut er sich das Training der Sportvereinigung Kettenacker an, die spielen am Freitag gegen Ehestetten. Kreisliga B. Mauser fährt hin, ein Grasplatz mit einem Geländer drum herum, ein paar Zuschauer stehen da und gucken zu. Die Rufe und Ballgeräusche hallen über das Feld. Krähen sitzen im Geäst der Bäume nahe einem Bretterschopf.

Mauser stellt sich hin und schaut nach Schlagenhauf aus. Das auf dem Platz ist ein ungelenkes Gekicke und Gebolze, irgendwie witzig, wie die gestandenen Männer mit Sporthose und weißen Stutzen und Stollen in die Zweikämpfe gehen, man hört die Anstrengung und den Schmerzensschrei bei einem Zusammenprall, man hört Schimpfen und Fluchen, alles wie verlangsamt, amateurhaft eben. Drüben hinterm Tor, das muss Schlagenhauf sein. Er steht allein und pafft eine Zigarre, blaue Wölkchen puffen von ihm weg.

Mauser geht hinüber und stellt sich neben ihn. Schlagenhauf schaut nicht auf.

»So, bist wieder um den Weg.«

»Und du? Guckst beim Training zu?«

»Nicht wegen dem Fußball. Ich wart auf die AH, die trainieren heut auch.«

»Ach, die Altherrenriege. Warum denn das?«

»An denen hab ich einen Narren gefressen«, sagt Schlagenhauf und grinst. »Wie die alten Trottel herumrennen und 's wichtig haben. Und keiner mehr außer mir weiß, was mit denen mal war.«

Da sind wir ja gleich beim Thema, denkt Mauser.

»Du hast da beim letzten Mal so was angedeutet, mit der HJ und Onkel Heinz …«

»Ach, der Heinz Mauser? Der interessiert dich immer noch? Ja, ja, das weiß keiner mehr außer mir.«

Er pafft ein paar Züge und schüttelt den Kopf, als ein Schuss knapp am Triangel vorbeigeht.

»Hab auf dich gewartet«, sagt Schlagenhauf. »Hab gewusst, dass du wegen der AH noch mal kommst.«

»Da schau hin! Bist ein ganz ein Raffinierter, ha?«

»Die HJ«, erzählt Schlagenhauf ohne Umschweife, »die haben sie gleich nach der Machtergreifung gegründet, hier im Dorf. Da sind sie ganz kiebig drauf gewesen. Die waren ja schon mit Zeltlager und so präsent, und am einundzwanzigsten Juni hätt's dann eine große Sonnwend geben sollen, auf dem Dachsberg, weißt. Da hat's gesummt und gebrummt bei den Jungen im Dorf. Und die da, die AH, die waren flott dabei bei den Braunhemden.«

Er grinst zynisch und spuckt aus. »Das war noch, bevor die Parteien alle abgeschafft worden sind. Im Mai war das. Da haben sie den armen Heinz durchs Dorf gejagt, abends haben sie ihn aus seinem Haus geholt und dann musst er Spießruten laufen. Getreten und bespuckt haben sie ihn und beschumpfen. Weiß nicht mehr, was sie alles gebrüllt haben. Der hatte da ja eine schwere Zeit, weißt. Die HJ hat alle heißgemacht, die Väter von denen haben's organisiert, und die Jungen haben fleißig mitgemacht. Und heut will von denen keiner mehr was wissen.«

»So so«, sagt Mauser. »Und weiter?«

»Nix weiter. Heinz haben sie einkassiert, ist auf den Heuberg gekommen, weil er ein waschechter Sozi war. Ist immer nach Reutlingen zu den Versammlungen und hat sogar mal hier im Dorf versucht, einen Kreis aufzumachen. Aber da ist er bös angekommen. Die Frau weg, durchs Dorf gejagt, auf dem Heuberg gewesen – na, das war eine schlimme Zeit für ihn. Hinterher, als er wieder da war, nach fünf Monaten, hat kein Hahn mehr danach gekräht. Bloß der Pfarrer, der hat's immer noch auf ihn abgesehen gehabt. Der hat den gemocht wie ein Maul voll Reißnägel. Der Pfarrer hat sich bei der Hetzjagd auch hervorgetan, war dabei und hat zugeguckt, da hat der wohl die größt Freud gehabt.«

»Der Pfarrer? Und warum?«

»Ha, der Bonaventura hat so seinen Kreuzzug gegen den Aberglauben geführt. Da hat er hier im Dorf was zu tun gehabt. Sogar gegen Mistelzweige oder Johannissträuße hat er gewettert, dem war nix katholisch genug. Dabei ist die ganze Marienspringerei in meinen Augen auch nix anderes. Na, auf jeden Fall hat der Pfarrer dem Heinz vorgeworfen, dass er ein Hexer wär und daheim Zaubereien veranstalten tät …«

»Das sechste und siebte Buch Mose?«

»Ja, das auch. Da gab's schon einige, die das daheim gehabt haben, manche ganz unverschämt im Büfett. Das war nix Besonderes. Aber dass einer damit so richtig gehext hätt, das glaub ich nicht. Aber der Pfarrer war ganz wild drauf.«

»Aha«, sagt Mauser. Das gibt ein neues Bild vom Onkel, denkt er. Obwohl, ein bisschen komisch soll er ja immer gewesen sein. Aber nach der Sache mit der Frau und der Hetzjagd ist es wohl schlimmer geworden, den Heuberg darf man auch nicht vergessen. Und, fällt Mauser ein, das Leisle.

»Wenn d' mich fragst, der hat einen ganz anderen Grund gehabt, der Pfarrer. Der hat immer gesagt, wer mit dem Teufel im Bund ist, dessen Seele wär verdorben von Grund auf. Dem wär alles zuzutrauen. Und wenn man ihn gefragt hat, hat er bloß so Andeutungen gemacht, weißt. Wie der Heinz mit seinen Kindern umgangen wär, wie der alle Kinder im Dorf immer angelangt hätt und so, verstehst?« Schlagenhauf blickt ihn von der Seite her an. Ein gefährlicher Blick. Da lauert ein alter Hass drin. Hat er sich damals auch gegen Onkel Heinz gestellt? Oder gilt dieser Hass dem Pfarrer? Der Verleumdung? Den Leuten, die andere kaputtmachen wollen um jeden Preis?

»Nein, ich versteh nicht.«

»Ha, das ist doch ganz einfach! Der Heinz war ein bisschen sentimental halt, so ein Gefühlvoller, der hat halt die Kinder mögen. War vielleicht selber ein bisschen weich, weißt, manche haben sich das Maul zerrissen, warum wohl seine Frau weggelaufen ist. Keinen hätt's gewundert, wenn der wegen dem Paragraph hundertfünfundsiebzig drangekommen wär.«

»Ach so. Ja, denkst du denn, dass Heinz schwul war?«

»Weiß man's? Man kann nicht in die Leut hineingucken. Der war nicht so derb und hartköpfig wie die Bauern hier oben, der hat halt vom lieben Gott eine empfindsame Seele mitgekriegt. Hat immer Schallplatten gehört und dabei geheult, wie manche sagen, die's gehört haben wollen. Und Kinder hat er eben gern gehabt, die waren genauso schutzbedürftig wie er, hat er wohl gedacht. Deshalb hat er an keinem Kind im Dorf vorbeigehen können, ohne ihm den Kopf zu tätscheln. Aber dass er deswegen seine eigenen Kinder – also, weißt, da muss doch mehr zusammenkommen.«

»Du meinst«, Mauser ahnt Böses, »er war ein Pädophiler?«

»So sagt man ja heut. Kinderschänder hat das damals geheißen.«

»Onkel Heinz ein Kinderschänder?« Mauser traut seinen Ohren nicht.

»Das sag nicht ich. Das hat der Pfarrer gemeint. So was hat der immer angedeutet. Dass der seine eigenen Kinder …«

»Du sagst immer Kinder«, hakt Mauser ein. »Hat der Heinz denn mehr gehabt als bloß den Fidel?«

Schlagenhauf schaut ihn verblüfft an. Dann lacht er.

»Jetzt hast mich gekriegt. Das wollt ich dir eigentlich nicht sagen, 's ist ja ein Familiengeheimnis sozusagen. Da gab's noch ein Mädle, das Leisle, die ist aber in eben diesem Mai dreiunddreißig spurlos verschwunden. Das hat ihm wahrscheinlich am meisten ausgemacht. Sitzt auf dem Heuberg und hat keine Ahnung, was mit seinem Mädle ist. Der Fidel, der war beim Nachbarn so lang, damit er nicht ins Heim muss, dem ist es gutgegangen. Aber das Leisle …«

»Hat man die Leich nicht gefunden?«, fragt Mauser. Ihm wird langsam mulmig, dass er so viel mehr weiß.

»Wieso Leich? Bis heut weiß keiner, was mit dem Mädle passiert ist. Ja, eine Suchaktion hat's gegeben. Da war Heinz schon auf dem Heuberg. Aber die haben nicht einmal Hunde mitgebracht, haben so in der Gegend herumgesucht, ein paar Leute gefragt, wer sie zuletzt gesehen hat, da war dann auch noch ein anderes

Mädle von auswärts, die haben wohl miteinander gespielt, aber auch dieser Spur ist man gar nicht erst nachgegangen.«

»Ja, warum denn nicht?«

»Tja, von den Herren hat wohl keiner ein Interesse dran gehabt, das verschwundene Kind von einem Sozi zu suchen. Dabei kann das Kind ja nix dafür.«

Ein anderes Mädle von auswärts. Mauser hat eine Gänsehaut. Verdammt komisch, wenn sich so eine Geschichte plötzlich zusammensetzt und Gestalt bekommt. Aus dem Mund eines Unbeteiligten, eines Chronisten.

»Erst als der Pfarrer angerückt ist mit seiner Geschichte vom Kinderschänder und von der Kanzel herunter ihn als mutmaßlichen Mörder beschimpft hat, da sind die Bittel hellhörig geworden. Dann haben sie noch mal eine Suchaktion gestartet, diesmal mit Hunden. Aber da war schon eine Woche rum, inzwischen hat's gehörig geregnet gehabt, und da war nix mehr zu finden. Und natürlich gab's manche, die dem Heinz seine Frau im Dorf gesehen haben wollen, just vor dem Tag, an dem das Leisle nicht mehr heimgekommen ist, und prompt hat's geheißen, seine Frau wär zurückgekommen und hätt ihr Kind mitgenommen. Bis heut ist es so, dass man nix Gewisses nicht weiß.«

»Und was glaubst du, Fritz? Du hast doch den Heinz gekannt …«

»Gekannt! Wie man einen im Dorf halt kennt. Seine Eltern hab ich gekannt, und mit ihm bin ich manchmal herumgesprungen, aber Freunde waren wir nie. Er war ja auch nicht in meinem Alter. Nein, nein, das bleibt bis Ultimo im Dunkeln.«

Nein, denkt Mauser, das wird es nicht. Der suchende Kommissar scheint zu Schlagenhauf noch nicht vorgedrungen zu sein.

Das wird sich ändern. Und dann wird Schlagenhauf ein Licht aufgehen.

»Das ist ja ganz was Neues, was du mir da erzählst«, sagt Mauser anerkennend. Schlagenhauf grinst.

»Ja, ja, wer Geschichten weiß, ist nie allein.«

Sie schauen noch ein Weilchen den Kickern zu, bis die aufhören und zusammenpacken, Schlagenhauf lässt sich wieder über die AH aus und meint einmal, dass es schade wär, dass man aus denen nix rausholen könnte, sich ein Schweigen erkaufen lassen und so, das geschähe denen recht. Ja, das ist ein ganz Ausgefuchster, denkt Mauser und fragt sich, ob wohl alles wahr gewesen ist, was er heut gehört hat.

Dann verziehen sich die Sportler und die paar Zuschauer ins Wirtshaus, Schlagenhauf wartet noch auf die AH und Mauser überlegt noch kurz, ob er auf Georg warten soll, um ihn nach dem Leisle zu fragen, beschließt aber, von zuhause aus zu telefonieren.

Auf der Rückfahrt ist er nachdenklich. Das lastet auf seinem Gemüt: erst die Geschichte mit dem Leisle, dass er überhaupt ein Bäsle gehabt hat, von dem keiner was wusste, und dann die ungeklärte Sache mit Mutz, und nicht zuletzt das, was Onkel Heinz alles mitgemacht hat dort droben in seinem katholischen Dorf. Da ging es doch in Buttenhausen anders zu.

Muss unbedingt in Mutters Tagebuch nachsehen, sagt er sich. Muss mehr über das Leisle rausfinden und nachlesen, wie das mit Mutz war. Meine Herren!, denkt er. Vielleicht war Mutz gar keine Schwachsinnige.

Würde das was ändern?, fragt er sich selbst und fährt durch Meidelstetten hindurch, nach der scharfen Rechtskurve in der Ortsmitte aus dem Ort heraus und auf die Kreuzung der B 312 zu. Vielleicht schon. Dann bräuchte ich auf Mutz nicht mehr wütend zu sein. Komisch, als ob das einen Unterschied macht. Aber für mich macht's einen. Sie war dann schon vor Grafeneck ein Opfer, ein Opfer des Lebens, ein Opfer von Menschen. Ich wäre dann damals nicht allein gewesen. Ich hätte eine Schwester an meiner Seite gehabt, eine Mitstreiterin. Sie ist daran zerbrochen, und ich hab es geschafft. So irgendwie, denkt Mauser. Merkwürdig, wie man manchmal so fühlt.

Morgen muss ich Greving Bescheid sagen. Das mach ich nicht telefonisch. Da fahr ich nach Sigmaringen. In Sigmaringen war ich schon lang nicht mehr. Könnt mir das Schloss anschauen, da waren wir mal mit Mutz. Die hat sich gar nicht mehr eingekriegt vor Freud. Prinzessin wollt sie sein. Siehst, jetzt denk ich schon wieder von ihr als von einer Schwachsinnigen. Dabei war sie vielleicht eine ganz tragische Figur.

9

Heute Morgen hat es aufgerissen. Blassblauer Himmel, Haufenwolken, sacht treibend. Altweibersommer im Oktober. Der richtige Tag, um nach Sigmaringen zu fahren. Mauser hat Georg angerufen und ihn nach dem Leisle gefragt, aber der wusste auch von nichts. Inzwischen machen in Kettenacker das Auftauchen des Kommissars und der weit zurückliegende Mord die Runde. Vielleicht erinnert sich ja der eine oder andere an das kleine Mädchen vom Schellenheinz.

Mauser hat das Tagebuch weiter durchgeackert, bis spät in die Nacht, ein bisschen unheimlich war das, in der Stille der Stube, nur die tickende Uhr und draußen die Herbstnacht, unterwegs in längst vergangenen Zeiten, lesend über Menschen, die lange tot sind. Manchmal hat er sich gefragt, was das alles soll. Lass sie ruhen, hat er gedacht. Aber die Geschichte muss ans Licht, wie vor dreizehn Jahren mit dem Toten in der Höhle. Das darf nicht vergessen bleiben und im Wald verscharrt. Das darf nicht die alte und vielleicht falsche Geschichte bleiben von einer Schwachsinnigen, die sie abgeholt und zum Vergasen gebracht haben. Das darf nicht die Geschichte bleiben von einer Schwester, der er zeit seines Lebens etwas nachgetragen hat, von einer

Wut, die immer seine Schuld war, weil sie ja nichts dafür konnte.

Mutz und das Leisle haben oft miteinander gespielt. Keiner hat auf sie aufgepasst, das haben die Mädchen genossen. Sie haben die Gegend erforscht und im Wald gespielt, Dolinen gefunden und Bucheckern gesammelt, sich in Prinzessinnen verwandelt und die Welt um sich her vergessen. Bis zum vierten Mai. Das Leisle muss da ganz kurze Haare gehabt haben, denn sie hat sich ein paar Tage vorher aus Jux und Dollerei die Zöpfe abgeschnitten, eine Schande damals. Ein Mädchen mit einem Bubenkopf! Mutter berichtet das, als wären die Zöpfe von Heinz konfisziert worden, obwohl Mutz einen davon hatte mit heim nehmen wollen. Vielleicht gibt es doch noch Überbleibsel von ihr, irgendwo in Fidels Haus. Kleider, Andenken, Schulhefte, so was. Schade, dass mit dem Fidel so gar nix anzufangen ist.

Mauser setzt sich ins Auto und fährt los. Vor Wasserstetten links ab auf die Steige nach Eglingen hinauf. Die Straße ist in manchen Kurven regenfeucht und gepflastert mit goldenem Laub. Oben kurvt er durchs Dorf und kommt schließlich nach Bernloch. Als würde er nach Kettenacker fahren. Aber heute stehen die Zeichen auf Ausflug. Nach Süden, in den Dunstkreis des Bodensees. Das war als Kind die weite Welt. Wehende Fahnen, Fährschiffe und die Alpenkette am Schweizer Ufer. Ein bisschen von dieser Ferienstimmung färbt schon auf Sigmaringen ab; da ist man von der Alb herunter, das Land wird flach mit Ried und Kornfeldern, Zwiebelturmdächern und Touristenverkehr. Sigmaringen war immer ein Fürstenstädtchen, das Schloss thront schmuck auf dem Hausberg, das tut gut, denkt Mauser erleichtert, wenn das Jahr zu Ende geht.

In Meidelstetten nimmt er das kleine Sträßchen nach Haid, an der einstigen Muna Haid vorbei nach Trochtelfingen. Bolzengerade führt sie über die herbstkahle Alb.

Hätt den Greving vielleicht vorher anrufen sollen, denkt Mauser. Vielleicht ist er gar nicht da. Vielleicht strolcht er in Kettenacker herum, und wir verfehlen uns um fünfzig Kilometer.

Bei Mägerkingen geht's ins Laucherttal, in Veringendorf durchbricht das Flüsschen eine Kalkbarre und mündet hinaus ins Oberschwäbische Land, vereinigt sich mit der Donau.

Da sieht Mauser auch schon das Schloss. Helles Gemäuer im Sonnenschein. Turmspitzen, blitzende Dächer, spiegelnde Fenster.

Er parkt im Parkhaus beim Langen Garten, überquert den Beginn der korsoähnlichen Karlstraße mit den wilhelminischen Prachtbauten und taucht in die Gässchen der Altstadt ein.

Vor dem Schloss hängt das Zollersche Wappen, schwarzsilberne Viertel im Schild. Er bleibt stehen und schaut. Jetzt, im Herbst, fahren kaum noch Busse vor, keine Japanerschwärme, keine Seniorengruppen. Das guck ich mir nachher an, denkt Mauser. Nur einen ersten Blick. War lang nicht hier. Mutz, die Prinzessin. Ausflug mit den Eltern an Ostern, mit der Bahn, dem alten Dampfungetüm, das Tal hinunter, er und Mutz kosteten nichts.

Wollt's bloß schon mal sehen, denkt er. Bin ja aber wegen was anderem hier. Er wendet sich ab und sucht in der Karlstraße die Hausnummer 15, eines der alten klassizistischen Verwaltungsgebäude, und fragt sich bis zu Grevings Büro durch. Der sei grad im Archiv. Ob er einen Termin wolle. Mauser lässt sich anmelden und soll zur Mittagspause wiederkommen. Da tauche der Herr Kommissar vielleicht aus den Archivtiefen auf. Mauser hinterlässt seine Mobiltelefonnummer und trollt sich.

Das Schloss lässt ihn nicht los. Bis zwölf sind es noch zweieinhalb Stunden. Das könnte für eine Führung reichen. Er steigt wieder den Schlossberg hinauf, zwischen Straßencafé und Sparkasse erhebt sich das Gemäuer und fängt mit seinen Flanken die Morgensonne. Auf den Beginn der Führung muss er warten, zusammen mit ein paar Ausflüglern und einer Jungschargruppe, die auf den Sitzbänken lümmelt. Als es losgeht, weiß er gar nicht, wo er gerade ist. In welcher Zeit, in welcher Welt. Es kommt ihm vor, als gehe Mutz neben ihm und irgendwo voraus die Eltern, als könnte man zu viert Eis essen und abends einkehren und mit der Eisenbahn zurückfahren ins Tälchen auf der Alb.

Im Hof schaut er sich erstaunt um. Daran kann er sich gar nicht erinnern, aber da war er ja auch erst fünf oder so. Muss um zweiundvierzig gewesen sein, bevor es die Ostfront gab und alles den Bach runterging. Obwohl das Bauwerk auf Mittelalter gemacht ist, sieht es im Hof orientalisch aus. Ein Haremshof, ein Serail, und hinter den Mauern schläft nicht Sigmaringen, sondern wimmelt Samarkand oder Bagdad. Gedrehte Säulchen, eine Empore, Treppenaufgänge, ein Türmchen, Oleander und Palmen fehlen noch und es wäre ein Märchen aus Tausendundeiner Nacht. Mutz freut sich. Sie ist still. Während der Fahrt hat sie immer nach draußen geschaut, keine Einzelheit der vorbeiziehenden Landschaft verpasst. In Marbach hat sie Grafeneck gesehen, ein Blick hinüber in die Zukunft, wo ihr Leben enden sollte. Das trutzige, in Stein gehauene Hohenzollernwappen, der Herzschild mit den Vierteln, der Löwe der Nürnberger Burggrafen, die gekreuzten Schlüssel des Erbkämmerertums. *Nichts ohne Gott.* Erzkatholisch und konservativ. Achtzehnachtundvierzig von der Revolution überrascht. Niemand gegen Gott als Gott selbst. Drinnen die Kanonenhalle, martialisch und unangenehm. Über Marmorstiegen fallen rote Teppiche, an den Wänden Gobelins aus verblasster Seide, im ersten Stock dann die Josephinengemächer: Da hat man gewohnt. Hier kann Mutz Prinzessin sein. Ja, sie ist stiller als sonst. Nicht das alberne Kind, das er kennt, sondern ernst und fast erwachsen. Als hätte es ihren Schwachsinn nie gegeben. Nur dass sie Prinzessin sein will, das ist geblieben. Bleibst du bei mir?, fragt sie. Mein kleiner Bruder? Mauser nickt beklommen.

Das Badezimmer hat inzwischen eine moderne Installation, eine Dusche mit Spritzdüse, eine Marmorbadewanne, ein Klo mit Spülkasten. Als könnte man sich einfach draufsetzen. Mutz schaut sich um, scheint auf etwas zu warten.

Nach dem Bad hat sich die Fürstin im Ruhezimmer erholt. Die Zimmer hier sind niedrig und heimelig. Ein wenig versteckt, wie ein Boudoir. Nur die Tapetentür fehlt, hinaus auf den Dienerflur, wo der Liebhaber gewartet hat. Eine Chaiselongue mit Blümchenbezug, ein Spiegeltisch, eine Rokoko-Kommode, eine Etagère mit Büchern und Leselampe. Hier saß die Fürstin und hing verlorenen Träumen nach, las sich in Romanen romantische Welten an, bürstete sich ihr Haar, schaute aus dem Fenster hinunter auf das sonnenleuchtende Band der Donau, hinaus in die Ebene mit den Albhöhen im Norden, schaut den ziehenden Kähnen zu, den Wacholderdrosseln, die um die Burg kreisen, seufzt und wendet sich melancholisch ab.

Oder ist das jetzt Mutz? Mutz in seidenem Volantkleid, Spitzensaum, Goldkrönchen, Krinolinrock? Mutz, schön wie nie, mit langem rotbraunem Haar? War sie eigentlich schön?, fragt er sich. War ihr Gesicht vom Schwachsinn entstellt? Hat er da eine Prinzessin im Gedächtnis, unbemerkt, die er nie erkannt hat?

Ein Glas Wein, ein Teller Obst. Die Prinzessin wartet auf etwas. Sie ruht auf der Chaiselongue und ist ganz versunken in diesem Schauen nach innen, auf die öden Weiten ihrer Seele hinaus. Sie wartet auf ihre Zukunft. Sie weiß, was kommen wird. Sie hat sich ihr Leben lang geschützt, verborgen hinter einer Mauer aus Idiotie, sie hat sich zurückgezogen hinter die Mauern ihres Schlosses, hier ins innerste Gemach, und weiß doch, dass es kommen wird. Der Staat. Die Anstalt. Die grauen Busse. Der Vergasungsofen.

Mutz, sage ich und bleibe mit ihr hinter der Führung zurück, die den Raum verlassen hat und draußen im

Ankleidezimmer, im Schlafzimmer, im Ecksalon immer leiser wird, Mutz, worauf wartest du?

Du weißt worauf.

Aber warum wartest du bloß? Warum tust du nichts dagegen? Warum fliehst du nicht?

Davor kann man nicht fliehen. Das holt einen mitten im Wald, beim Spielen. Da kommt der Nachtgrabb am Tag, und alles ist anders. Die Lichter gehen aus, die Sonne wird zum Kohlesack. Finsternis und weit, weit weg von allem. Da sind die Laute gedämpft und unverständlich, und da tut nichts mehr weh. Nichts erreicht mich mehr. Aber dort kann ich auch nichts tun. Nichts als warten. Davor kann man nicht fliehen.

Liebe Mutz, sagt er und spürt die Tränen in den Augen. Liebe Mutz. Komm, sagt er und streckt die Hand aus, lass uns weitergehen, lass uns das Schloss anschauen und sehen, was die Prinzessin zu Mittag gegessen hat. Und dann geht's wieder nachhause, und alles ist gut.

Aber sie schüttelt den Kopf. Ich bleibe jetzt hier, sagt sie. Für mein ganzes Leben. Bis mein Heiland mich holt. Ade, Hermann.

Und sie verblasst und wird durchsichtig und löst sich in dem Seidenbezug der Chaiselongue auf.

Vom Rest der Führung bekommt Mauser nicht viel mit. Beklommen tritt er ins Freie. Die Jungschargruppe lärmt, befremdlich, wie sie den Blick in die Vergangenheit, in Dinge, die größer und mächtiger sind als sie, verwandelt in unbekümmerte Albernheit. Die Drosseln umschwirren die Stadtpfarrkirche, ihr *tschakatschak* hallt in den Gassen wider.

Mauser weiß nicht recht, wohin jetzt. Da klingelt sein Mobiltelefon.

Greving hat jetzt Zeit. Sie verabreden sich an dem Café beim Schloss, Mauser geht hin und nimmt sich einen Tisch im Freien, die Sonne wärmt, ihm ist nach Wasser, Wasser und einer Brezel, und als Greving ankommt, im Laufschritt beinah und in seinem Anzügchen, beißt Mauser gerade krachend in das laugenbraune Gebäck. Greving setzt sich, bestellt einen Kaffee und blinzelt in die Sonne.

»Sie hier?«, fragt er. »In Sigmaringen?«

»Es gibt Neuigkeiten«, erwidert Mauser. »Außerdem wollt ich mir das Schloss ansehen.«

Er erzählt ohne Umschweife vom Tagebuch der Mutter, vom Leisle, vom Besuch bei Fidel. Auch von dem Gespräch mit Schlagenhauf und den Verdächtigungen gegen Onkel Heinz. Dann lehnt er sich zurück.

Greving nickt nur.

»Dann hätten wir jetzt die Identität der Toten geklärt«, sagt er. »Allerdings wäre es besser, wir könnten das hieb- und stichfest machen.«

»Einen Beweis?«

»Das wäre gut. Ich glaube Ihnen, Herr Mauser, keine Frage. Aber ...«

»Wie wär's mit der üblichen DNS-Analyse?«

»Dazu bräuchten wir etwas von diesem Mädchen. Eine Hautschuppe genügt.«

Mauser fällt die Erwähnung der Haarzöpfe ein. »Vielleicht hat der Fidel die irgendwo im Haus. Eine Schachtel, in der er die Erinnerungsstücke aufbewahrt hat.«

»Schade, dass Ihr Vetter so ... unzugänglich ist. Wir sollten ihn noch einmal mit Hilfe eines Psychologen befragen. Oder eines Arztes. Hat er denn seine Schwester in der Familie nie erwähnt?«

»Scheint keiner von ihr was zu wissen. Er erinnert sich noch, aber wohl nur manchmal. Und ob Sie da vernünftige Informationen herauskriegen ...«

»Nun ja, wir werden sehen.«

»Haben Sie denn etwas gefunden, in der Zwischenzeit?«

»Im Archiv der Zeitung sind wir noch nicht fündig geworden. Aber mit dem genauen Datum liegt die Sache natürlich anders. Bei uns im Polizeiarchiv reichen die Daten nicht so weit zurück.«

Mauser nickt. »Das mit Fidel werden Sie schon hinkriegen.«

»Ich habe mir überlegt«, Greving räuspert sich, »ob Sie nicht mitkommen wollen. Sie sind ja sein Vetter, er kennt sie, und vielleicht ...«

»Ich muss froh sein, wenn er mich erkennt. So gut stehen wir auch nicht zueinander. Nein, nein, Herr Greving, das machen Sie besser allein.«

»Sie scheinen sich aus dem Fall zurückziehen zu wollen. Woher kommt's?«

Mauser verknuspert das letzte Stück des Ärmchengebäcks, gießt den Rest des Wassers ins Glas. Es sprudelt und perlt.

»Ich bin da auf was gestoßen. Was Privates. Dem muss ich mal nachgehen.«

Greving hebt die Augenbrauen.

»Im Zusammenhang mit dem Mord? Ich will nicht indiskret sein …«

Mauser überlegt. Unwillkürlich will er das für sich behalten, aber vielleicht könnte ihm der Kommissar noch nützlich sein. Und er fühlt eine gewisse Verbindlichkeit zwischen ihnen, als hätten sie einen Vertrag geschlossen. Greving hat ihm tatsächlich nichts verheimlicht von der Sache mit Leisle, vertrauenswürdig wirkt er, das tut er wahrscheinlich immer, das ist so seine Art. Vielleicht auch seine Masche. Bin immer so misstrauisch gegen die Leut, sagt sich Mauser.

»Ich will nicht in Sie dringen, Herr Mauser. Wenn es privat ist, soll es auch –«

»Nein, darum geht's nicht. Es ist so, dass das vielleicht mit dem Leisle zu tun haben könnt. Wissen Sie, es geht um meine Schwester, die Mutz.«

»Die in Grafeneck gestorben ist.«

»Ermordet worden ist, ja. Kann sein, dass sie damals was von der Sache mit dem Leisle mitgekriegt hat, wissen Sie. Da gibt es so eine Eintragung im Tagebuch, ich muss das alles noch mal recherchieren.«

»Sie meinen, dass sie eine Zeugin war?«

»Vielleicht mehr als das.«

»Denken Sie, dass sie etwas über den Täter wusste?«

»Ha, nein! Sie war ja auch erst neun. Das Einzige, was scheint's immer wieder auftaucht, ist der Nachtgrabb …«

»Wer?«

»Der Nachtgrabb. Das ist so eine Spukgestalt, mit der man die Kinder erschreckt hat, wissen Sie. Mutz hat wohl ziemlich viel Angst vor dem gehabt. Ich übrigens auch. Er holt die Kinder, die in der Dunkelheit noch draußen sind und so.«

»Nett«, sagt Greving sarkastisch.

»Jedenfalls hat die Mutz nach dem Tag des Mordes, dem vierten Mai, noch mehr Angst vor dem Nachtgrabb gehabt, weil sie den gesehen hat, sagt sie, am hellichten Tag, im Wald. Die Mutter konnte damit nichts anfangen, und vielleicht ist's ja auch bloß Kinderei, aber ich frag mich langsam …«

»Ja?« Greving beugt sich vor.

»Ha, ob sie da im Wald wirklich jemanden gesehen hat. Den Mörder, den sie für den Nachtgrabb gehalten hat. Möglich, dass sie das Verbrechen am Leisle hat mitansehen müssen. Da kann sie doch das Trauma so verdrängt haben, oder? Was meinen Sie?«

»Ich bin kein Kinderpsychologe«, antwortet Greving. »Aber man könnte mal einen fragen.«

»Vielleicht hat die Mutter irgendwelche Zeichnungen von Mutz aufgehoben. Ich glaub, da waren irgendwo welche. Vielleicht find ich sie. Wenn Vater sie nicht weggeschmissen hat, nach dem Tod von Mutter.«

»Und weshalb gerade dieser Nachtgrabb? Ist etwas Besonderes an dieser Figur?«

Mauser zuckt die Schultern.

»Eigentlich bloß, dass sie ihn am Tag gesehen haben will. Das passt ja irgendwie nicht. Deshalb frag ich mich die ganze Zeit, wie sie auf den Nachtgrabb kommt.«

Greving nickt.

»Wollen Sie mir sagen, weshalb Sie meinen, dass Ihre Schwester den Mord mit angesehen haben könnte?«

Mauser schaut den Kommissar an. Obwohl er seinen Anzug an hat, scheint er gerade nicht im Dienst. Wie er so dasitzt und die Kaffeetasse mit der ganzen Hand umfasst, wegen der Sonne ständig blinzelt und sich offensichtlich heute Morgen nicht rasiert hat.

Mit dem ist auch was, denkt Mauser. Und vielleicht kann er mir ja bei der Recherche wirklich helfen.

Dann gibt er sich einen Ruck und erzählt Greving, was er im Tagebuch der Mutter gefunden hat. Und wie er es ausspricht: Mutz war womöglich gar nicht schwachsinnig, sondern hat in Wahrheit ein Trauma erlitten, ist falsch diagnostiziert worden, ist in die Fänge der Nazi-Psychiatrie geraten, ist geradezu nach Grafeneck getrieben worden – da spürt er eine Kälte in sich, die bis ans Herz geht. Wie eine eisige Hand, die ihm den Atem abdrückt, der Schweiß bricht ihm aus, er atmet schneller.

»Ist bei Ihnen alles in Ordnung?«, hört er Greving fragen.

Einen Augenblick bekommt er keine Luft mehr, nur eine Sekunde, in der alles stillsteht, eine furchtbare Angst, ein Reißen und Stechen in seiner Brust, die linke Schulter und der Arm glühen vor Schmerz, dann lässt es nach, er kommt zu sich, der Mittag ist wieder da mit der warmen Sonne und dem besorgten Blick des Kommissars und den Geräuschen der Fußgängerzone.

Mauser merkt, dass ihm der Mund offensteht, und schließt ihn. Sein Gaumen ist völlig trocken.

Was war das denn?, fragt er sich. Der Fluch des Nachtgrabbs?

»Geht schon wieder«, sagt er leise. »War nur kurz …«

Greving lehnt sich zurück, lässt ihn aber nicht aus den Augen. »Das könnte eine Spur sein, auf die Sie da gestoßen sind«, sagt er. »Sollen wir ihr nachgehen?«

»Was gibt's da nachzugehen? Das steht ja alles bloß in Mutters Tagebuch. Da weiß keiner mehr davon.«

Anscheinend guckt er so bekümmert aus der Wäsche, dass Greving in freundlichem Tonfall entgegnet: »Also, wenn Sie irgendwie Hilfe brauchen, Herr Mauser, bei den Recherchen, dann lassen Sie es mich wissen!«

»Dank schön, sehr freundlich«, sagt Mauser.

»Gerade wenn es um offizielle Stellen geht, Krankenakten, Diagnosen, Gutachten in irgendwelchen Archiven, Sie wissen, was ich meine …«

Mauser lächelt. Er fühlt sich schwach, erschöpft, als hätte er den Tag im Steinbruch geschuftet.

»Ja, danke. Das ist nett von Ihnen.«

Greving langt herüber und drückt ihm mit seiner schmalen, feingliedrigen Hand den Unterarm. Mit der Rechten. Er trägt keinen Ehering.

War der nicht verheiratet?, fragt sich Mauser. Oder täusch ich mich? Ach ja, die Scheidung. Der hat wahrscheinlich auch sein Päckchen zu tragen.

»Dann kümmern Sie sich einfach jetzt in Ruhe um Ihre Schwester«, sagt Greving zum Schluss, »und ich ziehe in Kettenacker weitere Erkundigungen ein. Die Altherrenriege werde ich mir mal vornehmen, von der Sie mir erzählt haben. Und mit diesem Schlagenhauf sprechen. Der steht sowieso auf meiner Liste. Wir müssen herausfinden, was es mit den Verdächtigungen gegen Ihren Onkel auf sich hatte.«

»Sie halten es für möglich, dass der Heinz es war? Sein eigenes Kind?«

»Grundsätzlich halte ich alles für möglich. Wie schätzen Sie ihn denn ein? Kannten Sie ihn gut?«

»Nein, das nicht. Aber ich weiß, wie schnell in so einem Albdorf Verleumdungen aufkommen. Besonders wenn einer irgendwie komisch ist. Und dann war Onkel Heinz auch noch politisch auffällig.«

»Und er hatte offensichtlich einen Konflikt mit der Kirche.«

»Eher mit dem hiesigen Pfarrer. Wär auch mal interessant herauszukriegen, was das für einer war.«

»Ich werde mal nachfragen. Im Pfarramt haben sie sicher noch etwas über ihn.«

Mauser nickt zufrieden. Er ist froh, dass er die Sache mit dem Leisle vorerst abgeben kann. Es ist immer noch irgendwie seine Leich, er will immer noch wissen, was damals war. Aber wenn er jetzt in seiner eigenen Familie nachforscht, hängt das ja unlösbar zusammen. Vielleicht hat er es von Anfang an geahnt, neulich, als er im Kohlhau nach den Kelten gesucht hat. Wenn er daran zurückdenkt, schaudert ihn. Dieser kahle Wald. Die Raben. Die Leere in allem.

Bei der Leich in der Höhle hab ich's ja auch gleich geahnt. Dass das was mit Vater zu tun hat. Aber diesmal – auf Mutz wär ich nie gekommen.

Gut, dass die Sonne so herrlich scheint. Gut, dass das Städtchen so wimmelt und lebendig ist. Gut, dass er

Greving nicht von der Erscheinung im Schloss erzählt hat. Der hätt mich sonst einen Spökenkieker geheißen, denkt Mauser, oder wie die da so sagen.

Sie verabschieden sich mit einem Händedruck, Greving übernimmt die Rechnung, alles auf Spesen, scherzt er, und sie gehen auseinander, Greving zurück in die Karlstraße, Mauser durch die Altstadtgassen zum Parkhaus.

Ein bisschen widerstrebt es ihm, jetzt wieder in sein herbstliches Tal zurückzufahren. Wenn bloß Veronika wieder da wär. Gern würde er jetzt bei ihr vorbeischauen, er würde einen heißen Tee kriegen, sie würde ihm von ihren neuen Verkaufserfolgen berichten und er könnte was von dem loswerden, was ihn bedrückt. Dazu sind Partner doch da, oder? Wenn sie bloß nicht auf die Idee gekommen wär, nach Stuttgart zu wollen.

10

Das mit der Zeitungsmeldung ging schnell, nachdem Greving das Datum kannte. Die Meldung ist sehr knapp und gibt nicht viel her. Ein neunjähriges Kind vermisst, seit dem vierten Mai, erfolglose Suche, der Onkel werde verdächtigt, der in Schutzhaft genommen worden sei. Das ist schon verleumderisch, denkt Greving und schaut sich die Fotokopie der Meldung an. Draußen vor dem Fenster rauscht der Verkehr auf der Karlstraße. Die Sonne steht über dem Gebäude, nur auf der Fensterbank liegt noch ein warmer Streif. Das ist schon kein sauberer Journalismus mehr, denkt er. Die haben den Onkel abgestempelt. Vielleicht hatte der Onkel Glück gehabt, dass ihm das andere Kind nicht noch weggenommen wurde. Dieser Fidel Mauser. Den muss ich auch mal interviewen. Doktor Haselberger hat sich bereit erklärt, erst mal herausfinden, ob er vernehmungsfähig ist.

Für heute hat er sich vorgenommen, nach Kettenacker zu fahren. Diesen Schlagenhauf nimmt er sich vor. Und die ominöse Altherrenriege, von der Mauser erzählt hat. Die werden wissen, ob an dem Verdacht gegen Heinz Mauser etwas dran war.

Mit denen könnte natürlich Mauser besser reden. Der

Hermann, der kann mit den Leuten umgehen. Mir als Norddeutschem begegnen sie erst mal reserviert. Noch dazu von der Polizei. Mauser könnte das sicher besser. Aber das verstehe ich, denkt Greving und verlässt sein Büro, steigt auf dem Parkplatz in seinen Wagen, dass der sich jetzt um seine Schwester kümmern muss.

Er lässt die Scheibe des rechten Seitenfensters herunter, obwohl es beim Fahren recht frisch wird. Er kann nicht mehr im Auto sitzen ohne offenes Fenster. Seine Klaustrophobie hat zugenommen, er merkt es jetzt schon in dem kurzen Tunnel in Veringenstadt oder in Tiefgaragen, wenn er den Ausgang nicht gleich findet. Kein Gedanke mehr daran, in eine Höhle zu kriechen wie damals. Greving ist sich sicher, dass das nicht nur die Ehekrise verursacht hat. Auch mit seinem Job stimmt etwas nicht. Er spürt es jeden Morgen beim Aufstehen, jedes Mal, wenn er ins Büro kommt und die Kollegen grüßt, jedes Mal, wenn er als Kommissar vor die Leute tritt. Er hat das Gefühl, ein Hochstapler zu sein. Er muss den Leuten etwas verkaufen, was er nicht ist und wohinter er nicht mehr steht. Aber was?

Er lässt den Tunnel aus und biegt in Veringendorf auf die Kreisstraße ab, die nach Hochberg führt. Über Inneringen gelangt er dann von Westen her nach Kettenacker. Ein kleiner Umweg, der ihm viel Stress erspart. Die werktägliche Albflur tut ihm gut. Trecker ziehen ihre Bahnen, manchmal ein Bussard über den Wiesen, die Wälder herbstlich kahl und doch zuweilen Inseln aus Laubgold. Der Himmel ist von jenem steten, leicht verschleierten Blau, das auf Hochdruck deutet.

Kyrieleis, denkt Greving und nimmt aus der Blechschachtel im Staufach eine Pfefferminzpastille, weil er einen trockenen Mund hat. Das kommt von den Medikamenten. In seiner freikirchlichen Gemeinde hat er niemandem davon erzählt, wohlweislich. Dein Glaube muss dir doch helfen, würden sie sagen, Gott heilt alles, du musst nur vertrauen. Und wenn es ums Verrecken nicht besser wird, dann hat er nicht genug geglaubt. Sein Therapeut akzeptiert seine Glaubensausrichtung wie ein beliebiges biografisches Faktum. Genau der Richtige für ihn.

Kyrieleis. Kein frommer Anruf Gottes, sondern ein Name. Wer lässt den Namen der Trägerin auf das Medaillon gravieren? Und er ist nicht einmal nachträglich auf ein fertiges Medaillon graviert worden, sondern als ganzes Stück gefertigt. Wer hat es ihr geschenkt? Der Vater? Zur Erstkommunion? Ein Anruf beim Pfarramt in Gammertingen hat ein bisschen Klärung gebracht: Erstmals kommunizieren dürfen die Kinder hier in der Regel mit neun. Namensgravuren seien ungewöhnlich, denn darum gehe es bei einer Schutzplakette nicht. Pfarrer Wiegand war nicht sehr begeistert von dieser Sitte, das merkte man, aber er konnte dem Ganzen einen religiösen Sinn abgewinnen. Vor achtzig Jahren wird das wohl noch anders gewesen sein. Meistens verschenkten die Pateneltern so ein Medaillon. Aber sicher auch der Vater. Alles andere wäre ungewöhnlich. Wer waren die Pateneltern von Kyrieleis Mauser? Da müsse er im Kirchenregister nachschauen, sagte Wiegand. Die leben aber sicher nicht mehr. Egal, dann wird er mit den

Nachkommen reden. Bloß fallen die Dreißiger noch unter die Sperrfrist, da brauche Greving eine richterliche Anordnung. Die hat Greving besorgt. Vielleicht schafft er es, heute noch beim Pfarrbüro vorbeizuschauen.

Der Onkel könnte es gewesen sein, sagt sich Greving. Manches spricht dafür. Kindesmissbrauch findet oft in der eigenen Familie statt. Aber warum haben die Behörden diesen Verdacht damals nicht aufgegriffen? Ein Staatsfeind, der auch noch des Mordes verdächtig wäre, wäre ihnen doch gerade recht gekommen. Und warum hat der Pfarrer, dieser Bonaventura Glattis, nicht weiter gehetzt und für eine Verhaftung gesorgt, als Heinz Mauser vom Heuberg zurück war? Na ja, wer weiß, wie die Verhältnisse damals waren.

Greving lässt sich zu Schlagenhaufs Haus lotsen. Den kennt hier wirklich jeder. Die Leute schauen ihn dabei scheel an, Greving merkt, dass sie gerne wissen würden, was es mit der gefundenen Leiche auf sich hat, aber niemand bekommt die Zähne auseinander. Statt neugierig sind sie lieber misstrauisch. Das ist bei uns im Oldenburger Land nicht anders, denkt Greving, und dann: bei uns? Ich lebe seit über zwanzig Jahren *hier*! Was denkst du denn, Stefan? Wo zieht es dich denn hin?

Selten, aber immerhin, hat er gedacht, dass ihn hier, nach Frederikes Weggang, nicht mehr viel halte. Das stimmt natürlich nicht. Der Job. Die Freunde. Die Kollegen. Die Landschaft. Aber wegen Frederike ist er damals heruntergekommen. Warum sollte er da nicht wieder einmal an den Norden denken?

Das würde aber sein Problem mit dem Job nicht lösen, das weiß er. Die Heuchelei. Die Auflehnung. Das Infragestellen seines Glaubens. Oder wie man heutzutage sagt: seines Glaubensstils. Das, was man ihm beigebracht und eingetrichtert hat, wie ein Christ zu sein hat. Zu denken und zu fühlen hat. Und wie er damit immer mehr an seinem Beruf, am Unrecht, an der Frage nach der Gerechtigkeit scheitert.

Schlagenhauf steht vor der Haustür. Er hat ihn wohl erwartet.

»Grüß Gott, Herr Kommissar«, ruft er, noch bevor Greving ausgestiegen ist. »Da können Sie parken, da hab ich auch alle Mal geparkt. Aber jetzt fahr ich ja nicht mehr, wissen Sie.«

Greving reicht ihm die Hand. Ein fester Druck, eine kompakte Hand. Schwielig, rissig. Als käme er vom Acker.

»Grüß Gott, Herr Schlagenhauf. Haben Sie auf mich gewartet?«

»Ich hab mir schon gedacht, dass Sie kommen. Da haben Sie auch Recht, ich weiß viel hier im Dorf, keiner weiß so viel als wie ich!«

Greving mag das nicht: Anbiederei, den Hochmut kleiner Leute. Aber wenigstens zeigt sich Schlagenhauf gesprächsbereit und schweigt ihm nicht argwöhnisch entgegen.

Er bittet ihn herein in die Stube, die liegt ebenerdig nach hinten hinaus. Ein Stückchen Garten mit Rasen und Gemüsebeet, schon von den umliegenden Häusern verschattet. In der Stube ist eingeheizt, die bullige, dieselgetränkte Hitze eines Ölofens.

Eine stoffbezogene Couch im Stil der Fünfziger, Stehlampe, Anrichte, die hier immer Büffet genannt wird, mit Betonung auf der ersten Silbe. Auf dem Tisch sind Aktenordner gestapelt, sie liegen wohl für ihn, Greving, bereit. Schlagenhauf will ihm etwas von seinen Archivschätzen zeigen.

Es ist schon nach zehn, zu spät für einen Kaffee. Schlagenhauf bietet ihm selbstgemachten Most an, vom Vorjahr, Greving erbittet sich Mineralwasser zum Verdünnen, denn der Vorjährige kann es in sich haben. Sogar eine Brezel gibt es dazu. Im Körbchen, fehlen nur die Servietten.

Schlagenhauf lässt sich umständlich nieder.

»So«, sagt er, als hätte er einiges mit Greving vor.

Der Kommissar überlegt, wie er vorgehen soll. Vielleicht am besten erst einmal erzählen lassen. Dann unauffällig einhaken. Das ist nicht einfach eine Zeugenbefragung, da gilt es Geschichten zu entdecken, Zusammenhänge ans Licht zu holen, behutsam und feinfühlig.

Greving legt sein Jackett ab und hängt es über die Stuhllehne. Vielleicht hätte er doch seine Lederjacke nehmen sollen. Der Anzug schafft Distanz. Andererseits betont er den amtlichen Anlass des Besuchs.

»Schlagenhauf«, beginnt Greving, um Fragen seines Gegenübers zuvorzukommen. »Ein ungewöhnlicher Name.«

»Ein Name aus dem Dreißigjährigen Krieg«, antwortet der Alte zufrieden. »Meine Ahne ist wohl in einem Landsknechthaufen durchs Land gezogen.«

»Ah ja?«

»Sie kommen wegen der Leich, die man gefunden hat, gell?«

Greving nickt.

»Wer ist's denn gewesen? Das Leisle vom Schellenheinz, heißt's, oder?«

Da Greving sowieso nach Kyrieleis fragen muss, gibt er diese Ermittlungsergebnisse preis. Schlagenhauf hebt den Kopf und zieht eine skeptische Miene.

»Sooo«, sagt er gedehnt. »Das Leisle. Die hat man hier im Dorf ziemlich vergessen. Ist damals ja einfach verschwunden. Unter mysteriösen Umständen. Und jetzt ist sie gefunden worden, da schau hin.«

Schlagenhauf hat sie nicht näher gekannt, kann nichts Erhellendes über sie und die Familie Mauser erzählen. Onkel Heinz auf dem Heuberg, die Frau davongelaufen, der Fidel bei Nachbarn, das weiß Greving schon alles. Aber immerhin kann sich Schlagenhauf erinnern, wie das mit der Suchaktion war. Zuerst sind ein paar Polizisten in der Umgebung durch die Flur gelaufen und haben gesucht, halbherzig, sagt Schlagenhauf, denen habe man angesehen, dass die gar nichts finden wollten. Warum nicht? Heinz war ein Sozi, saß auf dem Heuberg, die Frau davongelaufen, da interessierte die entsprechenden Stellen wenig, was mit dem seinem Kind war. Sie überlegten wahrscheinlich noch, wie sie das propagandamäßig ausschlachten konnten. Erst eine Woche später rückten sie an mit Hundestaffeln, aber da hatte es tagelang geregnet, die Spuren waren verwischt, die Hunde fanden nichts. Weil sie ohne Leiche Heinz nichts anhängen konnten, ließen sie den Fall auf sich beruhen, und als Heinz ein halbes Jahr später zurückkam, war er völlig verzweifelt. Er versuchte, selbst nach dem Leisle zu suchen, aber das war natürlich aussichtslos. Im Dorf gab ihm kaum einer Auskunft, gewisse Parteien hetzten immer noch gegen ihn, sodass er vorsichtig sein musste. Greving hakt ein und lässt sich die Namen der HJ-Mitglieder geben, die bei dem Haberfeldtreiben dabei waren. Die Altherrenriege, wie Schlagenhauf sie nennt. Er ist überraschend mitteilsam, die Namen kommen wie aus der Pistole geschossen, das klingt nach einer noch offenen Rechnung. Im Frühjahr vierunddreißig hielt Heinz Mauser es wohl für klüger, sich mit dem Verschwinden abzufinden. Er hätte sich sonst im Dorf nicht halten können, und wegziehen wollte er nicht. Er hatte ja noch Fidel. Wenigstens war der Pfarrer gegangen, und dessen Nachfolger hatte mit einem Kreuzzug gegen Spiritismus und Pädophilie nichts am Hut.

»Der Pfarrer war gegangen?«, fragt Greving nach.

»Ja, der Bonaventura ist plötzlich weg gewesen«, sagt Schlagenhauf arglos. »Noch während der Heinz auf dem Heuberg gesessen hat.«

»Weiß man, warum er gegangen ist? Wurde er versetzt?«

»Wissen Sie«, sagt Schlagenhauf umständlich und schiebt Greving aufmunternd den Mostkrug zu, »mit der Kirch ist es in Kettenacker so eine Sache.«

»Ach ja?« Greving fragt sich, was jetzt kommt. Weicht der aus? Ist er bloß geschwätzig oder ist das eine List?

»Wissen Sie, der Ort ist aus einem Herrenhof hervorgegangen, der Ketto, der Namensgeber. Da gibt es übrigens noch ein paar Flurstücke, die auf die Lage des Herrenhofes hindeuten. Der Brühl und die Breite im Süden und der Espan, wissen Sie. Die beste Lage für so einen Herrensitz. Also, und dieser Herr hat dann wohl die Kirche zu Kettenacker gegründet, weil es ist eine Martinskirche, das deutet auf frühe Gründung hin, zur Frankenzeit, und außerdem war die Kettenacker Kirch, also die ursprüngliche, ziemlich klein und ist schon in früher Zeit erweitert worden. Verstehen Sie?«

Greving nickt, obwohl er nichts begreift und ihn das auch herzlich wenig interessiert. Aber in so alten Heimatkundegeschichten stecken oft die Zusammenhänge.

»Kettenacker war eigentlich nicht groß genug für eine eigene Kirche. Nicht einmal die Orte ringsherum, Harthausen und Feldhausen und Wilsingen, sind groß genug für eine eigene Kirche gewesen. Verstehen Sie? Deshalb muss die Kettenacker Kirche vom Grundherrn gestiftet worden sein. Die gibt es also von Anfang an nicht wegen der Gläubigen, sondern wegen dem Herrschaftswillen von einem einzigen Mann. Eine Herrenkirche. Verstehen Sie jetzt? Und erst später ist die Kettenacker Kirch in geistlichen Besitz übergegangen. Das sagt ja wohl alles.«

»Ich verstehe nicht ganz, Herr Schlagenhauf. Worauf wollen Sie hinaus?«

»Ha, eine Herrenkirche! So viel geistliche Behandlung hätt's in Kettenacker nie gebraucht! Aber so hat die Kirch von Anfang an hineingeschwätzt, ohne dass es Not gehabt hätt. Da ist es kein Wunder, dass Pfarrer wie der Bonaventura sich einbilden, dass sie auf Kreuzzug gehen müssen.«

»Na, das ist ja wohl eine abenteuerliche Schlussfolgerung, finden Sie nicht?«

»Abenteuerlich?« Jetzt ist Schlagenhauf beleidigt. »Passen Sie auf, ich zeig Ihnen was.« Er kramt aus dem Stapel einen Ordner hervor, schlägt ihn auf, löst den Riegel und blättert die Klarsichtfolien durch, in denen alles Mögliche steckt: Zeitungsartikel, Handschriftliches, Fotos, in Fraktur gedruckte Artikel, Fotokopien – Schlagenhauf blättert und weiß genau, was er sucht. Er nimmt aus der Folie ein Foto heraus.

»Das ist natürlich eine Reproduktion des Originals«, sagt er und legt Greving den Schwarz-Weiß-Abzug hin.

Da sieht man eine Schar geistlicher Würdenträger locker und steif zugleich vor einer Kirche stehen, manche in Ornat, manche in Anzügen, die Stimmung ist heiter und selbstzufrieden, die Gesichter bleich und entrückt durch das Alter des Lichtbildes.

»Was ist das?«

»Das ist das Kettenacker Siebengestirn«, sagt Schlagenhauf genüsslich.

»Aha«, erwidert Greving. »So eine Art Polarstern der Albkirche, was?«

Schlagenhauf grinst. »Sie sagen es!« Die Art Humor gefällt ihm.

»Und was ist mit den Herren?«

»Alle aus Kettenacker hervorgegangen. Sind überall in der Gegend gesessen, eine Art Schule, verstehen Sie?

Gemeinsame Richtlinien, gemeinsame Theologie und so. Haben sich immer wieder getroffen und zusammengeklüngelt. Lauter Vetterleswirtschaft. Das Foto ist auf der Primiz von Karl Awender aufgenommen, neunzehnsechsundzwanzig. Hier, das ist er. Und das ist der Richard Breuer, hier der Willi Breuer, das der August Glattis, der Kaspar Glattis und der Bonaventura Glattis, und das hier ist der Adam Awender, der Pfarrer aus Gammertingen.«

»Sauber«, sagt Greving und pfeift durch die Zähne. »Solides Genmaterial.«

Wieder grinst Schlagenhauf.

»Und das also ist dieser Bonaventura?« Greving deutet auf einen schlanken, hochgeschossenen Burschen im Ornat, mit dem üblichen Schnurrbart. Leider sieht man von dem Gesicht nicht viel, man müsste sich die tief in den Höhlen liegenden Augen und den fanatischen Blick einbilden.

»Ja, das ist er.«

»Der gegen Heinz Mauser gehetzt hat?«

»Nicht bloß gegen den«, antwortet Schlagenhauf triumphierend. Er hat einen dankbaren Zuhörer gefunden. »Der hat seinen Privatkrieg gegen die Spiritisten geführt.«

»Und gegen Pädophile?«

»Ach, das war doch bloß Gerede. Der wollte dem Heinz bloß was anhängen. Ob das jetzt Pädophilie war oder Homosexualität oder sonst was, wahrscheinlich ging's ihm bloß um das sechste und siebte Buch Mose.«

Greving zieht die Augenbrauen hoch. »Von diesem

ominösen Buch habe ich schon öfter gehört auf der Alb. Was hat es denn damit auf sich? In Kettenacker?«

Schlagenhauf lehnt sich zurück. »Wenn Sie wollen, kann ich Ihnen den alten Schinken zeigen.«

»Sie haben ein Exemplar?« Greving tut erstaunt, weil er weiß, dass Schlagenhauf das genießt.

»Natürlich. Das ist ja altes Kulturgut. Zeitgeschichte, wissen Sie? Ich glaub ja nicht an diesen Humbug, aber im Grunde ist's ja auch bloß eine Sammlung von Heilsprüchen und Engelsgebeten und so Zeug. Wirkliche Zaubersprüche oder Totenbeschwörungen oder gar Teufelsanbetungen, wie's immer heißt, stehen nicht drin.«

»Also viel Lärm um nichts?«

»Na ja, immerhin. Viele haben die Sprüche angewendet. An Abwehrzaubern und so Zeug haben die Leut ja immer Interesse gehabt. Die Kirch hat die Wahrheit, aber doppelt genäht hält besser, verstehen Sie?«

»Gab es denn echten Spiritismus in Kettenacker?«

Und jetzt ist der Zeitpunkt, dass Schlagenhauf seine Geschichte von den Tischlesruckern loswerden kann, worauf er wohl schon gewartet hat. Wer hat hier wohl die Gesprächsführung, denkt Greving, während er sich die Anekdote anhört. Schlagenhauf weiß wohl sehr genau, was er mir erzählen will. Und was nicht. Ich muss aufpassen, denkt Greving, der macht sonst das Michele mit mir. Er grinst über den schwäbischen Ausdruck, und Schlagenhauf nimmt das als Zustimmung zu seiner Geschichte.

»Ja, das ist auch komisch. Der Fasnetsverein nennt

sich nach den Brüdern, aus Jux natürlich, aber im Grunde steckt da was Ernstes dahinter. Überlieferung von altem Kulturgut, wissen Sie?«

Das ist ihm wichtig, denkt Greving. Da lässt er sich packen. Er hat vorgehabt, ihn direkt nach den Anschuldigungen gegen Heinz Mauser zu fragen, ändert aber seinen Plan.

»Also gab es durchaus Leute, die noch in den Dreißigern das Buch besaßen, oder?«

Schlagenhauf zuckt die Schultern. »Das muss man annehmen«, sagt er gestelzt. Er redet wie ein Heimatkundelehrer. Das wäre er wohl gern geworden. Soviel Greving weiß, war er Bauer. Ob er das mit der Suchaktion auch Mauser erzählt hat? Wenn ja, warum hat Mauser ihm das nicht gesagt? Das wäre eine wichtige Information gewesen. Hat er es vergessen oder verheimlicht? Da sind zu viele Erzählungen im Spiel, denkt Greving. Man sollte alles aufschreiben und miteinander abgleichen. Vielleicht erzählt der Schlagenhauf ja dem Einen dies, dem Anderen das. Mag sein, dass er viel weiß, mag sein, dass er auch nur so tut, aber wenn, dann erzählt er nicht alles, was er weiß. Er hat den Vorwurf der Pädophilie gegen Heinz Mauser ziemlich abgetan, in Mausers Bericht klang das anders. Unbewusste Wertungen? Interpretationen? Absichtliche Umdeutungen? So ist das, wenn man nur Geschichten hat, denkt er. Wer kann da sogenannte historische Fakten gegen Erlebtes ausspielen? Jeder erzählt, wie er es erlebt hat. Das hat eine eigene Wahrheit.

»Und wie standen denn die Nazis zu diesem …

Brauchtum? Haben sie das sechste und siebte Buch Mose auch verbrannt?«

»Also, in Kettenacker haben die ordentlich Jagd auf das Buch Mose gemacht. Die haben gründlicher aufgeräumt als die Katholische Kirche. Aber viele Leute haben das Buch eben versteckt und behalten, wahrscheinlich mehr aus Tradition, als weil sie an den Spiritismus geglaubt haben. Wie's im Reich insgesamt war, weiß ich nicht. Was man so hört von der Nazi-Esoterik neuerdings, da denkt man ja, die hätten das gutheißen müssen. Aber weil's ja oft jüdische Wurzeln hat oder nicht mit der Rassenlehre zusammenstimmt oder weil die ganzen Freimaurer und so ja alle Menschen als Brüder gesehen haben, da hat das den braunen Herren natürlich nicht gepasst. Ob's auf der Schwarzen Liste war, weiß ich nicht. Und wenn in Kettenacker Bücher verbrannt worden sind, dann hab ich das nicht mitgekriegt. War ja selber noch klein damals.«

Schlagenhauf ordnet die Folie wieder ein und klappt den Aktenordner zu.

Das glaub ich dir nicht, denkt Greving. Jetzt behältst du was für dich. Sicher hat es eine Bücherverbrennung gegeben. Dreiunddreißig. Die hat's überall gegeben. Warum dann nicht auch hier? Nein, wahrscheinlich warst du dabei, als Kind, als begeisterter Bub, hast das Feuer genährt mit staatsfeindlichem Kulturgut, und sei's noch so heimatkundlich. Und gegen den Heinz hast du auch gehetzt, du willst es jetzt nur nicht mehr wissen.

»Damit haben also die Nazis etwas gegen Heinz Mauser in der Hand gehabt, nicht wahr?«

»Und ob! Ob das jetzt spiritistisch war oder in ihrem Sinne esoterisch, das war denen doch wurscht! Hauptsache, die konnten gegen ihre Feinde hetzen. Und den Schellenheinz, den haben sie wegen ganz anderer Sachen im Visier gehabt.«

»Wegen was denn?«, fragt Greving, obwohl er die Antwort ja kennt.

Und jetzt kann Schlagenhauf wieder vom Leder ziehen und von Heinz Mausers politischem Standpunkt reden, als wäre Schlagenhauf selber reinster Sozi gewesen. Dass er deswegen im Dorf immer einen schweren Stand hatte. Dass er das nach dem Heuberg und dem Verschwinden vom Leisle ganz aufgegeben hatte. Dass er richtig mundtot gemacht worden war. Als politischen Märtyrer stellt er ihn dar.

»Da hatten die Braunen also nur einen Vorwand gesucht«, fasst Greving zusammen.

»Jetzt verstehen wir uns«, grinst Schlagenhauf und verschränkt zufrieden die Arme.

»Und welchen Grund hatte dieser ... wie hieß er gleich? ... Bonaventura, mit den Nazis am selben Strang zu ziehen?«

»Ha, das hat dem natürlich nicht gefallen, dass er da einmal mit den neuen Herren einig war. Die Kirch hier in Kettenacker hat ja manches Mal unter denen zu leiden gehabt. Obwohl, der Biener, der nach dem Glattis gekommen ist, der hat sein Sach ganz gut gemacht. Deshalb ist es dem Glattis auch wichtig gewesen, den Schellenheinz nicht wegen dem Spiritismus anzuschwärzen, sondern wegen der Kinder.«

»Der Pfarrer hat Heinz Mauser bei den Behörden angeschwärzt?«

Schlagenhauf merkt, dass er zu viel erzählt hat, und verzieht den Mund. »Na ja, ob der ihn direkt angeschwärzt hat, weiß ich nicht. War ja noch ein kleiner Bub damals. Aber da sind die Herren doch manches Mal im Dorf aufgetaucht und haben dem Schellenheinz einen Besuch abgestattet. Irgendwer muss denen das doch gesteckt haben!«

»Und noch im gleichen Jahr ist der Pfarrer versetzt worden?«

»Im gleichen Jahr ist er weggewesen. Aber ob er versetzt worden ist oder sich hat versetzen lassen oder was, das weiß keiner mehr. Vielleicht hat's auch damals keiner gewusst.«

»Aber in so einem kleinen Dorf«, hakt Greving nach, »wenn da der eigene Pfarrer weggeht, da fragen sich die Leute doch schon, warum. Da muss es doch was gegeben haben.«

Aber Schlagenhauf sagt nichts mehr. Er zuckt die Schultern, und wo er sich zuvor gebrüstet hat, dass keiner so viel weiß wie er, schwindet hier seine Kenntnis zusehends. Nimmt er den Pfarrer in Schutz? Wovor? Und warum, wo er doch vorher kein gutes Haar an ihm gelassen hat?

Schlagenhauf ist als Quelle nicht verlässlich, zieht Greving sein Fazit. Manches Detail kann man erfahren, das Licht in die Angelegenheit bringt, aber seine Erzählungen sind tendenziös und selektiv. Der verfolgt seine eigenen Absichten. Vielleicht auch bloß mir gegenüber, überlegt Greving. Vielleicht hat er was gegen Polizisten, oder gegen Ausheimische. Vielleicht wäre er Mauser gegenüber offener.

»Herr Schlagenhauf, noch eine letzte Frage: Haben Sie eigentlich etwas gegen die Polizei? Ich meine, persönlich?«

»Gegen die Bittel? Ich? Wie kommen Sie jetzt da drauf?«

»Einfach so.«

»Wie sollte einer was gegen die Polizei haben?«, fragt er gespielt harmlos. »Die ist doch dein Freund und Helfer, sorgt für Ruhe und Ordnung …«

Das ist nun der reine Sarkasmus. Volltreffer.

»Herr Schlagenhauf, warum erzählen Sie mir das alles eigentlich? Wollen Sie wirklich beitragen, den Mord aufzuklären? Sie könnten das alles doch für sich behalten, oder nicht?«

»Warum fragen Sie?«, entgegnet Schlagenhauf. »Sind das denn jetzt schon sachdienliche Hinweise, wie's so schön heißt?«

»Bisher ist das nur Ihre erfüllte Mithilfepflicht als Staatsbürger«, kontert Greving. »Und Belohnung ist noch keine ausgesetzt. Sie erzählen das alles also für lau.«

»Für was?«

»Für umsonst.«

»Ja, das wird's wohl sein.«

»Haben Sie sich denn eine Belohnung erhofft?«

»Ha no, man fragt halt!«

»Sie halten nicht viel von der Polizei, nicht wahr?«

Der Alte hat einen verschlagenen Ausdruck im Gesicht. Greving sieht ihm an, dass er jetzt taktiert, dass alles, was er sagt, wohlabgewogen ist.

»Wissen Sie, Herr Kommissar, heut hat ja die Polizei eine andere Aufgabe als früher …«

»Wann früher? Im Dritten Reich?«

Schlagenhauf winkt verächtlich ab. »Ach was! Nein. Ich mein, zu der Zeit, wo einer im Dorf Bittel war, der die Leut gekannt hat, der genau gewusst hat, worauf's ankommt. Sicher, die ganze Technik und Wissenschaft, die man heutzutag hat, die hilft ja schon weiter. Aber das muss auch mit Augenmaß eingesetzt sein, verstehen Sie? Es geht doch um die Menschen, nicht ums Rechthaben. Und es geht auch nicht um die Demokratie oder den Rechtsstaat oder was weiß ich. Es geht darum, dass die Leut in Ruhe leben können, dass alles seine Ordnung hat. Und die Polizeit heutzutag, die ist ja meistens ein ganzer Apparat, verstehen Sie? Keiner weiß recht, wer dahintersteckt. Irgendwelche Kerle im feinen Anzügle kommen daher, haben ihre DNS-Analysen in der Tasche und meinen, dass sie damit der Gerechtigkeit auf die Sprünge helfen.«

Aha, denkt Greving. Daher weht der Wind.

»Wissen Sie, der Albert Reissacker, der hier Ortspolizist gewesen ist zur Kaiserzeit, der war das, was ich als Polizisten bezeichnen tät. Ich kann Ihnen ein Foto zeigen, das mein Vater noch gemacht hat, da steht der Reissacker vor dem »Bären«, in seiner blauen Uniform mit der Pickelhaube auf dem Kopf, einen schmucken Kaiser-Wilhelm-Bart in der Visage, und der guckt so zufrieden, weil alle zufrieden gewesen sind. Man hat damals den »Bären« neu aufgebaut, im ersten Stock hat's Tanz gegeben, Kettenacker ist es gutgegangen, die Welt war in Ordnung.«

Ganz zufrieden teilt er das mit und lässt zugleich durchblicken, dass er sich dieser Zufriedenheit bewusst ist. Er will sie Greving vorführen. Er will sagen: Schau, du Männlein im Anzug, was uns wirklich wichtig ist im Leben, wie die Welt in Wahrheit eingerichtet sein soll, daran reichst du gar nicht heran. Wer bist du schon, du Polizeihochschulabsolvent?

Da habe ich es, denkt Greving. Dass dieselben Männer in Pickelhaube in Berlin sozialdemokratische Demonstrationen brutal niedergeknüppelt haben, braucht er diesem Alten nicht zu sagen. Das würde sowieso nichts nützen. Aber was habe ich da jetzt vor mir?, fragt sich Greving mit einem Schaudern. Einen geltungssüchtigen Heimatforscher, der gern mehr aus sich gemacht hätte? Einen Kaisertreuen, der gegen die Katholische Kirche und ihren Dominanzanspruch wettert? Einen Deutschnationalen, der alles Liberale verteufelt? Einen Wissenschaftsfeind? Einen Bauern mit Klassenallüren? Oder eben bloß einen typischen Albbewohner aus einem katholischen Dorf, mit allen politischen, weltanschaulichen, religiösen und sozialen Facetten, die so ein Leben ausmachen? Aus dem werde ich nicht schlau.

Greving steht auf und beendet den Besuch.

»Gott schütze Sie«, sagt er im Stehen in das verblüffte Gesicht des Alten. »Sie sind eine aussterbende Art.« Zum Glück, denkt er.

Der Abschied ist kurz, bevor Schlagenhauf ihn zur Tür bringen kann, hat Greving die Klinke in der Hand, setzt sich wortlos in seinen Wagen und fährt los.

Erst als er die Hauptstraße entlangfährt und nach den Adressen der Namen telefoniert, die ihm Schlagenhauf gegeben hat, trifft ihn die Missachtung des Mannes.

Ja, so etwas trifft ihn mittlerweile. Salz auf die Wunde. Was ist er denn für ein Polizist? Mit Sicherheit kein Pickelhaubenträger, der dafür sorgt, dass das Volk in Ruhe und Ordnung gedeihen kann. Führt er selber irgendeinen Kreuzzug? Wofür steht er, wofür tritt er ein? Freiheitlich-demokratische Grundordnung? Die Gerechtigkeit der Justiz? Mitstreiter im Kampf gegen das Böse wie einst die Germanen, heldenhaft und aussichtslos und auf alles folgt der Ragnarök? Und dann weist ihn so ein Heimatforscher selbstgefällig und giftig in seine Schranken.

Was kratzt mich die Anerkennung dieses Menschen?, versucht Greving sich zu helfen. Ich bekomme meine Anerkennung von woanders her. Aber woher? Von Gott? Stehe ich als Polizist vor Gott? So habe ich es immer gesehen. Also doch Mitstreiter in Gottes Armee? Oder Handlanger seiner Barmherzigkeit? Das ist der Punkt.

Er gibt die erste Adresse in den Navigator ein und lässt sich leiten. Es ist nicht weit, schon steht er vor dem Haus.

Manchmal denke ich, überlegt Greving, ich bin so eine Art moderner Jonas. Nicht wegen des Walfischbauchs, sondern wegen Ninive. Ninive kehrt um zu

Gott und entgeht dem Gericht, und Jonas ist beleidigt, dass Gott so gnädig ist. Er hätte nach den ganzen Strapazen wohl gerne ein schönes Massaker miterlebt. Mit Feuerregen und Erdbeben und allem. Geht es mir nicht auch so?

Er klingelt an der Haustür, und das Gespräch ist kurz. Die Ehefrau teilt ihm mit, dass heute doch das Spiel der Kreisligamannschaft in Ehestetten sei, im Waldstadion, da seien natürlich alle dabei. Er liest die Namen vor, und sie nickt. Alle sind sie dabei. Er lässt sich kurz beschreiben, wie er dahin kommt, aber eigentlich findet sein Navigator das auch.

Wieder im Auto, den Gang einlegend, auskuppelnd, denkt es in ihm weiter.

Wegen Gottes Barmherzigkeit muss ein Christ für alles Verständnis haben. Nein, nicht wegen Gottes Barmherzigkeit: wegen der eigenen Schuld. Man kann keinen Täter hassen, weil man selbst einer ist. Von Missbrauch und Mord trennt einen nur der biografische Zufall. Obwohl der ja auch gottgewollt ist. Man kann sich auf seine Rechtschaffenheit nichts einbilden. Man darf kein Richter sein. Man soll der irdischen Gerechtigkeit zuarbeiten, die hat ihren Sinn, aber andere Menschen verurteilen, die Gott genauso liebt wie einen selbst, darf man nicht. Man muss ein guter Christ sein. Man muss psychologisches Verständnis haben. Man muss die soziale Bedingtheit von Verbrechen im Blick haben. Man darf das Böse hassen, aber nicht den Bösen. Man darf sich nicht zu Fehden hinreißen lassen, zu Rachegefühlen, zu Wut und Unbarmherzigkeit, nur weil man mit dem ganzen Bodensatz, mit dem man es zu tun hat, nicht zurechtkommt.

Man darf nicht.

Aber ich will.

Ich will mir solche Gefühle leisten, denkt Greving. Das muss endlich ans Licht. Ich will selbstherrlich auftreten und die Macht, die mir das Gesetz gibt, missbrauchen. Nein, ich will sie endlich gebrauchen! Ich will den Tätern, den Kinderschändern und Mördern, den Vergewaltigern und Frauenprüglern, den Waffenhändlern und Medikamentenfälschern endlich als der gegenübertreten, der sie zur Strecke bringt, der nicht bloß ausführendes Organ ist, sondern der sie verfolgt, jagt, hetzt, erlegt, der ihnen ihr ungesühntes Täterleben so richtig vergällt. Der will ich sein.

Ein Sheriff, denkt Greving und muss lachen.

Ja, das wär ich gern einmal. Wie man es aus den amerikanischen Filmen kennt, die genauso wirklichkeitsfern sind. Aber die Amerikaner trauen sich wenigstens, diesen Wunsch öffentlich zu machen. Da springen Beamte einen Flüchtigen an, schlagen ihn mit Nahkampfausbildung blutig, drehen ihm den Arm auf den Rücken, drücken sein Gesicht in den Schlamm, alles unterdrückte Aggression, die sich Bahn bricht. Da wird nicht verhaftet oder festgesetzt – da wird gejagt und gestellt, zur Strecke gebracht und unschädlich gemacht. Und wenn ich nur an die Debatte um den finalen Rettungsschuss denke! Ja, ja, das ist alles politisch korrekt, und dass mir bei dem angeberischen und unbelehrbaren Gezeter eines unserer Mitbürger mit Migrationshintergrund, wenn ich bloß seinen Ausweis sehen will, dass mir da die Galle hochkommt und ich ihm am liebsten klarmachen wollte, mit wem er es eigentlich zu tun hat, wie er sich seine staatsbürgerlichen Rechte, auf die er sich beruft, auch verdienen muss und wie ich es zum Kotzen finde, dass einer sich da auf eine Rechtsordnung beruft, die er mit Ehrenmord und Zwangsheirat, mit Drogenhandel und Schutzgelderpressung, mit Intoleranz und Kulturchauvinismus in den Dreck tritt – das ist alles politisch *nicht* korrekt. Ich weiß. Das darf ein Staatsbeamter nicht denken und fühlen.

Aber ich tu's.

Schon lang. Ich hab's bloß nie zugegeben. Vor den Kollegen sowieso nicht, das gibt keiner zu. Aber auch nicht vor mir selber. Ich bin ja Christ. Und zwar ein moderner, aufgeschlossener. Kein fanatischer Fundamentalist, der am liebsten die alttestamentliche Rechtsordnung einführen würde. Nein: Barmherzigkeit, Nächstenliebe, Demut. Scheiß drauf!

Er fährt aus Kettenacker hinaus nach Norden, Richtung Wilsingen. Dort folgt er dem Wegweiser nach Pfronstetten und überquert im Ort die Bundesstraße, auf der der Fernverkehr durchrauscht. Es braucht lange, bis sich eine Lücke ergibt, dann biegt er wieder ab nach Aichstetten. Ein schönes Waldtal, Aichelau, das Lautertal ist nicht weit. Ehestetten, eingebettet in die Herbstflur. Im Ort geht eine Straße links ab Richtung Ödenwaldstetten, und hinterm Ortsausgang, wo an den Obstbäumen noch verdorrtes Laub hängt, zeigt ein Hinweisschild nach links zum »Waldstadion«.

Greving erkennt das Schild wieder. Es ist erneuert worden, aber früher stand dort noch das alte, verrostet und mit einem ſ für s. Dieses Schild hat er geliebt. Er hat es fotografiert und ist manchmal eigens dafür hergefahren. Damals hat er viele Streifzüge von Reutlingen aus unternommen, um die Gegend kennenzulernen, um sich einzuleben. Die Landschaft hat er dabei lieben gelernt. Ach, hier ist das, denkt er. Zum Waldstadion selber ist er nie abgebogen.

Ein Vereinsheim, ein Parkplatz in der Wiese, das Spielfeld ist umrahmt von hohen, alten Buchen, in denen noch goldenes Laub hängt wie Girlanden von einem vergangenen Fest. Das Fest des Sommers. Zuschauer stehen in Grüppchen am Geländer.

Greving atmet tief durch. So geht es in letzter Zeit häufig: Plötzlich bricht etwas auf, und er hat alle Mühe, sich wieder in den Griff zu bekommen. Zu funktionieren. Sich nicht zu verraten, sich selbst treu zu bleiben. Zurück bleiben die Scherben eines Lebens, das nicht mehr stimmt.

Als Greving aussteigt, riecht er die Luft. Herbstluft, sonnendurchwärmt. Die Würze des gefallenen Laubes, die Frische vom Wald, ein Honigduft. Letzte Mücken tanzen im Licht. Jemand hat einen Holzkohlegrill draußen aufgestellt und verkauft Rote Würste. Ein Ort, an dem man willkommen ist. An dem man sich aufhalten, seine Zeit haben kann. Auch er. Ein Ort, der ihn empfängt. Das ist *mein* Ort, denkt er.

Das Spiel hat schon angefangen, der Schiedsrichterpfiff gellt über den Platz und hallt im Wald wider.

Man hört die Spieler rufen, man hört das Geräusch des getroffenen Balles, einzelne Zuschauer klatschen und feuern an. Spreng doch, Kerle! Gang naus, gang ganz naus! Der duat wia's Ärgele! Ein Tor fällt, der Ball streift sirrend am Innennetz entlang. Johlen, Klatschen, Ehestetten führt. Die Laute haben etwas Tröstliches. Selbst hier im kleinsten Winkel geht die Welt ihren Gang. Das ist ja das Erstaunliche, denkt Greving, dass die Welt immer irgendwie funktioniert. Ein Reiseschriftsteller hat das gesagt, ein Holländer. Nooteboom hieß der, glaube ich. Nussbaum. Das Nusslaub im Fenster wehrt die Mücken. Um der Ankunft froh zu sein noch eine Weile. Einen Ranft Brot, ein Gehalt Most. Alles hat seine Ordnung, überall findet man schon Gelebtes, Bewährtes, Eingespieltes vor. Das läuft von selbst ab, man braucht nichts dazu zu tun. Man kann umhergehen mit seinen Problemen und Nöten und ist immer umfasst von etwas Größerem, das unberührt bleibt.

Greving kommt in eine merkwürdige Stimmung. Ferien, Familienausflug. Frederike und er hatten nie Kinder, und das nicht etwa aus Überzeugung. Gerne wäre er mit ihnen einmal hierhergekommen, Sonntagnachmittag oder wie jetzt, am Freitag. Er hätte jedem eine Wurst gekauft, dem kleinen Arne und der schon größeren Annika, und sie hätten sich gemeinsam ans Geländer gestellt und zugesehen. Er hätte ihnen die Alb gezeigt. Waldſtadion. Waldschule. Der Fuchs guckt über die Klassenzimmerwand, der Unkerich verliert vor Schreck die Mütze, aber es ist nur ein Streich mit einem alten Fell. So riecht es hier.

Die Waldfeuchte, das Herbstlaub, die schräge Sonne. Die Stimmen. Der Holzkohlerauch.

Und nachher im Vereinsheim zusammensitzen bei einem Bier und über das Spiel sprechen, oder über den neuen Fendt-Vertreter in Münsingen oder die sinkenden Getreidepreise. Hier oben gehen die Uhren langsamer, immer noch. Trotz Satellitenschüsseln und Supermärkten, trotz Breitbandsurfen und Sonnenkollektoren. Die Landwirtschaft hat sich allmählich in der Eigenvermarktung organisiert, Kartoffelfeste und Schlemmermärkte locken Kunden, Hofläden werden nebenher betrieben, und Windräder, Biorapsfelder und Biogasanlagen fehlen auch nicht mehr. Und trotzdem bleibt das alles für sich, denkt Greving, ist das eine eigene Welt.

Aber jetzt muss er der Kommissar sein. Auftreten können, sein Ziel verfolgen.

Er hat sich umgeschaut und tippt auf die kleine Gruppe hinter dem Ehestetter Tor. Gemächlich geht er hinüber, stellt sich dazu, ein bisschen auffällig in seinem Anzügle, und lauscht.

Die vier sind eingespielt, das hört man. Sie vergleichen die Leistungen der Kicker mit ihren eigenen.

»Wer spielt denn da?«, stellt Greving sich dumm.

Er wird aufgeklärt und beäugt.

»Sie spielen wohl selbst, meine Herren, oder?«

Ihm wird von der Spielvereinigung Kettenacker erzählt und den Vereinsaktivitäten. »Sie sind nicht von hier«, heißt es.

»Ich wohne in Sigmaringen, ursprünglich komme ich aus Oldenburg.«

Die üblichen Scherze, die Herren sind aufgeräumt und leutselig.

»Und was machen Sie hier auf der Alb? Im Waldstadion? Zufällig vorbeikommen, was?«

»Zufäll gibt's nicht!«

»So bekannt sind wir schon, da schau hin!«

»Haben Sie schon Feierabend? Sie sehen aus wie ein Beamter.«

»Nein, zufällig bin ich nicht hier«, sagt Greving lächelnd und beschließt, alle Behutsamkeit fallen zu lassen. Wenn die als Hitlerjungen einen Mann durchs Dorf gehetzt haben, dann sollen sie auch dafür geradestehen. »Ich habe Sie gesucht.«

»Uns?«

»Ja, woher kennen wir uns denn?«

»Wollen Sie ein Geschäft mit uns machen? Suchen Sie gar Models?«

»Da sind Sie bei uns richtig!«

Gelächter.

In das Gelächter hinein sagt Greving: »Herr Schmid, Herr Läublin, Herr Zoller, Herr Glattis – ich muss Sie fragen, ob Sie seinerzeit als Hitlerjungen neunzehndreiunddreißig einen gewissen Heinz Mauser gehetzt und verprügelt oder zumindest dabei geholfen haben.«

Das Lachen verstummt. Aber sie fangen sich erstaunlich schnell wieder. Einer schaut weiter aufs Spielfeld und schweigt. Einer lacht und schüttelt den Kopf. Der Dritte runzelt die Stirn und setzt zu einer Entgegnung an. Der Vierte hebt die Hand und meint hochnäsig: »Da sind Sie aber auf ein altes Gerücht hereingefallen, Herr

Kommissar. Das sind Sie doch, oder? Der Kommissar aus Sigmaringen? Und Sie ermitteln wegen dem kleinen Mädle, das im Wald tot aufgefunden worden ist, oder?«

Greving wendet sich dem Mann zu. Das muss Läublin sein, der ehemalige Vorstand des Vereins. »Sehr richtig. Ich sehe, Sie sind informiert, Herr Läublin.«

»Dann gehen Sie nur gleich wieder zurück nach Sigmaringen, wo Sie hingehören!«, lässt der Dritte sich vernehmen. »Das mit dem Schellenheinz, das ist nämlich pure Verleumdung!«

»Und wer sind Sie, wenn ich fragen darf?« Dabei holt Greving seinen PDA heraus und beginnt einzutippen.

»Zoller«, antwortet der Mann wütend. »Gottlieb Zoller. Schreiben Sie das nur ordentlich auf!«

Läublin beschwichtigt ihn mit einer Geste. »Schauen Sie, Herr Kommissar, was sollen wir mit dem Tod vom Leisle Mauser zu tun haben? Wir waren kleine Buben damals, kleine dumme Buben …« Er schaut Greving vielsagend an.

»Die Heinz Mauser verleumdet haben. Die mitgemacht haben bei der Hetze gegen ihn. Die ihn für das Verschwinden des Kindes verantwortlich gemacht haben. Die ihn bei den Behörden angeschwärzt haben.«

»Das waren wir nicht!«, sagt plötzlich der Erste, der aufs Spielfeld gestarrt hat. »Das war der Pfarrer, der Lump! Der hat was gegen den Heinz gehabt! Der hat uns ja erst aufgestachelt …«

Wieder geht Läublin dazwischen. »So schlimm ist das alles nicht gewesen, wissen Sie. Da wird viel dazugedichtet. Über diese Dinge weiß im Dorf ja kaum einer mehr was.«

»Ihr Name?«, fragt Greving den Ersten.

»Zacharias Schmid.«

Greving tippt ein und bedankt sich.

»Warum wollen Sie das überhaupt wissen?«, meldet sich jetzt der Zweite. Er hat bisher geschwiegen und schaut Greving nun mit müden, kleinen Augen an. »Haben Sie uns etwa im Verdacht?«

Seine Frage hat etwas Lauerndes, Tückisches. Jetzt kommt es raus, denkt Greving. Das ganze Verheimlichen und Vertuschen, das Ableugnen und Vergessen, die Lüge eines ganzen Lebens. Sie sind nicht die Saubermänner, als die sie nach dem Krieg dastehen wollten. Sie sind nicht die jovialen Spaßmacher, als die sie sich am Stammtisch präsentieren. Sie sind nicht einmal aufrechte, charakterfeste Männer. Sie haben etwas Verdrücktes, Gequetschtes an sich, etwas steht seit Jahrzehnten unter Spannung und ist faul und schlaff geworden darunter. Greving wird klar, dass sie um ihren Ruf im Dorf fürchten. Die Aktion damals muss irgendwie vergessen worden sein, und vielleicht weiß wirklich nur noch Schlagenhauf davon.

»Meine Herren«, beginnt Greving, »es geht mir eigentlich nicht um die Aktion damals. Als Tatverdächtige kommen Sie bisher nicht in Betracht. Mir geht es vielmehr um die Verdächtigungen, die damals gegen Heinz Mauser erhoben worden sind. Ich muss wissen, was an ihnen dran ist. Deshalb ist es am besten, Sie sagen mir ehrlich, wie das damals war und welche Verdachtsmomente konkret gegen Herrn Mauser vorgelegen haben.«

»Ja so«, sagt der mit dem tückischen Blick. »Das ist also alles?« Er sagt es ironisch. Es muss Glattis sein, Peter Glattis. Einer der weitverzweigten Sippe. Vielleicht hat der Pfarrer zu seiner Verwandtschaft gehört.

»Wenn Sie so fragen, Herr Kommissar«, will Läublin wieder das Gespräch an sich ziehen, »dann können wir Ihnen ganz ehrlich sagen, dass im Grunde –«

»Gar nix können wir sagen, diesem Herrn Kommissar! Gar nix! Die rote Sau hat gekriegt, was sie verdient hat, so sieht's aus!«

»Peter, ist gut! Reg dich nicht auf!«

»Ich reg mich nicht auf. Ich kann's bloß nicht leiden, wenn da so geschleckte Besserwisser aus dem Donautal zu uns auf die Alb kommen und in unserem Dorf herumschnüffeln! Was juckt denn heut jemand, was dreiunddreißig war? Das geht nur uns was an!«

»Sie hätten vielleicht Recht, Herr Glattis«, erwidert Greving scharf, »wenn man nicht die Leiche eines vergewaltigten und ermordeten Mädchens auf Ihrer Gemeindeflur gefunden hätte!«

»Vergewaltigt? Jetzt ist aber genug Heu runter!«

»Und welcher braunen Gesinnung Sie damals angehangen haben und vielleicht immer noch anhängen, Herr Glattis, ist mir offen gestanden scheißegal! Ich will nur wissen, ob es damals irgendeinen konkreten Hinweis auf eine Schuld Mausers gegeben hat *oder ob Sie sich das alles bloß aus den Fingern gesogen haben, um Ihre faschistischen Gelüste befriedigen zu können*!«

Die letzten Worte hat Greving gebrüllt. Endlich. Kein Verständnis mehr. Keine Zurückhaltung. Kein braver Christ. Ja, am liebsten würde er sich mit diesem Alten prügeln, jedes einzelne Wort aus ihm herauskloppen, und es fehlt nicht viel und er packt ihn am Hemdkragen.

Sie stehen sich gefährlich nahe gegenüber.

Läublin guckt betroffen.

»Ha no, ha no«, begütigt Schmid.

»Also, was ist jetzt?«, fordert Greving. Auf dem Spielfeld wird zur Halbzeit gepfiffen, aber keiner der vier rührt sich. Die Mannschaften versammeln sich am Rand und greifen zu den Wasserflaschen. Jemand lässt einen Transistor laufen, die Musik trudelt blechern und kleinlaut über den Rasen.

»Also gut«, sagt schließlich Läublin.

Greving richtet sich wieder auf und entspannt sich.

»An den Beschuldigungen war nix dran«, erklärt Läublin. »Wir haben das von den Großen aufgegriffen, und die haben ihm das angehängt, weil er ein Roter war. Das mit der Kinderschänderei haben wir vom Pfarrer, der hat im Gottesdienst immer gesagt, wer Zauberbücher daheim hat, dessen Seele ist für alle Übel des Teufels offen, der vergreift sich auch an Kindern. Wir haben so getan, als wüssten wir mehr oder hätten Beweise. Zuerst nur so aus Jux, um den Kameradschaftsführer zu beeindrucken. Aber der hat das aufgenommen und ganz ernst getan, und da konnten wir nicht mehr zurück. So ist das Ganze ins Rollen gekommen.«

»Da war nix dran«, sagt Schmid traurig und schüttelt den Kopf.

»Sagen Sie bloß, es tut Ihnen mittlerweile leid?«

»Was denken Sie denn von uns, Herr Kommissar! Wir wissen schon, dass das kein Ruhmesblatt für uns war. So was tut man halt, wenn man jung und beeinflussbar ist.«

»Kein Wunder, dass Sie das nicht an die große Glocke gehängt haben.«

»Im Dorf hat man das inzwischen vergessen. Und von denen, die dabei waren, lebt auch kaum einer mehr. Ums Leisle tut es uns leid. Wir haben ja damals gar nicht gewusst, was genau passiert ist.«

»Sie war halt verschwunden«, sagt Zoller mit immer noch gerunzelter Stirn. »Und's war ja viel im Umbruch, gerade im ersten Jahr. Die Sach mit dem Heuberg hat auch viel Unruhe gemacht, und irgendwie hat man sich um das Leisle nicht mehr gekümmert. Wo doch der Vater auf dem Heuberg war.«

»Sicher unter freundlicher Mithilfe aus dem Dorf«, meint Greving sarkastisch. Er will gerade nichts gelten lassen. Vielleicht sollte man einen Menschen nicht wegen einer politischen Jugendtorheit verurteilen, da zählt das ganze Leben mit, aber solche Einwände will Greving nicht mehr hören.

»Dann war der Verdacht gegen Heinz Mauser also aus der Luft gegriffen?«, sagt Greving abschließend.

»Ein Gerücht, Herr Kommissar.«

»Eine Verleumdung!«, sagt Greving.

»Ich persönlich glaub nicht, dass der Schellenheinz irgendwas mit kleinen Kindern gemacht hat. Er war ein bisschen komisch und ist nach der ganzen Sach natürlich noch verdrehter worden, aber ...« Läublin bricht ab.

»Ich danke Ihnen, meine Herren, für Ihre Offenheit.«

Betretenes Schweigen. Nur Glattis dreht sich weg und geht zum Vereinsheim hinüber.

»Was damals bei der Hetzjagd geschehen ist, will ich gar nicht wissen. Das machen Sie mit Ihrem Gewissen und Ihrem Herrgott aus.«

Er nickt kurz und verabschiedet sich. Auf dem Rückweg zum Auto sieht er noch, wie Glattis an der Tür zum Vereinsheim steht und zu ihm herüberschaut. Er hat die Arme verschränkt und rührt sich nicht.

Wenn die damals nicht so jung gewesen wären, denkt Greving, würde ich den glatt verdächtigen. Obwohl es auch schon Vergewaltiger mit vierzehn gegeben hat.

Er steigt in seinen Wagen, lässt das Fenster herunter und startet. Die Schonbezüge riechen stark, im Inneren hat sich die Luft aufgeheizt wie im Sommer. Und trotzdem kann es Heinz Mauser gewesen sein, denkt Greving. Natürlich. Nichts ist sicher. Bleibt noch die Spur zu den Pateneltern. Das Medaillon mit dem eingravierten Namen. Gott schütze dich.

11

Das mit Fidel Mauser hat Greving sich schon gedacht. Er hat Doktor Haselberger vom Zentrum für Psychiatrie in Zwiefalten mitgenommen, der hat ihn untersucht und gemeint, dass Greving sein Glück versuchen könne, der Patient sei so weit stabil, aber viel werde nicht dabei herauskommen. Zu Kyrieleis sagte Fidel nichts, und auf die Frage, ob er was von der Hetze gegen seinen Vater, vom Heuberg und dem allem noch wisse, wollte er seinen Tee haben und kannte dann die beiden Herren, die zu Besuch waren, nicht mehr. Immerhin – und das war ungeheures Glück – kramte er unter seinem Bett eine Schachtel hervor, in der er Andenken aufbewahrte. Haselberger brachte ihn darauf und verwickelte ihn in ein Gespräch über seine Kindheit. Fidel zeigte seine Schätze her, Zigarettenbildchen und Kronenkorken vom Bären-Bräu, als der noch selber braute, davon wusste er eine Menge zu erzählen, einen Dachszahn, den er gefunden hatte, allerlei Krimskrams, der sich auch später erst angesammelt haben könnte, und dazwischen einige Mädchensachen: einen Haarreif aus Blech, ein Armband mit Holzperlen, das habe er selbst gemacht, sagte er, und für wen hast du das gemacht, fragte Doktor Haselberger, ha, für mein Leisle. Da waren sie beim Thema. Und tatsächlich fanden sie einen Haarzopf, blond, der war nicht von ihm. Er bestätigte zwar nicht eindeutig, dass er von seiner Schwester war, aber es lag ja nahe. Greving musterte ihn eingehend, ließ ihn einmal fallen und stahl sich ein Haar aus dem geflochteten, mit Schnur zusammengehaltenen Zopf.

Nach dem Gespräch ist Fidel ganz aufgeräumt und erzählt seiner Schwiegertochter lang und breit von Jugendstreichen. Die HJ oder Kyrieleis oder auch nur Onkel Heinz kommen nicht darin vor.

Greving unterhält sich unten in der Stube mit Georg. Der ist bass erstaunt, als er von der Hetze gegen seinen Großvater hört und von dem Verdacht der Pädophilie und des Spiritismus. Wenn ich das gewusst hätte, sagt er wütend, dann wäre ich aus Kettenacker weggezogen. So ein Drecksnest! Das ehrt ihn, denkt Greving, aber heutzutage leben hier andere Menschen.

Fidel hat ihm also auch nichts über das Verschwinden des Mädchens sagen können. Mit dem Haar in einer Plastiktüte verabschiedet sich Greving von Doktor Haselberger und fährt nach Gammertingen zum Pfarrer. Wird Zeit, dass er den einmal persönlich kennenlernt.

In Gammertingen geht es zum Bahnhof, sein Navigator lotst ihn direkt zur Kirche, das Pfarrhaus liegt etwas weiter die Straße hinunter, hinter Bäumen versteckt, die jetzt kahl sind. Auf dem Pausenhof der Grundschule lärmen Kinder. Die Kirche ist ein schmucker, weiß verputzter Bau mit der Zähnung der Ecksteine und einem Dachreiter mit Zwiebelhelm. Sankt Leodegar. Wer war das nun wieder?

Im Vorzimmer sitzt eine fröhliche, rundgesichtige Dame und begrüßt ihn herzlich. Der Herr Pfarrer warte schon. Wenigstens sind die Zeiten vorbei, in denen man Hochwürden sagte, und auch der Geistliche ist nicht in Soutane oder wie das heißt, sondern in einem schlichten Hemd mit Plastikkragen und einer dunklen Hose.

Er ist überraschend jung. Fester Händedruck, offener Blick, ich glaub, der weiß seine Schäfchen zu führen.

So ein Quatsch, denkt Greving. Im Zeitalter des Säkularismus und der Kirchenreform ist so ein Pfarrer eher Dienstleister als Gemeindehaupt.

Greving kommt gleich zur Sache. Obwohl er sich in dem kleinen Büro wohlfühlt, trotz geschlossener Tür, ist er unruhig und will nicht lange bleiben. Er weiß nicht warum.

Die Sekretärin bringt Kaffee und Kekse, an den Wänden Regale voller Bücher, die gelesen werden, der Schreibtisch mit dem Computer wirkt arbeitsam, aber nicht unordentlich, sie setzen sich in zwei Sessel und schlagen die Beine übereinander. Greving sitzt direkt unter dem Kruzifix, das hier keine Altarikone ist, sondern ein Wandschmuck. Einer, der zugleich bekennt und mahnt. Zu gegenseitigem Respekt und Anerkennung. Wie ich dich achte, so achte du meinen Glauben, mein Amt, meine Kirche.

Greving fragt nach den Pateneltern. Er händigt dem Pfarrer seine richterliche Anordnung aus, der nickt und hat die Daten schon bereit. Freunde von Heinz Mauser, wohnten damals in Feldhausen, sind dann aber umgezogen nach Hechingen. Die wären jetzt über hundert, die leben sicher nicht mehr. Die Adressen der Kinder habe er nicht, aber das lasse sich ja leicht herausfinden.

Er erkundigt sich nach diesem ominösen sechsten und siebten Buch Mose, und Wiegand erzählt ihm, was er schon Mauser erzählt hat. So kommen sie kurz auf diesen Bonaventura, jaja, sagt Wiegand, das ist so eine Clique da oben in Kettenacker. Vom Siebengestirn habe er auch schon mal gehört, aber sonst wisse er nichts darüber. Was aus Bonaventura Glattis geworden sei? Wiegand zuckt die Schultern. Er ist jung, er ist modern und ganz gegenwärtig. Er interessiert sich nicht für alte Geschichten, und wer immer in den Dreißigern das Dorf da oben betreut hat, ist längst Geschichte. Eine Geschichte, mit der er nichts zu tun hat.

»Es tut mir leid, da kann ich Ihnen nicht weiterhelfen.« Aber es tut ihm natürlich nicht leid, es ist ihm völlig gleichgültig.

»Wer könnte mir dann weiterhelfen?«

»Vielleicht weiß einer der damaligen Ministranten etwas. Die kennen ihre Pfarrer ziemlich gut.«

»Haben Sie einen Namen, eine Adresse?«

Wiegand überlegt, schüttelt dann den Kopf. »Wir führen darüber zwar Unterlagen, aber die werden weggeschmissen … ich meine: entsorgt, sobald andere Ministranten den Dienst übernehmen.«

»Aber irgendwer muss doch wissen, wer damals Ministrant war!« Greving verliert langsam die Geduld. In diesem Fall scheint jede Spur im Sand zu verlaufen, im Dickicht der Geschichte. Früher war Geduld seine Stärke, Gründlichkeit, Kombinationsgabe. Aber in den letzten Jahren verliert er sich immer öfter im Gewirr der Zeugenaussagen und in den Vernehmungen, weiß oft nicht mehr, wer was ausgesagt hat, bleibt an unwichtigen Einzelheiten hängen und merkt, wie die Sympathie für einen Zeugen oder die Abneigung gegen ihn seine Gedanken beherrschen.

Ich kann mich nicht mehr so gut konzentrieren, denkt Greving. Ich lass mich zu sehr ablenken. Vermutlich kommt das von den Medikamenten. Vielleicht sollte ich mich mal krankschreiben lassen. Zur Kur oder so.

Wiegand sieht ihn fragend an.

»Was haben Sie gesagt?«, fragt Greving verdutzt.

»Dass ich Ihnen die Adressen der Kommunikanten von damals herausschreiben kann. Die erinnern sich in der Regel, wer ihre Ministranten waren. Soll ich das für Sie tun?«

»Ja, bitte entschuldigen Sie. Ja, natürlich. Ich war … in Gedanken.«

»Es ist sicher nicht einfach, in einem Fall zu ermitteln, der so lange zurückliegt«, sagt der Pfarrer verständnisvoll.

Sehe ich so fertig aus?, fragt sich Greving. Ich muss mich zusammenreißen, sonst kriegen die Kollegen noch etwas mit.

»Bis morgen habe ich Ihnen die Adressen herausgesucht. Wir haben das alles ja nicht im Computer, die alten Unterlagen. Manche der Kirchenbücher reichen bis ins siebzehnte Jahrhundert zurück, das sind wahre Altertümer.«

»Wieso gerade siebzehntes?«

»Dreißigjähriger Krieg. Da ist das meiste verlorengegangen.«

Wieso frage ich überhaupt danach? Greving schüttelt den Kopf. Am Wochenende hat er versucht, Abstand vom Beruf zu bekommen. Hat nichts mit nach Hause genommen und in Ruhe eingekauft, Vorräte für zwei Wochen, damit er sich abends was zu essen machen kann, wenn er Feierabend hat. Dann wollte er an den Bodensee, nach Birnau vielleicht, sich das Kloster anschauen, oder auf die herbstliche Mainau, aber stattdessen ist er ziellos herumgefahren, bis nach Reutlingen, wo er auf der Direktion vorbeischaute und die alten Kollegen besuchen wollte. Von denen waren aber nur noch wenige da, und den Besuch hätte er sich sparen können. Er vergaß die Vorräte zuhause und aß in einem China-Restaurant, danach schlenderte er durch die Fußgängerzone, kam durch die Wehrganggässchen auf die Planie hinaus und beschloss kurzerhand, sich einen Film anzuschauen. Egal welchen. Erst als der Film schon lief, der Ton in Dolby-Surround durch den Saal dröhnte, die Bilder aufschossen und wegklappten und immer neuen Platz machten, ein Sturm von übermannsgroßen Visionen, von digitalen Träumen, von Spukgebilden flachgedrückt von der steilen Perspektive, und als er neben sich Frauenparfüm roch und sich wünschte, seinen eiskalten Pappbecher mit Cola teilen zu können, erst da wurde ihm klar, dass er hier war, um unter Menschen zu sein. Um verbotene Nähe zu spüren, Gerüche, Berührungen, an die ein Alleinlebender sonst nicht herankommt. Bestürzt verließ er sofort das Kino. Am Sonntagmorgen ging er nicht zum Gottesdienst.

»Geben Sie sie mir telefonisch durch«, sagt Greving. Wieder ein Tag futsch. Zum Glück habe ich noch andere Fälle, sonst würde ich bis morgen Däumchen drehen.

Als sie sich schon verabschieden, fällt Greving noch etwas ein.

»Wissen Sie irgendetwas von einem Sühnekreuz, das in Kettenacker gestiftet worden ist? Im gleichen Jahr vermutlich. Etwas abseits im Wald, in der Nähe vom –«

»Herr Greving, beim besten Willen! Ich bin kein Heimatforscher. Feldkreuze und Wegkreuze werden nicht von der Kirche registriert oder beaufsichtigt. Das geschieht alles aus Eigeninitiative der Gemeindemitglieder. Und ein Sühnekreuz wird es ja wohl schwerlich sein, die werden heute nicht mehr gesetzt.«

Greving zuckt die Schultern. Hätte ich Schlagenhauf fragen müssen. Hab ich vergessen. Irgendwo notiert, aber in meinem PDA sieht es aus wie in meiner Abstellkammer.

Mit dem Geschmack des Kaffees im Hals verlässt Greving das Pfarramt und telefoniert im Wagen mit Sigmaringen. Sie sollen ihm die Nachkommen der Pateneltern in Hechingen ausfindig machen. Vielleicht kann er dort heute noch vorbei.

Der Tag erbringt aber nichts weiter. Die Adresse der Kinder der Pateneltern bekommt er, von ihnen lebt aber nur noch die Tochter, und die ist nicht zuhause, als Greving vorbeifährt.

Auch die folgenden Tage bleiben unergiebig. Von Wiegand bekommt er eine Liste mit vier Namen, alles Kommunikanten des Jahrgangs dreiunddreißig, die noch leben. Sie wohnen in der Gegend verstreut, nur einer davon in Gammertingen. Greving klappert sie alle ab, das dauert. Obwohl alle nicht mehr berufstätig sind, ist es schwer, sie zuhause anzutreffen. Manches ginge auch telefonisch, aber oft klingelt der Apparat ins Leere.

Die Tochter erwischt er schließlich nach drei Tagen. Ja, ihre Mutter war die Dode vom Leisle. Sie erinnert sich an es, haben manchmal miteinander gespielt, wenn die Mausers, damals noch mit Frau, in Feldhausen zu Besuch waren oder umgekehrt. Nachdem die Tante ihn verlassen hatte, wurde er immer seltsamer. Der Kontakt mit ihm ist dann bald nach Leisles Verschwinden abgebrochen. Als sie von Feldhausen weggezogen sind nach Hechingen, haben sie sich ganz aus den Augen verloren, und da das Patenkind ihrer Eltern verschwunden war, gab es auch keinen Grund, den Kontakt wieder aufzunehmen.

Greving lässt sie ein wenig von den Eltern und ihrer Freundschaft mit Heinz erzählen, soweit sie das damals eben miterlebt hat. Oft ging es um Erwachsenensachen, erinnert sie sich, Politik wird das wohl gewesen sein, meint sie heute, auch der Vater war ein paar Mal in Reutlingen zu den Versammlungen. Aber sie haben sich nach dreiunddreißig nicht mehr so recht verstanden, der Vater beschwerte sich oft über den Onkel Heinz, und der Mutter tat ihr Patenkind leid, das bei Heinz aufwachsen musste. Auch an Fidel kann sie sich erinnern, aber der war ja schon älter, der ging immer seiner eigenen Wege.

Dann die entscheidende Frage: Haben die Eltern Kyrieleis zur Kommunion ein Halskettchen geschenkt? Ein Halskettchen? Ja, so ein Gottschützedichle, wie es bei den Katholiken üblich ist. Wieso soll das ausgerechnet bei den Katholiken üblich sein, ereifert sich da die alte Dame. Rosa heißt sie, Rosa Hailfinger. Das sei halt einfach ein Brauch, das schenke man zur Kommunion, da müsse man nicht gleich Aberglauben darin sehen.

Für so einen Disput hat Greving keine Nerven. Er beschwichtigt die Tochter und wiederholt seine Frage. Aber daran erinnert sich Rosa nicht. Wenn, dann hätte sie sicher auch so eine Kette haben wollen, sie habe ihre nämlich erst als junge Frau bekommen, von ihrem damaligen Freund, ihrem seligen Gatten.

Keine Familiengeschichten mehr, denkt Greving. Also wisse sie nichts von einer Halskette? Nein. Sackgasse.

Wenn ihr noch etwas einfalle, sagt Greving und hinterlässt seine Karte.

Das alles sollte ich meinen Kollegen übergeben, denkt er auf der Heimfahrt. Dafür habe ich gerade keinen Kopf. Wofür dann? Was nimmt seine Aufmerksamkeit stattdessen in Anspruch? Wo vergeudet er Kraft? Teamarbeit, ja sicher, aber damit hat Greving sich immer schwergetan. Jeder sollte vor sich hin ermitteln und dann tauscht man die Ergebnisse aus. Einer koordiniert das Ganze. Das ist er.

In Sigmaringen sitzt er in der Mittagspause wieder in dem Café, in dem er sich mit Mauser getroffen hat. Er will in Ruhe darüber nachdenken, was er bisher herausgefunden hat. Sie herausgefunden haben, Mauser ist ein abgebrühter Kerl. Leider führen die Spuren ins Nichts. Lauter Holzwege. Man folgt einem Pfad oder Schlepperspuren im Unterholz, und plötzlich stehen nur noch Bäume um einen herum, nirgends geht es weiter, der Weg ist nur eine Schleppbahn für das Holz gewesen, das an dieser Stelle geschlagen und zerlegt worden ist. Holzwege. So fühlt er sich.

Er freut sich jetzt schon auf den Frühling. Auf das Grün überall, die Wärme der Luft, die Hoffnung, dass dieses Jahr alles besser werden wird. Ihm graut vor dem kommenden Winter. In Reutlingen hatten sie selten Schnee, aber in Sigmaringen ist das Klima rauer, oft Nebel, graue, triste Tage.

Ich muss mich konzentrieren, denkt Greving und spürt einen leichten Schmerz unter der Schädeldecke. In den Schläfen pocht es.

Der Mauser, denkt er. Das ist ein Kerl. Ich möchte auch einmal so in Wut geraten wie der. Der kann die Bösen einfach hassen, der kann das Rechthaben für sich beanspruchen. Er schießt vielleicht übers Ziel hinaus, ist sich aber nicht zu schade, hinterher Fehler einzugestehen. Der ist mit sich im Reinen, mit sich und seiner Empörung.

Bleiben bloß noch die Kommunikanten. Abklappern. Vielleicht sollte ich das doch lieber Markus überlassen. Ein paar Tage frei nehmen. Mir geht's nicht gut. Ich bin einfach fertig.

Abends kann er schwer einschlafen. Er nimmt seine Medikamente abends, sie sollen ihm helfen durchzuschlafen, aber dann liegt er stundenlang wach und hat am Morgen einen bösen Überhang. Schleppt sich durch den Tag. Ich glaub, das mach ich. Ach, Herr!, denkt er. Nichts weiter. Das sind so seine Gebete in letzter Zeit.

Nach zwei Tagen Krankschreibung und depressiven Stunden im Bett bringt ihm Markus endlich die Adresse eines Ministranten, der noch lebt. Zwei Kommunikanten haben sich erinnert. Er wohnt in Gammertingen, das ist gut.

Greving hat keine Lust auf noch so ein Seniorengespräch. Was für ein Fall! Fossiliensuche. Geschichtenklauberei. Ja, so hängen tatsächlich Geschichte und Geschichte zusammen. So zäh und mühselig. Alles bloß Erinnerungen und Erlebnisse, nichts Nachweisbares, Sicheres.

Den Ministranten will er selbst befragen. Du siehst nicht gut aus, sagt Markus nur. Greving winkt ab.

Der Alte heißt Karol Schympf. Exotischer Name. Karl der Große. Greving ist überrascht, dass es bei ihm richtig nett ist. Er hat sich zu Berufszeiten ein Haus hingebaut, war verheiratet und ist früh Witwer geworden und geblieben. Das Haus ist luftig und hell, von der Terrasse kommt Licht und Grasduft mitten im Herbst.

Karol kredenzt dem Kommissar ein Weinchen, das er allerdings nicht trinken darf. Der Mann ist richtig bekümmert. Seine Augen tränen, sind trüb hinter Falten, aber schauen wie ein alter Abt im Angesicht der menschlichen Fehlbarkeit.

An seine Ministrantenzeit erinnert er sich gut. Da

habe er sich zum ersten Mal Gott angenähert, sagt er. Doch es wird keine Heiligenerzählung daraus, er meint das nur informativ, er spricht von seinem Glauben wie andere von ihrer Arbeit. So war das, so ist das eben gekommen. Es war eine der schönsten Zeiten in meinem Leben, erzählt er. Er hat sich aufgehoben gefühlt in der Kirche und hat sich sogar vorgestellt, selber Pfarrer zu werden.

»War Bonaventura Glattis Ihr Vorbild?«, fragt Greving.

»Na ja, er war der einzige Pfarrer, den wo ich damals näher gekannt hab. Ich hab zu ihm aufgeschaut. Er war streng, nicht gerade das, was man einen herzlichen Menschen nennen könnt. Aber grad das hat mich so beeindruckt. Der wusste, wo's langgeht. Der hat etwas gesehen gehabt, was wir andere nicht haben sehen können.«

»Eine Vision, sagt man heute«, wirft Greving ein. Das Gespräch beginnt, ihm Vergnügen zu bereiten, auch wenn er nicht weiß warum.

»Ja, das war ein visionärer Mensch, der Pfarrer Glattis«, sagt er versonnen. »Er hat die Kommunikanten immer antreten lassen beim Unterricht, ob sie sauber waren, aber noch mehr, ob in ihren Herzen alles sauber war. Und dann hat er immer einen mit sich in die Sakristei genommen. Was er da gemacht hat, hat keiner gewusst. Uns Ministranten hat er auch mitgenommen in die Sakristei, aber immer zusammen. Ich hab mir halt gedacht, er hat sie examiniert, so auf Herz und Nieren. Wenn man die Kommunikanten gefragt hat, dann haben sie gesagt, sie dürfen's nicht sagen. Ja, ja, er hat's schon ernst gemeint mit seinem Amt, der Pfarrer Glattis.«

Greving überlegt, wie er weiter vorgehen soll. Diese Quelle scheint ihm ergiebig, aber im Augenblick weiß er nicht, wohin die Suche gehen soll.

Der Mann sitzt zusammengesunken da, ganz ergeben sieht das aus, aber er ergibt sich in die Gnade der Einfalt, die sein Leben hat gelingen lassen. Ein lichtes Leben, kommt es Greving vor, wie der Alte so dasitzt und in die Sonne blinzelt und wartet, welche Fragen noch kommen werden. So hat er wahrscheinlich sein ganzes Leben abgewartet, immer genommen, was kommt, und das Beste daraus gemacht. Im Einklang mit seinem Gott.

Ein Simplicissimus. Ein weiser Narr. So einen Glauben sollte man haben, denkt Greving, doch dann schreckt er vor dem Gedanken zurück. Das wäre ganz und gar nichts für ihn. Sich ergeben. Sich sinken lassen. Den Schutz preisgeben und sich führen lassen wie ein Schaf. Greving schaudert es.

Er greift zufällig in die Tasche der Lederjacke und findet das Tütchen mit der Halskette. Ach richtig, die hat er ja dabei. Er zieht sie heraus und legt sie Karol Schympf hin.

»Haben Sie das schon einmal gesehen?«

Der ehemalige Ministrant nimmt das Tütchen, schaut sich die Kette genau an, fragt: »Darf ich die mir mal ansehen?«, und lässt dann das Schmuckstück durch die Finger gleiten, als erzählte es ihm Geschichten.

»Ach ja«, seufzt er.

»Sie kennen es?« Greving wird hellhörig.

»Ich weiß nicht ... aber der Name ... Kyrieleis, das war doch die Kleine vom Schellenheinz, oder? Ach ja.«

»Sie haben gleich gewusst, dass das ein Name ist? Ich meine, und nicht irgendein frommer Spruch?«

»A wa! So etwas schreibt doch keiner auf ein Gottschützedichle. Nein, nein, das hat er dem Leisle zur Kommunion geschenkt, mit ihrem Namen drauf, dass sie immer weiß, dass Gott ihren Namen kennt und sie beschützt. Richtig lieb war er zu der. Ich war ja vier Jahre Ministrant bei dem, das hat er manchmal so gemacht. Manche der Kommunikanten hat er eben besonders gemocht, man soll vielleicht nicht bevorzugen, aber zu denen hat er immer eine besondere Zuneigung gehabt.«

»Bonaventura Glattis?«

»Ja, freilich! Wissen Sie, damals, wenn Sie von dreiunddreißig sprechen, da war ein Ministrant noch im Klerikerstand. Jeder bereitete sich auf die Priesterweihe vor. Ich wollte ja auch Priester werden. Deshalb war ich vier Jahre dabei. Gott hat mich zwar einen anderen Weg geführt, aber damals machte ich alles mit, was so dazugehört. Besonders die Talare haben mir gefallen, der Stoff war fest und steif und hat so gut gerochen. Und die Wallfahrten waren besonders schön, da waren wir alle zusammen, und da hat man seinen Pfarrer schon kennengelernt.«

Das sind natürlich Dinge, die die Kommunikanten nicht zu berichten haben. Markus hat mit ihnen gesprochen, aber an ihren Pfarrer erinnerten die sich nur dunkel. Doch Karol Schympf hier: Der ist ein Hort von nostalgischen Erinnerungen.

»Und der hat manchen Kommunikanten Kettchen geschenkt? Zur Kommunion?«

Karol nickt. »Ja, meistens Mädchen. Jungs tragen das ja weniger. Die Eltern von den Mädchen haben sich immer geniert, dass der Herr Pfarrer ihrer Kleinen extra so was schenkt. Manche haben auch gemeint, das muss extra Segen bringen, wenn's vom Pfarrer kommt. Ich hab meins auf der Wallfahrt nach Birnau bekommen, von einer Schwester, die dabei war. Wir haben ja nicht viel Geld gehabt, und sie hat gesehen, dass ich so eins gern haben wollt. Auch wenn's manche als Mädchenkram abgetan haben. Besonders die Zeltlager waren schön. Wir haben richtige Freizeiten gehabt und Wanderungen. Wissen Sie, die Kirche hat sich ja viel um die Jugend gekümmert. Die Wandervögel gab's auch noch, und später die Nazis, aber bei der Kirche hat man sich so richtig aufgehoben gefühlt.«

Greving hört nicht zu. Hat der alte Ministrant da eben eine völlig neue Spur gefunden? Durch seine sentimentalen Klerikeranekdoten? Ein Pfarrer, der Mädchen eine Kette zur Kommunion schenkt. Der sie allein zu sich in die Sakristei holt.

Es ist eigentlich zum Kotzen, denkt Greving, als Kriminalist hinter jeder harmlosen Episode ein Verbrechen zu wittern, aber so funktioniert dieser Job nun mal.

»Erinnern Sie sich an Kyrieleis? Wie war ihr Verhältnis zum Pfarrer? Ist Ihnen irgendetwas an ihr aufgefallen, wenn sie aus der Sakristei zurückkam?«

»Aufgeregt war sie, wie jede andere auch. Gut, manche waren ganz still, wenn sie rauskamen. Hat ihnen wohl recht ins Herz gesprochen, der Pfarrer. Ich hab sie angelacht, wenn sie zurückgekommen ist, damit sie's nicht so schwer nimmt. Gott ist barmherzig, auch wenn mancher Pfarrer streng ist.«

Gott ist barmherzig. In diesem Fall hat sie wohl nicht ausgereicht, die Barmherzigkeit. Mit rotem Kopf aus der Sakristei. Greving weiß es nun, er ist sich sicher, das ist nicht nur eine überinterpretierte Anekdote. Der Täter hat jetzt ein Gesicht.

Das müsste man alles noch einmal aufrollen, denkt Greving. Die ganze Sache, von Anfang an. Wie lange ist das schon so gegangen? In wie viele Gottschützedichles ist ein Mädchenname eingraviert? Aber nur eines hat man in einem Waldgrab bei einem Skelett gefunden.

»Und was ist aus Kyrieleis geworden?«, fragt Greving arglos. Er muss den Mann von selbst erzählen lassen, ohne jegliche Vorgabe.

»Die ist von einem Tag auf den andern verschwunden, damals. Das war komisch. Ich hab in den Tagen nicht viel mitbekommen, weil ich auf einem Seminar in Beuron war. Irgendwas hat's da wohl gegeben, und einmal hat's geheißen, man wüsst, dass die Kyrieleis umgebracht worden ist und wer's war. Der Pfarrer hat selber gewettert und den Vater vom Leisle verdächtigt, und damals, also, wie soll ich sagen? Da hab ich zum ersten Mal an ihm gezweifelt. Dass er Menschen zu Verbrechern stempelt, bloß weil sie ein bisschen wirr im Kopf sind. Das mit den Zauberbüchern hat ja nicht gestimmt, das hat jeder gewusst. Und dass er meinte, der Onkel Heinz hätt sich an seiner eigenen …«

Noch jetzt ist Karol sprachlos. Nach so vielen Jahren kann er den ungeheuren Vorwurf immer noch nicht aussprechen.

»Kindesmissbrauch«, sagt Greving. »Ja, so ein Vorwurf ist schlimm.«

»Gell? Ich hab das nie verstanden, und als der Pfarrer Glattis dann noch mit den Nazis koordiniert hat oder wie das heißt, kolportiert, ist ja egal, auf jeden Fall hat er wollen, dass die den Onkel Heinz verhaften. So was!« Karol schüttelt fassungslos den Kopf.

Greving schüttelt mit. Er ist bestürzt angesichts der Naivität dieses Mannes. Wie ist der durch achtzig Jahre Leben gekommen? In dieser Welt, wo selbst Pfarrer in der Kirche sich an ihren Zöglingen vergreifen?

»Na, der Pfarrer Glattis jedenfalls ist dann gegangen. Das hat er uns von einem Tag auf den andern gesagt. Wir haben ihn natürlich gefragt, wieso denn und warum grad jetzt, vor Weihnachten, aber er hat nur gesagt, dass er sich verändern muss, so hat er's genannt: sich verändern. Ich hab mir damals vorgestellt, dass er sich verwandelt, verstehen Sie, so richtig, wie ein Saulus zum Paulus oder ein Engel in einen Teufel, und mich hat's gegruselt. Später haben wir Ministranten dann erfahren, dass er bloß einem inneren Ruf ins Kloster gefolgt ist …«

»Ach? Ins Kloster? In welches denn?«

»Hier«, sagt Karol und deutet mit der Hand, als könnte man es vom Wohnzimmersessel aus sehen. »In Beuron. Bei den Benediktinern. Das ist alles ganz schnell gegangen. Ums Rumgucken war der Neue da, und ich hab immer mehr Fragen gehabt zum Priesteramt, die mir keiner beantwortet hat … aber das ist eine andere Geschichte.«

Er hält inne und schaut den Kommissar mit gütigen Augen an. Er will nicht gelobt werden für seinen Bericht, er hat einfach gesagt, was er weiß. Er hat seine Pflicht getan, es liegt in Gottes Händen, ob das gute Wirkungen zeitigt.

Greving ist erschüttert. Zugleich fragt er sich, wie er das alles beweisen soll. Wie könnte er da an irgendwelche Fakten herankommen? Wer lebt denn von damals noch? Was sind solche Zeugenaussagen wert? Wer sollte denn davon je erfahren haben? Das ist ein ganz windelweicher Fall, denkt Greving. Ein harter Fall für ihn, einer bei dem man Fakten, Messergebnisse, Analysen und dergleichen vorliegen hat, Befunde, an denen nicht zu rütteln ist und aus denen sich klare, sachliche Zusammenhänge ergeben. Bei einem weichen Fall hingegen beruht alles auf Zeugenaussagen, auf Einschätzungen, Meinungen, Beziehungen, was einer gesehen haben will und was nicht, ein Gespinst aus lauter vagen Zusammenhängen, die nur sehr schwer nachweisbar sind. Auch sie können gelöst werden, auch das Gespinst hat seine Evidenz, aber es ist eine ganz andere Arbeit.

Und zudem: Er geht davon aus, dass dieser Pfarrer längst tot ist. Mord verjährt nicht, aber Ermittlungen haben einen anderen als den juristischen Sinn, wenn der Mörder tot ist. Wie alt war er damals, am vierten Mai? Dreißig, lass ihn ein Frühstarter und fünfundzwanzig gewesen sein. Siebenundzwanzig war er ja schon Pfarrer bei der Primiz auf dem Foto, das Schlagenhauf ihm gezeigt hat. Also dreißig. Dann wäre er heute hundertsieben. Ein Urahn im Kloster. Lebt man da länger?

Ich jage ein Phantom, wird Greving klar. Das hätte ich von Anfang an wissen können. Aber ein Täter, den man jagt, ist immer lebendig, er ist so präsent, dass man völlig vergisst, dass er eine Fiktion ist. Oder gerade weil er eine ist. Eine Arbeitshypothese. Wenn er bei der Festnahme zu einem leibhaftigen Menschen wird, ist das immer eine Ernüchterung, um nicht zu sagen Enttäuschung.

Bonaventura Glattis ist tot. Vermutlich so vermodert wie Kyrieleis' Leiche. Wer maßt sich an, diese toten Leben wieder hervorzuzerren?

Ich.

Ich will das wissen. Ich will wissen, wer diese Kleine im Wald so gefickt hat, dass sie eine Beckenfraktur erlitt, wer ihr in ihren letzten Augenblicken eine Hölle aus Angst und Schmerz und Qual bereitet hat, ich will das wissen, und wenn ich es mir erzählen lassen muss wie eine Geschichte! Aber ich werde daran mitgeschrieben haben!

»Fehlt Ihnen was?«, fragt Karol besorgt. Karol, der Ministrant. Soll er ihm seinen Verdacht mitteilen? Soll er ihm das Ungeheure verraten, das sein Pfarrer vor seinen Augen getan hat? Mutmaßlich? Scheiß drauf. Der Täter ist immer ein Phantom. Er ist das Böse, unfassbar, unheimlich. Verführt meinethalben, aber das macht es noch schlimmer: Welche Macht geistert umher und verführt Pfarrer zur Unzucht mit Kindern?

»Mir ist nicht ganz wohl«, antwortet Greving. Er sieht in den Augen des Mannes, den ergebenen, wohlwollenden Augen, eine Bekümmerung aufflackern, einen Schatten von Zweifel. Fast kann er sehen, wie es hinter ihnen zu denken anfängt. Wie die Erinnerungen noch einmal hervorgeholt werden.

Schnell weg, denkt Greving, bevor dieser gütige Ministrant zu begreifen beginnt.

Am liebsten würde er ihn zum Abschied in den Arm nehmen. Den alten Mann beschützen vor dem, was am Horizont seines Verstehens heraufdämmert. Seine ganze Jugend, eine der schönsten Zeiten seines Lebens, seine Ministrantenerinnerungen an eine Zeit, als er im Schoß der Kirche unangefochten ruhte – auf einen Schlag zerstört.

Greving ist sentimental. Er ist erschüttert und wird zynisch. So schlimm wird's schon nicht werden. Der Mann ist kein Kind mehr. Einfältiger Simplicissimus, aber irgendwie ist er ja auch durchgekommen. Gott schützt die Unschuldigen. Aber wer ist schon unschuldig? Wer verrät kein Wort von den Privatstunden in der Sakristei und stellt sich der Wahrheit, dass das schon Schuld ist? Wer tröstet sich nicht mit dem Gedanken, dass alles seine Ordnung habe und die Obrigen wissen, was sie tun? Sie wissen es, aber es ist nicht gut, was sie tun.

Für heute hat Greving genug.

Er bekommt Lust, bei Mauser nachzufragen, wie es steht. Was er ihm erzählen soll von den neuesten Erkenntnissen, weiß er nicht. Eigentlich darf ich ihm gar nichts erzählen, aber das ist mir gerade scheißegal. Mir tut dieser polternde Rächer, dieser hintersinnige Ritter der Wahrheit gut. Ich mag ihn, stellt Greving überrascht fest.

Irgendetwas haben wir gemeinsam. Wir müssen zusammenhalten, wir zwei.

12

Allerseelen soll Kyrieleis Mauser bestattet werden. Auf dem Friedhof in Kettenacker, im alten Grab ihres Vaters. Die Leiche ist nun freigegeben, die DNS-Analyse hat bestätigt, dass es sich bei dem Mädchen um die verschwundene Tochter des Heinz Mauser handelt. Das rätselhafte Verschwinden dreiunddreißig ist nun aufgeklärt, aber es sind nicht viele, die davon etwas haben.

Der Enkel, Georg, hat eine Tante dazubekommen und muss sich die Lebensgeschichte seines Vaters und seines Großvaters neu erzählen lassen. Mauser hat eine Kusine entdeckt, von der er nichts wusste, und befürchtet, dass der Täter auch für die Krankheit seiner Schwester verantwortlich ist, die sie schließlich in die Gaskammer gebracht hat. Schlagenhauf, die Altherrenriege und womöglich andere im Dorf werden unsanft an eine dunkle Vergangenheit erinnert und müssen vielleicht noch einmal die Zeit damals den Nachgekommenen erklären. Rosa weiß nun, was aus ihrer Spielkameradin geworden ist, und Karol kann sich fragen, ob es zwischen einem gewissen Kommunionsgeschenk seines Pfarrers und dem Mord einen Zusammenhang gibt.

Es sind nicht mehr viele, die diese Tat berührt. Aber

daran kann man das Verbrechen, die Tragik nicht ermessen. Das ist kein Maßstab für das Böse. Wie abgründig eine Tat ist, hängt nicht von ihren Wirkungen ab.

Das Gerücht von dem Mord und den Vorfällen damals macht die Runde in Kettenacker. Der Pfarrer wird an Allerseelen das Grab segnen, wie er es bei den anderen tut. Nun ist Kyrieleis heimgekehrt, sagt er pathetisch am Telefon, Greving wundert sich, die Geschichte muss Wiegand wohl doch an die Nieren gegangen sein. Kurz überlegt sich Greving, ob er dabei sein soll. Es sähe vielleicht merkwürdig aus, schließlich geht ihn Kettenacker nichts an. Mauser, mit dem er telefoniert hat, hatte ähnliche Gedanken. Aber schließlich entscheiden sich beide dagegen. Kyrieleis gehört nach Kettenacker, ohne Kommissar und Leichenfinder.

Aber das bringt Greving auf eine Idee.

»Zeigen Sie mir mal das Sühnekreuz, Herr Mauser?«, fragt er am Telefon.

»Wollen sich selber ein Bild machen, was?«

»Ehrlich gesagt, es geht um etwas anderes. Ist es nicht so, dass die Katholiken an Allerseelen der Toten gedenken? Aller Toten?«

»Und für sie beten. Fegefeuer und so.«

»Das meine ich nicht. Ich meine, für einen gläubigen Katholiken ist so ein Tod nicht einfach vergessen. Wenn er eine Beziehung zu einem bestimmten Toten hatte, vielleicht sogar eine Schuld ihm gegenüber oder irgendeine Verpflichtung, dann wäre es doch wahrscheinlich, dass er gerade am zweiten November an dessen Grab auftaucht. Oder nicht?«

»Sie meinen, dass irgendjemand auf den Friedhof kommt, der …«

»Nicht auf den Friedhof. Zum Sühnekreuz. Das war doch bisher die einzige Stelle, an der Kyrieleis' gedacht werden konnte. Wenn der Täter sie errichtet hat, dann wäre es doch gut möglich, dass er, solange er aus Altersgründen konnte, jedes Jahr an Allerseelen dort hingegangen ist. Oder nicht?«

Mauser überlegt. Nur das Rauschen im Mobiltelefon ist zu hören.

»Sind Sie noch dran, Mauser?«

»Ja. Ich überleg bloß. Ich bin kein Katholik, aber möglich wär's schon. Aber der Täter wird doch wahrscheinlich nicht mehr leben, der wär ja an die hundert.«

»Ich weiß, Herr Mauser. Zeigen Sie mir einfach mal das Kreuz. Vielleicht finden wir ja Hinweise.«

Von Bonaventura Glattis und dem Ministranten hat er Mauser nichts erzählt. Am Telefon wirkte Mauser auch nicht sehr interessiert. Der ist jetzt sicher mit seinen eigenen Angelegenheiten beschäftigt, denkt Greving. Darüber lässt der einstige Lehrer nichts verlauten. Böse Sache, sagt er nur. Vielleicht brauch ich doch mal Ihre Hilfe.

An Allerheiligen treffen sie sich in Kettenacker vor dem »Bären« und gehen gemeinsam zu Fuß zur Sankt Georgskapelle. Sie schauen sich um, bevor sie im Unterholz verschwinden. Mauser muss ein wenig suchen, bis er die Stelle wiederfindet. Sie liegt kahl und leer im vom Herbst verwüsteten Wald. Das Sühnekreuz ist ein blindes, nichtssagendes Steinmal in der Ödnis. Keine Spur von Gedenken, keine Spur von Erinnerung. Die einsilbige Notiz der Jahreszahl verrät das Schweigen, das jahrzehntelang um diesen Ort und die Person, für die er gemacht wurde, gewachsen ist.

Greving untersucht eingehend das Gras und Unterholz im Umkreis.

»Wofür halten Sie das, Herr Mauser?«, fragt Greving und hält ein paar Pflanzenreste hoch. Ein vertrockneter Stiel mit ein paar Fetzen von Blütenblättern dran. Schwarz und mürb geworden in der Witterung. Wenn es stimmt, was Greving vermutet, dann liegt das höchstens ein Jahr hier.

»Eine Blume«, sagt Mauser erstaunt.

»Und zwar keine Wiesenblume«, meint Greving. »Ich bin zwar kein Botaniker, aber die ist aus einem Strauß gekaufter Blumen, eine Rose oder Nelke oder so was. Könnte man untersuchen lassen«, sagt er und fummelt den Fund in eine der üblichen Plastiktüten.

»Sie meinen, der Täter ist hierhergekommen? Hat seine Tat gesühnt? So ähnlich?«

»Das halte ich für plausibel. Sie sagten ja, es muss ein Mann mit einem religiösen Gewissen sein. Ein Frommer. Das passt.«

Ja, denkt er, das passt. Einer, den seine Tat, seine Sünde nicht hat schlafen lassen. Der geflohen ist ins Kloster, den es zurückgetrieben hat an den Tatort, der der Toten gedachte und seiner Schuld. Das sind mir die Rechten, denkt er sarkastisch.

»Aber wie alt ist wohl diese Blume? Länger als ein, zwei Jahre hält sich das hier nicht. Dann wäre er letztes

Jahr noch hiergewesen. Das kann nicht sein. Dafür wäre er zu alt.«

»Wir werden ja sehen«, meint Greving nur.

»Was sehen? Wollen Sie hier warten, bis er irgendwann vorbeikommt, oder was? Ach so«, Mauser schlägt sich die Hand vor die Stirn, »jetzt versteh ich. Morgen ist Allerseelen.«

»Genau.« Greving nickt und lächelt. »Morgen ist Allerseelen. Und ein guter Katholik gedenkt der Toten. Aller Toten.«

»Und Sie wollen sehen, wer morgen kommt? Schlau, Herr Kommissar.«

»Ist nur so eine Idee. Ich weiß auch nicht, vielleicht ist es nur Spinnerei ...«

»Dann wollen Sie morgen den ganzen Tag hier im Gebüsch auf Lauer liegen ...?«

»Da drüben gibt es einen Hochsitz«, sagt Greving und deutet auf das Holzgestänge, das hinter den Bäumen aufragt. »Da werden wir es ein bisschen bequemer haben.«

»Wir?«

»Mein Kollege und ich.«

»Ach so.«

Greving zieht seinen PDA heraus und hantiert damit.

»Was machen Sie da? Messen Sie das Erdmagnetfeld?«, meint Mauser ironisch.

»Mein PDA hat einen Navigator eingebaut. Ich ermittle die Koordinaten für diese Stelle hier, um sicherzugehen, dass ich sie morgen wiederfinde.«

»Navigator?«, meint Mauser anerkennend. »Schlau, Herr Kommissar. Wirklich schlau.«

»Ich brauche die Koordinaten nur einzuprogrammieren, und der Navigator führt mich morgen direkt hierher. Auf den Meter genau.«

»Wie weit sind Sie denn mit Ihren Ermittlungen, Herr Kommissar? Haben Sie schon einen Verdacht?«

Warum will Mauser das gerade jetzt wissen? Greving zögert.

»Das ist, denke ich, noch nicht spruchreif. Die Ermittlungen gehen in eine bestimmte Richtung, aber das ist alles noch zu wenig fundiert. Nur so eine Idee.«

»Wie das mit Allerseelen«, sagt Mauser und grinst.

»Aber sobald ich etwas weiß, gebe ich Ihnen Bescheid.«

»Darum wollt ich gebeten haben«, sagt Mauser gestelzt.

»Und bei Ihnen? Kommen Sie voran?«

»Ehrlich gesagt, da gibt es ein bürokratisches Hindernis«, sagt Mauser nachdenklich. Er runzelt die Stirn und starrt gedankenverloren in den Wald. »Um an das Gutachten über Mutz ranzukommen, brauch ich vielleicht ... ich weiß noch nicht, ob es die Unterlagen überhaupt noch gibt ... wenn, dann brauche ich vielleicht eine richterliche Verfügung oder so was, dass Sie von der Polizei Einblick in die Akten haben müssen, aus Ermittlungsgründen und so, das könnte man doch sicher mit dem Mord am Leisle in Verbindung bringen ...«

»Kein Problem«, sagt Greving großmütig. »Das kriegen wir schon hin. Sagen Sie mir rechtzeitig Bescheid, dann besorg ich Ihnen das.«

»Am besten natürlich, wenn Sie oder einer Ihrer Kollegen vor Ort sind, ich bin ja kein Polizist … eine Kopie von der Akte würde reichen.«

Greving nickt. Das erscheint ihm alles wie Kinderkram. Richterliche Anordnungen, Akteneinsicht, ein Dokument kopieren, alles kein Problem. Für einen Hauptkommissar. Gern hilft er Mauser weiter. Der hat auch seine Last, denkt Greving. Der wühlt auch in einem Knäuel von Zusammenhängen und verheddert sich. Wenn es so einfach ist, die Geschichte ans Licht zu holen, nur eine Sache von Kompetenz und Autorität, dann soll es daran nicht scheitern.

Gemeinsam gehen sie zurück nach Kettenacker, diesmal über den Waldweg, an dem das Grab liegt. Oder lag. Sie bekommt ja jetzt ein neues, ein ordentliches, auf dem Friedhof mit kirchlichem Segen.

Gut, dass ich Mauser noch nichts gesagt habe von Bonaventura Glattis, denkt Greving. Wenn er jetzt so drüber nachdenkt, muss er zugeben, dass er doch ein wenig in Rage war. Zu voreilig. Es ist gar nicht gesagt, dass der Pfarrer auch der Mörder ist. Erstens ist nicht sicher, dass an dem Verdacht des Kindesmissbrauchs etwas dran ist. Zweitens muss er deshalb noch nicht der Täter sein. Und drittens werde ich das wohl nie nachweisen können, es sei denn, es taucht ein Zeuge auf, der Konkretes weiß. Der etwas beobachtet hat oder dem der Pfarrer etwas anvertraut hat. Jemand, der jedes Jahr, seit Bonaventura tot ist, das Andenken bewahrt. An Allerseelen.

Wir werden sehen.

Als sie sich an den Autos trennen, sagt Mauser plötzlich: »Ich weiß, wer's war.«

»Bitte?«

»Ich weiß, wer's war. Mutz hat es gewusst.«

»Sie haben …?«

»Der Nachtgrabb«, sagt Mauser traurig.

»Wer?«

»Hab ich Ihnen doch erzählt. Mutz hat vor ihm Angst gehabt. Schon vor dem vierten Mai, aber hinterher hat sie ihn gemalt.«

»Ach so, diese Kinderspukgestalt. Ihre Schwester hat Bilder gemalt?«

»Ich hab sie gefunden. In einer Mappe auf der Bühne. Mit Wachsmalkreiden, die hat sie immer so gemocht. Die knipsen so schön, wenn man den Stift vom Papier hebt. Da hat sie den Nachtgrabb gemalt, auf fast allen Bildern. Auch später noch, als sie älter war.«

»Aha. Und? Haben Sie die Bilder einem Psychologen gezeigt?«

»Nein, noch nicht.«

»Das können wir ganz offiziell machen. Wenn die beiden Fälle zusammenhängen –«

»Mutz ist kein Fall.«

»So hab ich das nicht gemeint. Wie hat sie ihn denn gemalt?«

»Eine Gestalt in einem wehenden Kleid. Ganz in Schwarz. Und er hat etwas in der Hand, das sieht wie ein Spaten aus. Kein Gesicht. Und immer beugt er sich über eine kleine Gestalt mit gelben Haaren. Manchmal hat sie auch braune Haare. Wie Mutz.«

»Gruselig.« Greving schüttelt sich. Gut, dass er vermutlich weiß, wie das mit dem wahren Täter zusammenpasst. Ich sollte es ihm sagen, denkt Greving. Damit er nicht ins Spintisieren gerät.

»Na ja, mal sehen …« Mauser reißt sich los und verabschiedet sich. »Bis bald, Herr Kommissar.«

»Wir sehen uns, Herr Mauser.«

»Ich lad Sie mal zum Essen ein. Dann können wir in Ruhe schwätzen.«

»Oh ja, gute Idee. Was typisch Schwäbisches.«

Er drückt Mauser den Arm und steigt ein. Mauser steigt ebenfalls ein, startet und fährt weg.

Und erst als Greving auch starten will, merkt er, dass der rechte Außenspiegel abgebrochen an seinen Kabeln hängt.

Was ist das denn?, fragt er sich. Vandalismus in Kettenacker?

Er denkt sich nichts dabei, so was kommt anscheinend überall vor, vielleicht ein paar Jugendliche mit Großstadtambitionen oder durchziehende Randalierer. Trotzdem ist es merkwürdig, hier in diesem abgeschiedenen Nest.

Greving zuckt die Schultern. Den bring ich nächste Woche zur Fuhrparkwerkstatt. Den rechten Spiegel brauche ich ja nicht unbedingt.

Stundenlang sitzen sie in der Kanzel des Hochstands. Das Wetter hat umgeschlagen, Trauertagsstimmung. Es ist kalt und nass, die Wolken ziehen tief, in den Wäldern bleiben sie als Nebel hängen. Thermoskanne und Butterbrote haben sie dabei, Markus und er. Aber es ist öde. Lange her, dass ich so was gemacht habe, denkt Greving. Als Hauptkommissar delegiert man so was, aber er wollte dabeisein. Wollte sehen, ob bei seiner Idee etwas herauskommt.

Sie sind schon früh hier gewesen, im Morgengrauen, das jetzt, Anfang November, erst um halb sieben anbricht. Sie sind in Markus' Dienstwagen gefahren, nicht wegen des beschädigten Spiegels, sondern um keine Aufmerksamkeit auf sich zu ziehen. Kein Dienstkennzeichen, so schrecken sie Wen-auch-immer nicht ab. Anfangs haben sie sich flüsternd unterhalten, dann wurden sie schweigsam, dann kämpfte Greving gegen die Müdigkeit.

Jetzt macht Markus schlapp. Es geht gegen Mittag, die Brote sind aufgegessen, Greving hat den Feldstecher an den Augen, den er nicht braucht, die Stelle mit dem Sühnekreuz ist gerade mal zwanzig Meter entfernt.

Hoffentlich hat er uns nicht gesehen und ist abgehauen. Dann können wir lange warten. Schade, dass man die Straße nicht einsehen kann. Eigentlich sollten wir dort auch einen Mann haben, der uns dann anfunkt, wenn jemand kommt. Aber wir können ja nicht wissen, von woher er kommt. Wenn er nicht gesehen werden will, dann könnte er auch hinterm Wald parken und durchs Unterholz kommen, aus der Gegenrichtung.

Oder sie.

Wer wird wohl kommen?, fragt sich Greving.

Sich ausstrecken ist in diesem winzigen Gebäu nicht möglich. Markus sitzt auf den Holzlatten, mit angezogenen Knien, und döst. Greving ist ganz froh, dass er ihn mitgenommen hat. Nicht, weil er sich sonst einsam fühlt, er ist und bleibt ein Einzelkämpfer. Aber so kann er seinem Kollegen und damit den anderen zeigen, dass er noch imstande ist, seinen Job zu machen. Manchmal taucht ein Reh auf, manchmal raschelt ein Vogel im Gebüsch, das hört sich immer an wie Schritte, aber nach Sekunden, in denen niemand auftaucht, ist klar, dass das nur eine Wurmjagd ist. Schwarzer Vogel mit gelbem Schnabel, sogar von hier aus zu sehen.

Das sind wohl Amseln, denkt Greving.

Das Krächzen der Raben ist verstörend. Immer wieder, fern oder nah, in den Wipfeln der Bäume oder im Vorüberfliegen. In dieser Einsamkeit wirkt es unheimlich, ein Todesruf, schlimmer als Käuzchen. Eine Leere darin, die Trostlosigkeit des grauen Himmels, die Hoffnungslosigkeit des absterbenden Jahres.

Todesboten, denkt Greving.

Wieder raschelt es.

Blöder Vogel.

Dann steht eine Gestalt zwischen den Büschen.

Eine Gestalt in einem schwarzen Gewand.

Greving bekommt eine Gänsehaut im Nacken.

Der Mann schaut sich um und geht dann zielstrebig auf das Sühnekreuz zu. Er trägt eine Tasche bei sich, aus der er ein Gebinde holt, dunkelbunt im Einerlei des Waldes.

»He, Markus!«, flüstert Greving.

Sein Kollege schreckt hoch. »Was ist?«

»Da ist unser Mann!«

»Echt?« Markus setzt sich auf und linst über die Brüstung. »Seit wann?«

»Gerade angekommen. Los, beeil dich!«

Der Mann macht nicht viele Umstände. Er legt das Gebinde auf dem Kreuzbalken ab, bekreuzigt sich und spricht ein Gebet. Man hört nichts, sieht aber die Lippenbewegungen. Dann bekreuzigt er sich noch einmal und wendet sich ab.

Als er das Poltern auf der Leiter hört und dann die Schritte im Laub, fährt er herum. Er sieht zwei Männer auf sich zukommen, im Laufschritt. Er versucht zu fliehen.

»Bleiben Sie stehen!«, ruft der eine von ihnen. »Polizei!«

Er ist nicht weit gekommen. Sein Gewand verhakt sich im Gestrüpp, er atmet schwer.

»Sie haben mich vielleicht erschreckt«, sagt er. »Ich bin ein alter Mann, ich bin für solche Sachen nicht gemacht!«

»Bitte, entschuldigen Sie«, sagt Greving und grinst. »Es ist sonst nicht unsere Art, mitten im Wald harmlosen Spaziergängern aufzulauern.«

»Sie haben mir aufgelauert?« Der Mann lächelt unsicher.

Ein rundes Gesicht, faltig, große blaue Augen. Er trägt Tonsur und eine schwarzbraune Kutte mit zurückgeschlagener Kapuze.

Ein Mönch.

Oder zumindest ein Ordensmitglied.

»Was machen Sie hier mitten im Wald?«, fragt Greving. Sie haben abgesprochen, dass Greving das Wort führt.

»Natürlich könnte ich Sie das auch fragen, aber wenn Sie von der Polizei sind, dann darf man ja wohl gemeinnützige Gründe annehmen, oder?«

Sieh an, denkt Greving, ein Witzbold ist er auch noch. Und jetzt verlangt er auch noch ihre Ausweise zu sehen. Geduldig halten sie ihm die aufgeklappten Dokumente hin, er betrachtet sie näher und prüft allen Ernstes, ob es seine Richtigkeit damit hat. Aber wenn es Fälschungen wären, würde er das sowieso nicht erkennen.

»Nun?«

»Ich bin hier ... aus persönlichen Gründen«, sagt er.

Der wird nicht leicht zu knacken sein, merkt Greving. Der hat keinen Respekt vor weltlicher Obrigkeit. Der hat einen viel Größeren über sich.

»Sie haben bei dem Sühnekreuz dort einen Strauß abgelegt und gebetet«, sagt Greving. »Und um Ihrer Frage zuvorzukommen: Nein, das ist nicht verboten. Nur ziemlich ungewöhnlich.«

Der Mann nickt. »Wie gesagt ... das ist eine persönliche Angelegenheit.«

»Wer sind Sie?«

»Mein Name ist Bruder Salvatore. Ich bin Mitglied des Benediktinerordens im Kloster Beuron.«

Juristisch behalten die Brüder natürlich ihren bürgerlichen Namen, er könnte sich also seinen Ausweis zeigen lassen. Aber die genaue Identität ist im Moment nicht so wichtig. Das kommt später. Was macht ein Benediktiner aus Beuron hier in Kettenacker?

»Ziemlich weiter Weg hierher, oder?«

»Wie gesagt, ich bin in einer persönlichen Sache hier.

Heute ist Allerseelen, und nicht alle Toten, denen man gedenken will, liegen auf benachbarten Friedhöfen.«

Darf der lügen?, fragt sich Greving. Genauso wenig und genauso viel wie ich. Mal testen. Erst dann wird ihm klar, dass der Mann keinen Dialekt spricht. Er hat einen Akzent, der aber nicht aus der Gegend stammt.

»Sie stammen nicht von hier, oder?«

»Sie offensichtlich auch nicht.«

»Sie weichen aus.«

»Wovor sollte ich ausweichen?«

»Das frage ich Sie!«

»Ist das jetzt ein Verhör? Oder nur eine Befragung? Dann muss ich sie nicht mitmachen, das wissen Sie.«

Greving schaut seinen Kollegen an. Der guckt ratlos. Sie haben nichts in der Hand, das stimmt. Sie können ihn nur vorladen.

»Sie haben Recht, Herr …«

»Nennen Sie mich Bruder Salvatore.«

»… Herr Salvatore. Wir ermitteln in einem Mordfall und haben Anlass zu der Vermutung, dass dieses Sühnekreuz vom Täter aufgestellt wurde. Wer auch immer diesem Toten also gedenkt, muss etwas mit dem Täter oder vielleicht sogar der Tat zu tun haben. Verstehen Sie jetzt, dass Ihr Auftauchen hier mehr als ungewöhnlich ist?«

»Ich verstehe Sie durchaus«, sagt der Bruder glatt. »Aber ich muss Ihnen über die Gründe meines Besuches hier keine Rechenschaft ablegen. Das ist eine Sache des Beichtgeheimnisses. Das fällt unter mein Zeugnisverweigerungsrecht.«

»Beichtgeheimnis? Wer hat Ihnen denn was gebeichtet, dass Sie hierher nach Kettenacker kommen?« Greving ballt innerlich die Fäuste. Das hat ihm gerade noch gefehlt, dass da so ein Paragrafenreiter daherkommt. Gerade jetzt, wo seine Idee Erfolge gezeitigt hat.

»Wissen Sie denn, wer der Tote ist, für den Sie hier beten?«, mischt sich Markus ein. Das war zwar nicht abgemacht, aber vielleicht ist es ganz geschickt. So kann Greving sich zusammenreißen.

»Auch das fällt unter das Zeugnisverweigerungsrecht«, sagt der Mann bedauernd, mit diesem falschen Bedauern, das Greving schon bei Wiegand erlebt hat.

»Sagt Ihnen der Name Kyrieleis Mauser etwas?«, fragt Markus unbeirrt weiter.

Beide beobachten das Gesicht des Mannes. Er ist ehrlich überrascht. »Nein. Wer ist das?«

»Der Name der Toten, der Sie hier gedenken«, sagt Markus trocken. Das war zwar grammatikalisch falsch, denkt Greving, Genitiv, Markus!, aber er beobachtet den Mann scharf.

Der sieht so aus, als hätte er den Namen wirklich noch nie gehört. Kann gut sein, denkt Greving. Er muss ja nicht wissen, wer die Tote ist, wenn er nicht der Täter ist. Und wenn er ihn gekannt hat und der ihm gebeichtet hat, dann kann er durchaus den Namen verschwiegen haben.

»Kyrieleis Mauser. Sie wurde dort oben in dem Waldstück von einem Unbekannten sexuell missbraucht, vergewaltigt und dann erwürgt. Ihr Becken wies Frakturen auf, so heftig hat der Mann sie …«

Ihm fehlt das Wort. Nein, es fehlt ihm nicht, aber er darf nicht schon wieder aus dem Rahmen fallen. Dem polizeilichen, dem politisch korrekten Rahmen. Eine Korrektheit, die alles andere als politisch ist.

»Das Kind muss Furchtbares erlebt haben in seinen letzten Minuten«, legt Markus nach. Er hat schnell geschaltet.

»Ist es nicht unerträglich, dass gerade eine Vertrauensperson einem Kind so etwas antut?«, sagt Greving.

»Eine Vertrauensperson?«, wiederholt Bruder Salvatore. »Wie meinen Sie das?« Ein richtiges Pokerface hat der Typ, denkt Greving. Den kriegst du nicht. Na ja, wenn er von der Sache schon länger weiß und seit Bonaventuras Tod hierhergekommen ist, dann hatte er Zeit genug, über alles nachzudenken.

»Wir haben einen Verdacht gegen eine bestimmte Person, die zur Tatzeit Pfarrer in Kettenacker war. Neunzehnhundertdreiunddreißig war das. Sie wissen nicht zufällig, von wem ich spreche?« Markus kann richtig sarkastisch sein, denkt Greving anerkennend.

»Ach, das meinen Sie mit Vertrauensperson«, antwortet der Ordensbruder ausweichend.

»Bonaventura Glattis«, sagt Greving. »Der sich ein halbes Jahr später in Ihr Kloster zurückgezogen hat. Sie wissen, wen ich meine.«

Das muss zwar noch überprüft werden, aber ein Vorstoß ins Blaue kann nicht schaden.

Der Mann nickt und schaut zu Boden. »Haben Sie denn schon irgendwelche Beweise finden können für … seine Tat?«

Das werde ich dir gerade auf die Nase binden. »Über den Stand der Ermittlungen darf ich Ihnen keine Auskunft geben«, antwortet nun Greving glatt. »Berufsgeheimnis sozusagen.«

Und Bruder Salvatore grinst tatsächlich. »Verstehe«, sagt er. »Ich werde Sie nerven damit, aber ich muss mich wieder auf das Zeugnisverweigerungsrecht berufen.«

»Das heißt, Sie geben zu, dass Glattis bei Ihnen seine Tat gebeichtet hat?« Markus versucht einen Trick. Aber der Benediktiner ist ihm über.

»Im Augenblick mache ich nur eine freiwillige Aussage, kein Geständnis«, erwidert der Bruder. »Und wenn ich Ihre Frage beantworten würde, dann hätte ich das Beichtgeheimnis schon gebrochen. Bitte verstehen Sie, dass ich Ihnen sonst nichts sagen kann.«

»Dann anders gefragt«, setzt Greving neu an, weiß aber schon, dass dieses Gespräch zu nichts führen wird. »War Bonaventura Glattis einer der Männer, die im Kloster bei Ihnen gebeichtet haben?«

»Wenn Sie fragen wollen, ob ich im Kloster die Stellung eines Beichtvaters innehabe, dann muss ich verneinen. Wir beichten alle dem Abt. Wir können aber einander seelsorgerlichen Beistand leisten und das uns Anvertraute bewahren, das kommt dann einer Beichtsituation gleich. Nicht im theologischen Sinne, aber im juristischen.« Er lächelt freundlich.

Und ich würde dir am liebsten eins in die Fresse hauen, denkt Greving und wendet sich ab.

Markus spürt seinen Ärger und übernimmt das Gespräch. Greving hört nicht mehr zu. Das darf nicht wahr sein! Da haben sie endlich einen gefunden, der von allem weiß, der wahrscheinlich mit Bonaventura selbst gesprochen hat, dem er wahrscheinlich alles erzählt hat, der deswegen hierherkommt an Allerseelen, um des Opfers zu gedenken – des Opfers, denkt Greving, Genitiv! – und dann zieht der sich aalglatt aus der Schlinge. Beichtgeheimnis, das werden wir ja sehen. Ich schlag das nach in der SPO, das will ich wissen. Ich löchere den Staatsanwalt, bis der eine Lücke findet. Der Kerl ist nicht einmal offizieller Pfarrer und beruft sich aufs Beichtgeheimnis. Und es geht hier um Mord. Er deckt den Täter. Verdammt noch mal!

Natürlich ist Bonaventura nicht mehr zu kriegen. Sie werden im Kloster nachfragen und es auf dem Landratsamt schwarz auf weiß sehen: Der Kerl ist längst tot. Es kann nicht darum gehen, ihn für seine Tat zu bestrafen. Es kann nicht darum gehen, weitere Opfer vor ihm zu schützen. Nicht mehr. Aber soweit Greving weiß, kann er auch postum verurteilt werden, das öffentliche Interesse hat großes Gewicht in so einem Fall. Ein neuer Skandal für die Kirche. Das weiß dieser Möchtegernfranziskus ganz genau!

Markus nimmt seine Personalien auf, als handele es sich um Trunkenheit am Steuer. Keine Ahnung, wo der Mann geparkt hat und ob er überhaupt mit dem Auto gekommen ist. Der geht selber schon auf die siebzig zu. Aber in seinem Kloster ist er ja greifbar. Wenn nicht der Abt oder die Kirchenleitung sich einmischen. Wer weiß, wer alles eingeweiht ist in die Angelegenheit. Wer weiß, wie viel schon vertuscht worden ist. Die haben ja Jahrzehnte Zeit gehabt.

Sie begleiten den Mann durch den Wald und über die Wiese zur Sankt Georgskapelle. Dort steht tatsächlich ein Wagen. Er muss sich ziemlich sicher gefühlt haben.

»Wir werden uns bei Ihnen melden«, gibt ihm Greving hinterher. Dann machen sie sich auf den Rückweg zu ihrem Auto.

»Denkst du das Gleiche wie ich, Stefan?«, fragt Markus.

»Was denn?«

»Den werden wir mit seinem Beichtgeheimnis am Arsch kriegen!«

Greving muss lachen. »Mensch, Markus, so kenn ich dich ja gar nicht. Du gefällst mir, Mann, ehrlich!«

»Bring dich immer gern zum Lachen«, erwidert sein Kollege und klopft ihm auf die Schulter. »Aber an deiner Impulskontrolle müssen wir noch arbeiten.«

13

Das erste Gutachten über Mutz hat Mauser jetzt gelesen. Einblick in die Krankenakten in Tübingen zu bekommen, war gar nicht so schwer. Grevings Hilfe brauchte er nicht, aber schön, dass er sie angeboten hat. Er wäre sogar selbst nach Tübingen gekommen. Mauser hat sich eine Kopie des Gutachtens anfertigen lassen und sie in einen Ordner geheftet, den er eigens dafür angelegt hat. Dem Rechner will er so was nicht anvertrauen. Außerdem hat er ja keinen Scanner.

Nun also ein Ordner mit dem Gutachten und dem Titel »Mutz«. Mit Mutters Tagebüchern ist er mittlerweile fast durch. Hätte er nur früher von ihnen gewusst. Jahrzehntelang hat er Mutz' Geschichte falsch im Kopf gehabt. Haben ihm die Eltern etwas Falsches erzählt, oder sind das Erinnerungstäuschungen, Fehldeutungen, die mit der Zeit entstanden sind?

Greving scheint mit der Täterfrage voranzukommen. Das ist beruhigend. Mauser geht es nicht mehr um die Bestrafung des Täters, er geht davon aus, dass er tot ist. Aber er braucht ihn für Mutz' Geschichte. Er muss wissen, wo sie ihren Anfang nahm, wo aus einem stillen, aber gesunden Kind ein Traumaopfer, eine Schwachsinnige und schließlich ein »unwertes Leben«

geworden ist. Ein einziger Mann hat das vielleicht ausgelöst.

So wie Greving klang, war das doch nicht der Onkel Heinz. Auch das beschäftigt ihn: Was der in Kettenacker auszustehen hatte! Ein Roter, den sie zur Strecke bringen wollten. Ein Kinderschänder. Ein Hexer. Ein bisschen Aberglaube ist auf dem Dorf ja immer im Spiel. Auch hier im Lautertal. Aus dem sechsten und siebten Buch Mose hat man ein dunkles Geheimnis gemacht. Im Grunde … ja, was im Grunde? Ich weiß auch nicht, denkt Mauser.

Er hat sich nebenher selbst ein Bild davon gemacht. Hat das Buch im Internet aufgetrieben und ein Exemplar bestellt, ein Nachdruck in einem neuen Verlag. *Sechstes u. siebentes Buch Mosis*, steht in Fraktur auf der Titelseite, *oder der magischsympathische Hausschatz, das ist Mosis magische Geisterkunst, das Geheimnis aller Geheimnisse.* Gleich am Anfang sollte ein Gebet stehen, mit dem man vor der Lektüre seine Seele dem Teufel verschreiben konnte. Das hat er nirgends gefunden. Stattdessen Engelgebete, die eher etwas Kabbalistisches haben als Katholisches. Erzengel aus dem Alten Testament, Gestalten aus den jüdischen Schriften wie Lilith und Uriel und Raphael. Mit so Zeug hat er sich nie abgegeben, er ist froh um seine nüchterne evangelische Lehre. Ich bin kein Mystiker, hat er gedacht und das Buch zugeklappt. Hab manchmal meine Erscheinungen und merkwürdigen Zustände, aber die hab ich nie jemandem erzählt. Dazu brauch ich keine Zirkel und keine Tischlesrucker. Die Toten sind tot und warten im Himmel oder sonst wo. Vielleicht gucken sie zu, vielleicht guckt Mutter mir zu, wie ich ihr Tagebuch les, vielleicht guckt Vater mir zu, wie ich sein Vorbild demontiere, aber im Grunde ist's mir wurscht.

Das hatte sich nicht gelohnt. Er räumte das Buch weg, auf die Bühne oder gleich in den Müll. Selbst wenn Onkel Heinz sich mit so was beschäftigt hat, hat er gedacht, hat er vielleicht Teufelsdreck und Schusterblut oder was weiß ich bei Vollmond gesammelt und an die Stalltür geschmiert, damit das Vieh Milch gibt, ach nein, Vieh hat er ja keins gehabt. Dieses Pamphlet war auf jeden Fall kein Grund, ihn als Teufelsanbeter zu verschreien. Und ich glaub auch das mit den Kindern nicht. Na, der Greving wird's rauskriegen.

Am Abend ruft er ihn an. Lädt ihn zum Essen ein. Am Freitag, den Zwölften. Dann besorgt er vorher das Fleisch, der Kommissar hat hoffentlich Wochenende und sie haben nach hinten Luft, es darf spät werden.

Greving scheint sich ehrlich zu freuen. Sie werden zwar über die Leich reden und Mauser wird von Mutz erzählen, aber im Grunde ist es ein Freundschaftstreffen. Viel Freunde hab ich ja nicht, denkt Mauser. Und er scheint's auch nicht, jetzt, wo die Frau weg ist. Arme Sau! Aber was, bin ja selbst eine arme Sau: Meine hockt in Stuttgart und will die Welt sehen.

Was denn mit Veronika sei, fragt Greving. Ihre Freundin. Merkwürdig, dass er danach fragt. Mauser erzählt ihm kurz, dass Veronika überstürzt weggefahren sei, nach Stuttgart, die will runter von der Alb, sagt er, unter die Leut und Kultur und so, ich glaub, der ist ihr

Erfolg zu Kopf gestiegen, jetzt will sie Künstlerin sein und was von der Welt sehen, sagt er und wundert sich noch, wie leicht ihm das über die Lippen geht. Ausgerechnet in Stuttgart!

Verstehe, sagt Greving. Und Sie wollen nicht von der Alb weg, was? Einen alten Baum verpflanzt man nicht und so. Ganz genau. Mehr gibt es dazu nicht zu sagen. Dass Mauser leidet wie ein Hund, erzählt er dem Kommissar nicht. Vielleicht weiß der das auch so.

Eine Kaltfront nähert sich. Nachts gibt es die ersten Fröste, dann ein Zwischenhoch und dann sinkt die Schneefallgrenze auf fünfhundert Meter. Es wird den ersten Schnee dieses Jahr geben.

Um den Kopf freizubekommen, beschließt Mauser, Schlehen zu sammeln. Wenn der erste Frost drüber hin ist, werden sie süß. Er weiß, wo welche wachsen, wo die Schlehengestrüppe auf den Steinriegeln nisten oder am Rand der Wacholderheiden. Auf dem Digelfeld zum Beispiel bei Hayingen. Er parkt das Auto auf einer Anhöhe neben der Straße und wandert hinunter in das sonnenerfüllte Tal.

Das gilbe Gras knirscht unter den Sohlen vom Reif. Der Atem steht ihm vor dem Mund. Die Heide liegt verlassen, niemand sonst ist unterwegs. Wo die Sonne gewärmt hat, ist das Gras nass, er holt sich feuchte Schuhe. Am blauen Himmel zieht ein Bussard seine Kreise, er schreit, dünn und weithin wie eine Katze. Im August segelt er auf den Hitzeschläuchen, jetzt hält ihn nur Kälte oben. Dann fallen die Schatten der Wacholderbüsche, wellen sich über dem Relief und zeigen wie Finger in die Landschaft. Unter einer Buche, wo die Eckernhülsen knistern, findet er den vergangenen Sommer; er ist fortgezogen, fern in ein Land, das noch im Licht liegt.

Er sichtet den Dornicht, fingert vorsichtig zwischen den Stacheln nach den kleinen, harten, mehligblauen Fruchtkugeln der *Prunus spinosa*. Sie stecken eng am Zweig, sind nicht leicht zu fassen. Manchmal wachsen sie in regelrechten Bündeln, man pflückt sie wie Trauben, der sperrige Hurst vollgereift wie ein nördlicher Weinstock. Wein will er ja aus ihnen machen. Oder besser: Schlehenschnaps. Von letztem Jahr hat er noch zwei Flaschen, das reicht nicht mehr lang. Er pflückt die Beeren, sammelt sie in der gekrümmten Handfläche, lässt sie locker in seine Tüte rollen. Manchmal verhakt sich das Plastik im Gestrüpp. Wo er die Früchte angefasst hat, glänzen sie schwarzblau.

Beim Sammeln werden seine Gedanken ruhig. Alles, was er in den letzten Tagen erforscht und herausgefunden hat, ordnet sich in einer Reihe an. Die Reihe ist Mutz' Geschichte.

Die Geschichte von Therese Mauser, die mit neun Jahren einen Mord miterleben musste und sich von dem Grauen nie erholt hat. Die Mutter weiß nichts davon, aber ihr fällt das veränderte Verhalten der Tochter auf. Zwei Monate später tritt das Gesetz zur Verhütung erbkranken Nachwuchses in Kraft. Mutz wird untersucht vom Hausarzt, der benachrichtigt den Amtsarzt und erstattet Anzeige, Mutz sei *verdächtig des Leidens an erblichem Schwachsinn.*

Der Amtsarzt verlangt mehr Informationen. Er kennt die Mausers nicht, die Aktenlage ist ihm nicht ausreichend. Der Hausarzt taucht jetzt häufig bei Mausers auf und stellt der Mutter Fragen über Mutz. Wie sie isst, wie sie sich wäscht, wie sie mit ihren Geschlechtsorganen umgeht, ob sie mit anderen Kindern spielt, ob sie gut und böse unterscheiden kann und so weiter. Manchmal ist der Amtsarzt dabei, und die fremden Männer machen Mutz Angst. Sie verschließt sich immer mehr und wird immer passiver, Mutter muss ihr wieder die Schuhe zubinden und sie füttern.

Mutter ist verzweifelt. Erblich bedingt. Wer von ihnen beiden hat das kranke Erbgut? Sie will ja der Gesellschaft nicht zur Last fallen. Eine Einweisung in eine Pflegeanstalt lehnen beide ab. Mutz soll zuhause gepflegt werden, da ist sie am besten aufgehoben. Der Amtsarzt sieht vorläufig von einer Anzeige beim Erbgesundheitsgericht ab. Die Familien werden untersucht, Mutters Geschwister und Eltern, Vaters Werdegang, seine wenig nationalsozialistischen Ansichten kann und will er nicht verbergen. Sag doch so was nicht, bittet die Mutter, die nehmen uns sonst die Mutz weg.

Siebenunddreißig, als Mutz dreizehn ist und als fortpflanzungsfähig gilt, holt der Amtsarzt von der Klinik für Nerven und Gemütskrankheiten an der Universität Tübingen ein Gutachten ein. Professor Doktor Reinhold Manzard unterzieht sie einer kurzen Untersuchung und verfasst sein Gutachten. Es geht in der Klinik jetzt offiziell darum, den deutschen Volkskörper von minderwertigen Elementen zu säubern und gesunden zu lassen; es geht darum, der Volkswirtschaft die Kosten für die Pflege untauglicher Mitglieder zu ersparen. Solche Bestrebungen gibt es nicht erst seit dreiunddreißig. Manzard, der Leiter von Tübingen, hat sich da mit entsprechenden Schriften zur Rassenhygiene schon in den Zwanzigern hervorgetan. Zu den vom neuen Gesetz Betroffenen gehören Epileptiker, Schizophrene, Manisch-Depressive und Schwachsinnige, ebenso Blinde, Taube, Missgebildete und schwere Alkoholiker, die alle als genetisch geschädigt angesehen werden. Wer also als erbkrank begutachtet wird, fällt unter das Gesetz und seine Folgen, zunächst besonders unter die Zwangssterilisation. Das habe ihn bei seiner Gutachtertätigkeit, so Manzard in seinem Abschiedsvortrag neunzehnsechsunddreißig, schwer belastet. Dass er durch ein Gutachten entscheiden muss, wer dem Gesetzesapparat ausgeliefert wird. Bei Mutz hat er es getan.

Das Gutachten liest sich wie ein medizinpolitisches Programm. Mutz wird eine Intelligenzminderung bescheinigt, die nicht durch äußere Schäden hervorgerufen sei. Die Mutter berichtet im Tagebuch von Fragen, ob Mutz einmal auf den Kopf gefallen oder es eine Zangengeburt gewesen sei und Ähnliches. Mutz habe ein gehemmtes Begriffsbildungsvermögen, eine eingeengte Auffassungsgabe, verlangsamten Gedankenablauf, die Urteilsfähigkeit vor allem in moralischen Dingen sei stark eingeschränkt. Mutz zeige sehr schwache Impulsivität und passe sich schlecht an Neues und Ungewohntes an. Wenn Mutter gewusst hätte, worauf dieses Gutachten hinauslaufen würde, hätte sie ihre Antworten sorgfältiger abgewogen. Aber sie machte sich ja Sorgen um ihr Kind, sie wollte, dass die Ärzte ihr halfen. Sie erzählte alles, was vielleicht wichtig war. Vom Gesetz wusste sie nichts, das war ein politischer Vorgang, nicht im Traum dachte sie daran, dass dies etwas mit ihrer Tochter zu tun haben könnte. Mutz ermüde rasch, sei unselbständig und zeige ernste Beeinträchtigungen in der sittlichen Lebensführung, heißt es im Gutachten. Mit neun Jahren!

Mauser stellt sich vor, wie das Kind sich in seine eigene Welt zurückgezogen hat. Angst vor allen Erwachsenen, vor dem Nachtgrabb, der durch die Ödnis ihrer Seele geistert, wie sie den Fragen kein Gehör schenkt, nicht begreift, was man von ihr will, und wie alles weit weg ist, an einer Peripherie, die sie nichts mehr angeht. Ihre Puppe ist wichtig, die sie dabeihat, und warum Mama so bekümmert guckt, und dass der Mann im weißen Kittel so streng riecht.

Mauser kann nicht anders, als den Kopf zu schütteln. Er hält inne, mit den Händen am Zweig, und beißt die Zähne zusammen. Was er da in Tübingen gelesen hat, das sollte in die Zeitung. Sicher sind schon Bücher darüber geschrieben worden, aber das reicht nicht. Das muss Namen und Gesicht haben.

Doktor Manzard. Wahrscheinlich wieder einer von diesen Mitläufern, die ihre Arbeit gemacht und ein unruhiges Gewissen gehabt und sich trotzdem den Nazis zur Verfügung gestellt haben. Die genau wussten, was mit den Begutachteten geschehen würde, und denen am Ende, als der Spuk vorbei war, nichts weiter passiert ist.

Wie dem Doktor Hochstetter. Auf den werd ich auch noch stoßen, denkt Mauser und pflückt weiter. Dort oben am Hang, nahe an der Schattengrenze des Waldes, ist der Dornicht besonders dicht. Da müsste was zu finden sein.

Nach Übersendung des eindeutigen Gutachtens entscheidet der Amtsarzt sich zur Anzeige. Offiziell stellt Mutz den Antrag zur Sterilisation selbst, der Arzt beglaubigt ihn bloß.

Dadurch, dass der Amtsarzt so viele Informationen und Erkundigungen eingezogen hat, ist die Verhandlung vor dem Erbgesundheitsgericht eine kurze Angelegenheit. Am zwölften Oktober wird Mutz in Tübingen sterilisiert, eine Maßnahme, bei der Mutter nicht anwesend sein darf. Mutz ist danach in erschreckend schlechtem Zustand. Sie nässt wieder ein, hört nicht zu, vergisst, was sie im Haushalt tun soll, weiß nicht mehr, wie es geht, lässt sich von den Nachbarsjungen schikanieren und befummeln, die ihre Schweigsamkeit und ihre Wehrlosigkeit ausnutzen. Die Mauser-Mutz lässt jeden ran, was »erbkrank« alles machen kann, reimen sie im Dorf.

Das zweite Kind, Hermann, ist gesund und entwickelt sich gut. Mutter ist nun hinsichtlich der genetischen Veranlagung beruhigt. Lange wird sie Angst haben, dass bei ihm die gleichen Symptome auftreten, noch bis er neun oder zehn war, hätte sie Angst gehabt, wenn sie sich nicht vorher das Leben genommen hätte. Den kleinen Bruder hat Mutz gleich ins Herz geschlossen. Sie will ihn pflegen und saubermachen und füttern, wie es die Mama macht, kann es aber nicht. Mutter ist immer dabei und passt auf. Beunruhigend nur, dass sie dem kleinen Hermann gern an seinem Seggelchen herumspielt, lacht und ihn nudelt und ganz stiere Augen dabei kriegt. Das ist der Mutter unheimlich. Aber nach der Zwangssterilisation ist sie vorsichtig geworden; nichts soll nach außen dringen. Beide Eltern leben in der Furcht vor Beobachtung und Entdeckung. Sie haben erfahren, wie dieser Staat funktioniert.

Das Amt gibt keine Ruhe. Immer wieder drängt es die Mutter, einer Einweisung in eine Anstalt zuzustimmen. Vorgeblich, weil sie mit der Pflege zu stark belastet sei und es für Mutz besser wäre, unter der Aufsicht von Fachpersonal zu sein. Vater und Mutter wehren sich dagegen. Immer wieder wird Mutz untersucht, ob es sich mit ihr verschlechtere, und Mutter kämpft im Tagebuch mit der Hoffnung, dass Mutz wenigstens wieder auf den Stand von neun Jahren kommt, treibt sie zu mehr Leistung an, fordert sie, wird strenger und ungeduldiger und hat doch nur Angst, dass sie ihr das Kind wegnehmen. Dem geht es immer schlechter. Von außen ist sie von einer Debilen nicht mehr zu unterscheiden.

In dieser Zeit dreht sich zuhause alles um Mutz. Hermann wird sich selbst überlassen, er ist ja gesund, der findet selber seinen Weg. Das ist die Zeit, an die sich Mauser hauptsächlich erinnert; da ist er zwischen vier und sieben Jahren alt. Neununddreißig bricht der Krieg aus.

Wie das dann weiterging, mit Hochstetter und Grafeneck, das muss Mauser noch herausfinden. Er hat bei der Münsterbibliothek in Zwiefalten einen Antrag gestellt, damit er die Unterlagen dort einsehen kann. Vielleicht findet er die Krankenakte oder das Gutachten von Hochstetter, es wird ein bloßes Folgegutachten gewesen sein, Mauser weiß nicht einmal, ob der Arzt Mutz jemals zu Gesicht bekommen hat.

Nach Zwiefalten, denkt Mauser, geh ich erst, wenn ich mit Greving gesprochen hab.

Er bleibt oben am Parkplatz stehen und schaut zurück über die Heide, über die Buschreihen, die er abgeerntet hat. Mählich ist seine Tüte schwerer geworden, fünf Kilo werden es sein. Die Sonne sinkt hinter den Wald, es wird eisig. Das Plastik der Tüte knittert kalt, als er sie im Auto auf dem Rücksitz verstaut. Tonlos pfeift Mauser vor sich hin und merkt nicht, was er da pfeift. Er weiß auch nicht, was in ihm vorgeht. Da ist das Behagen der Lese, des uralten Wildbeutertums, das die Beute sichert und bevorratet. Aber da sind auch die Bilder aus Mutz' Geschichte, die Erinnerungen, die Fakten, die Prinzessin im Schloss Sigmaringen. Etwas brütet in ihm. Eine Wut. Eine Entschlossenheit.

Daheim, denkt er, als er sich hinters Steuer setzt, werd ich die Beeren mit der Gabel einstechen, sie in leere Flaschen häufeln, Kandis dazutun und alles mit Kornschnaps ansetzen. Bis Weihnachten gibt das einen schönen roten Schnaps. Und während er noch an ein heißes Wacholderölbad denkt, fällt ein Schatten über die Landschaft. Das Digelfeld liegt nun bleich und erloschen. Mauser fröstelt. Dagegen kann man nichts machen, denkt er. Ein heißes Bad daheim – was ist »daheim«? Das schützt einen nicht. Nichts schützt. Nicht einmal Gott. Ein Rabe quert die graue Fläche, wo Mauser vorher noch ging. Ein Ruf, als müsste er gehorchen. Als er sich ins Auto setzt und den Motor startet, hat er es plötzlich eilig.

Am Mittwoch hat der Albmetzger zu. Mauser holt das Fleisch am Donnerstag, an Martini. Mauser hat als Kind die Laternenumzüge geliebt. Gehe auf mein Licht, das war schön und geheimnisvoll. Rabimmelrabammelrabum. Deshalb will er sich den Martinsumzug in Kettenacker anschauen, im Katholischen hat der noch einen anderen Sinn. Dann fährt er vorher in Gächingen vorbei und bringt das Fleisch anschließend heim.

Der Parkplatz vor der Metzgerei ist ziemlich voll, viele auswärtige Kennzeichen, Stuttgart, Sindelfingen, Heidelberg. Blumenkübel und Pflastersteine, das haben sie tiptop renoviert. Drinnen Kühle und Wurstgeruch. Schlangestehen muss Mauser, der Laden ist voll. Ein altes Männlein neben ihm kauft sich sein Nachtessen ein: ein dickes Ripple, Kartoffelsalat gelbscheibig in Plastikschachteln, ond a Bichs Kuttla, sagt der Alte. Er nimmt seine Schätze im Beutel entgegen, die Kasse piept. Was heißt hier Alter, denkt Mauser. Der ist grad mal so alt wie ich. Bin auch schon Rentner und kauf mein Nachtessen.

Als er dran ist, fragt er nach dem Albbüffelfleisch. Eigene Züchtung, sagt die Verkäuferin, bio natürlich, ganz zart. Er lässt sich zwei dicke Rückenstücke zeigen, eigens für Zwiebelrostbraten, und fragt dann nach dem

Wacholderschinken, der ausliegt. Bei den Landjägern überlegt er kurz, aber die sind ihm zu weich. Von den frischen Maultaschen lässt er sich neun Stück ins Vakuum legen, wie die Verkäuferin anbietet, davon kann er dreimal essen. Das sind die besten, die man kaufen kann, lobt er, nur die von meinem Vater waren besser. Sie lacht, als hätte er einen Witz gemacht. Vater hat ja kochen müssen, als Mutter nicht mehr da war. Das Einzige, was er gut konnte, waren Maultaschen. Die Fladen hat er beim Bäcker in Münsingen geholt, im Kühlschrank lagen am Vorabend die fertig gefalteten Päckchen, um am Sonntag in Brühe gekocht zu werden. Dazu Kartoffelsalat mit Kresse, die Teller mit dem Goldrand, das Festtagsbesteck, das für Mausers Hände immer zu groß war, nur Mutter war nicht mehr da.

Die Verkäuferin bündelt seinen Einkauf in einer Tüte. Siebnazwanzgzeah, sagt die Verkäuferin. Heidanei, sagt Mauser. Er erkundigt sich nach dem Kilopreis des Albbüffels, fünfunddreißig Euro, nicht schlecht. So teuer kauft er sonst kein Fleisch ein, aber Greving soll mal was richtig Gutes bekommen.

Er bringt den Einkauf nach Hause und verstaut ihn im Kühlschrank. Das Fleisch ist ein weiches, schweres Paket, durch das Pergament sieht man den Saft blassrot rinnen. Dinkelmehl hat er noch, er macht die Spätzle immer mit Dinkelmehl, da werden sie fester. Zwiebeln sind auch da, Bratensaftwürfel für die Soße hat er noch – gut.

Um fünf ist Gottesdienst in Kettenacker, Mauser will erst später kommen, zum Umzug. Als er aufbricht, hat sich der Himmel bezogen. Es sieht aus, als dämmerte es schon. Die Luft ist kalt, polar fast, knapp um die null Grad. Im Dorf ist einiges los. Vor der Kirche findet er keinen Parkplatz mehr. Die Kinder haben sich mit ihren Laternen um das Kirchenportal versammelt und werden vom Pfarrer gesegnet. Würdig-rustikale Gestalt in weißem Chormantel und bestickter Stola, darunter Straßenschuhe und Bügelfaltenhose. Er segnet die Kinder mit ausgestreckten Armen, schlägt das Kreuz über ihnen, sie neigen ihre Köpfe und sind erstaunlich still, Mauser kann die Worte nicht verstehen von dort aus, wo er steht, Amen, Gott schütze dich, irgendwie rührt es ihn. Zeichen göttlicher Zuwendung. Mauser fragt sich, ob das was hilft. Ob da wirklich was geschieht oder ob es bloß symbolisch ist. Was, wenn dadurch etwas bewirkt wird, etwas, das es ohne das nicht gäbe? Nicht auszudenken.

Dann drängeln die Kinder lärmend und empfangen die Martinsbrezel, davon hat die Sekretärin erzählt. Aus süßem Hefeteig mit Hagelzucker bestreut. Manche halten sie mit beiden Händen und schlagen die Zähnchen hinein, manche tragen sie andächtig und unberührt, manche fangen nichts damit an und wollen lieber Twix oder Smarties. Dann sammelt sich die Schar, umringt von den Erwachsenen; die Laternen werden angezündet, unter den Straßenlampen ist es hell, aber draußen, jenseits der Häuser, in der Flur, dunkelt der Abend. Regen setzt ein, Schneeregen. Die Kinder jammern, aber die Erwachsenen breiten schützende Hände über die Kerzenflammen. Trüb glühen sie hinter dem bunten Transparentpapier. Mauser reiht sich ein, hört die Gespräche der Eltern, und als sie die Geisinger Straße hinaufziehen und zwischen den Häusern Hufgetrappel widerhallt, das schwere Klock-Klock eines echten Rosses, erkennt Mauser, wer den Zug anführt. Eine Gestalt wie aus den Karl-May-Festspielen, ein Mann mit rotem Mantel und Römerhelm, in dem sich die hundert Flammen spiegeln, richtig, denkt Mauser, da war ja was mit Sankt Martin und dem geschenkten Mantel. Eine Prozession.

Sie ziehen Richtung Tigerfeld, biegen dann ab an weiteren Häusern vorbei, es geht durch Gassen und auf Fahrwegen gegen den Uhrzeigersinn um den Ort herum. Manchmal bleibt der Pfarrer stehen, hebt die Hände, es wird eines der alten Lieder gesungen, das Pferd steht stoisch und kommentiert mit Schweifwedeln. *Abends, wenn es dunkel wird, und die Fledermaus schon schwirrt.* Wiegand dirigiert und hat seine Freude. Überhaupt sieht er jetzt recht wie ein Pfarrer aus. Ein Pfarrer mit seiner Gemeinde. Eine klarere Gestalt als in seinem Büro mit dem Plastikkragen. Amt und Person fallen zusammen, merkt Mauser, in diesem Auftritt mit Mantel und Stola. Aber es ist kein Auftritt: Vor Mausers Augen wird Religion ausgeübt.

Eigentlich haben sie's gut, die Katholischen, denkt Mauser und bleibt stehen, als der Halt auch bei ihm angekommen ist. Für die ist so ein Tun eine heilige Handlung. Ein Kreuz schlagen. Eine Andacht halten. Ein

Gebet verrichten. Klingt wie Notdurft, denkt Mauser. Vielleicht ist es das auch: Aus geistlicher Not braucht man Gesten und Zeichen. Nicht alles so innerlich wie bei den Evangelischen. *Wir kommen daher geschritten, im Namen des heiligen Martin.* Der Mantel, das Schwert, die Kälte, das Pferd. Alles stimmt.

Sie kehren auf die Hauptstraße zurück und erreichen wieder die Kirche. Der Pfarrer segnet noch einmal alle und geht sich umziehen. Die anderen zerstreuen sich nicht, nur manche verschwinden zu Erledigungen, sie reden und lachen und setzen sich allmählich in Gang Richtung Dachsbergweg. Dort gibt es das Martinsfeuer.

Der Reiter trabt mit, er wird noch für die Aufführung gebraucht, der Schneeregen wird dichter, aber drüben auf dem Dachsberg sieht man schon das Feuer flackern.

Mauser hat die Kapuze seines Anoraks aufgesetzt, der Schneematsch rutscht ihm vom Kopf den Anorak hinunter. Bleiche Spuren bleiben auf den Feldwegen, auf denen sich die Schar nun dem Berg nähert. Jemand neben ihm fragt, ob er das erste Mal dabei sei, ob seine Kleinen auch da vorn laufen.

»Nachher gibt's was Warmes«, tröstet der Mann. Ein junger Familienvater scheint's, einmal ruft er seiner Frau zu, sie solle nach Nadine Ausschau halten. Dr Daniel, wo isch dr Daniel? Das gedehnte, nasalierte A. Um ihn herum schwatzt und lacht es, nach der Religion kommt das Vergnügen, oder nein, das Eine durchdringt das Andere.

Mauser stolpert im Dunkeln, als es bergauf geht. Die Wacholderheide mit ihren schwarzen Monolithen ist erleuchtet von Fackeln und Wachslichtern. In großen Körben dampfen zugedeckt heiße Kartoffeln, auf einem Biertisch werden Würste ins siedende Wasser geworfen, aus den Punschtöpfen riecht es weihnachtlich. Für die Kinder Fruchtpunsch, für die Erwachsenen Glühwein. Niemand verlangt einen Preis, als wäre es das himmlische Jerusalem. Alles auf Gemeindekosten.

Nach einer Weile taucht der Pfarrer wieder auf, diesmal in dunkler Soutane, die im aufkommenden Schneeregenwind flattert wie ein Segel. Er hat einen Regenschirm dabei und schaut der Kinderaufführung zu, wo der Reiter ein Stoffstück teilt mit einem langen Dolch, das klappt aber nicht auf Anhieb, er ruckt und zerrt, dann ist es durch. Der kindliche Bettler nimmt es entgegen und brüllt seinen Dank mit hohem Stimmchen. *Sankt Martin aber ritt in Eil hinweg mit seinem Mantelteil.*

Im Dunkeln, im Widerschein des Scheiterhaufens, den die Kettenacker aufgetürmt haben, erkennt er Schlagenhauf mit einer dampfenden Tasse in der Hand.

»Und? Wie geht's?«

»Gut gut. Solang man aufstehen kann.«

»Sag, Fritz, was machen denn heut die Tischlesrucker? 's fängt doch die Fasnet heut an. Elfter elfter und so.«

»A wa«, winkt Schlagenhauf ab. »Die tun heut nix. Die wollen der Kirch keine Konkurrenz machen. Die war früher da. Da drüben stehen sie, die Tischlesrucker, einer hat sogar sein Häs an.«

Mauser schaut hinüber und sieht nah am Feuer eine Märchengestalt, ein Dämon mit Holzmaske, einen

Schellengeist und Springbock, und neben ihm taucht ein zweiter auf, die Leute lachen und klatschen, so schlägt Christentum in Heidentanz um.

»Sag mal, Mauser, hast schon gehört? Das war dein Bäsle, die da tot im Wald gefunden worden ist. Das Leisle vom Heinz, der wo doch dein Onkel war.«

»Hab's gehört.«

»Da schleicht so ein Kommissar durchs Dorf und fragt die Leut. Mich hat er auch schon ausgefragt, wollt über die Buben von der HJ damals was wissen und über die ganzen Beschimpfungen gegen deinen Onkel, weißt schon, wegen was ...«

»So so.« Das Thema ist Mauser nicht recht. Nicht hier, nicht heut Abend. Er will mal an was anderes denken.

»Hat so ausgesehen, als wär dein Onkel in Verdacht. Kannst dir das vorstellen? Der eigene Vater?«

»Nein.«

»Was glaubst du, wer's war?«

»Ich weiß, wer's war«, sagt Mauser knapp.

»A wa? Du weißt es also?«

»Ja. Der Nachtgrabb.«

Schlagenhauf lacht. »Ha, der Nachtgrabb! Da hast Recht. Der wird's gewesen sein. Der geht alleweil noch um.«

Der Mummenschanz tanzt ums Feuer, wirft diabolische Schatten, Funken stieben in den dichten Graupel, Regenschirme glänzen. Mauser friert.

»Ich glaub, ich geh ein bisschen näher ans Feuer«, sagt er.

»Ja, g'wärm dich nur«, meint Schlagenhauf und schaut sich nach einem anderen Gesprächspartner um.

Am Feuer steht der Pfarrer in seiner Soutane und hält ein Kind auf dem Arm, das fasziniert in die Flammen schaut. Wenn man es von vorn sähe, denkt Mauser, würden seine Augen glänzen. Die Hitze ist groß hier. Im Gras schmilzt der Schnee und dampft.

Mauser schaut ihm ein Weilchen zu. Der Mann weiß einfach, wer er ist und was er macht. Für den ist Gott sein Arbeitgeber. Der Pfarrer dreht sich um, entdeckt Mauser und nickt ihm grüßend zu. Mauser tritt näher.

Das Kind will runter vom Arm und läuft weg.

»So, sind Sie auch hier?«

»Hab gedacht, ich schau mir das mal an. Von damals, als einer Kind war, kennt einer das ja noch.«

»Ich find's schön, dass sich der Brauch gehalten hat«, meint Wiegand.

»Wie Sie segnen«, sagt Mauser nachdenklich. »Als gäb's wirklich was zu spenden.«

»Das ist so. Das ist unser Auftrag.«

»Gott schütze dich«, meint Mauser. »Und warum tut er's nicht?«

»Meinen Sie das Leisle, von dem die Leut jetzt schwatzen?«

»Auch.«

»Wissen Sie, was Gott sich manchmal denkt und was er tut, das können wir nicht verstehen. Wir können nur wissen, dass er's gut meint.«

»Und er meint's gut, wenn er dem Bösen in der Welt freien Lauf lässt?« Mauser ist eigentlich nicht nach einem theologischen Disput, aber er will – das Feuer, die Nacht, der Mummenschanz, die Laternengemeinde – endlich eine Antwort. Mal von einem, der sich dafür vor Menschen verantworten muss.

»Es ist nicht so, dass das Böse freien Lauf hat«, sagt der Pfarrer ernst. Er blickt ins Feuer, der Widerschein zuckt in seinem Gesicht. »Es geschieht nur, was Gott zulässt. Wenn das Böse frei walten könnt, tät's auf dieser Welt noch einmal anders aussehen.«

»Aha. Ganz neue Sicht.«

»Kennen Sie nicht das Gleichnis vom Unkraut und dem Weizen?« Der Pfarrer spricht das »nicht« balingerisch aus, »idda« sagt er.

»Lang her«, meint Mauser. Er gibt sich maulfaul, aber irgendwie gefällt ihm das gerade: das Stehen am Feuer in der Menge, die paar hingeworfenen Worte, zufällig und bedeutungsschwer, die Nacht und die Feier und der Heiligentag, als wären da Dinge möglich, die sonst nicht möglich sind.

Der Pfarrer erzählt das Gleichnis, und es klingt wie eine Gutenachtgeschichte am Kaminfeuer. Eine Gutenachtgeschichte der Menschheit. Das Feuer faucht und dröhnt, glühende Balken knacken, der Pfarrer spricht leise, aber seine Worte erreichen ihren Zuhörer.

Ein Bauer sät guten Samen auf seinen Acker, und in der Nacht kommt der Feind und sät Unkraut dazwischen. Am Morgen geht beides auf, und die Knechte fragen, ob sie das Unkraut ausreißen sollen. Der Bauer meint, dass sie beides wachsen lassen sollen, damit sie nicht aus Versehen den Weizen mit ausreißen. Am Tag der Ernte dann wird das Unkraut gejätet und verbrannt, der Weizen in die Scheune gesammelt.

»Das ist ein Gleichnis aus der Welt der Bauern«, sagt Wiegand. »Das verstehen die Leut hier besonders gut. Sagen Sie, Herr Mauser, was denken Sie, warum besteht die Gefahr, dass man am Anfang den Weizen mit ausreißt?«

»Keine Ahnung.«

»Weil sich beide zu ähnlich sehen. Im Keimstadium kann man Unkraut von Weizen kaum unterscheiden. Erst wenn man es wachsen lässt, wird der Unterschied deutlich. Wenn das Böse sich auswächst und seine Früchte bringt, dann wird jedem Menschen klar, was es ist. So will Gott, dass das Böse in der Welt für jeden sichtbar wird und keiner sagen kann, er hätte es für das Gute gehalten. Deshalb wartet er bis zur Ernte. Deshalb verschiebt er alles auf das Gericht am Ende. Dann werden die bösen Taten für jeden Menschen unleugbar dastehen.«

»Und das soll der Grund sein, warum ein neunjähriges Mädchen vergewaltigt und erwürgt werden muss?«

»Nein. Aber darin hat das Schreckliche seinen Sinn.«

Die Antwort überzeugt ihn nicht. Immerhin hat er so was noch nie gehört, und vielleicht würde es sich lohnen, weiter drüber nachzudenken.

»So was erschüttert Ihren Glauben nicht, Herr Pfarrer, was?«, meint Mauser etwas spöttisch.

»Seh ich so unerschütterlich aus?«, fragt der Mann. »Wenn, dann kommt diese Gewissheit von was anderem als meiner Glaubenssicherheit. Die hab ich nämlich nicht. Ich hab genauso viel Zweifel und Anfechtungen wie jeder. Der Tod von so einer Kleinen geht mir genauso nahe, auch wenn er achtzig Jahre zurückliegt. Aber mit dem Zweifel wächst auch der Glaube. Und dass unser Gott ein guter Gott ist, das glaube ich!«

Mauser lächelt und legt dem Pfarrer eine Hand auf die Schulter. Es ist die dem Feuer zugewandte, der grobe Stoff ist warm und feucht.

»Danke, Herr Pfarrer.«

»Bleiben Sie noch? Haben Sie noch nichts zum Essen und zum Trinken?«

»Ich hol mir dann was«, sagt Mauser und ist gerührt von diesem Mann, der gleich wieder an das Wohl seines Nächsten denkt.

Mauser verlässt den Feuerkreis und schlendert unschlüssig an den Tischen herum. Im dampfenden Topf schwimmen noch ein paar letzte Würste, die Kartoffelkörbe sind geplündert, viele Kinder sind von ihren Müttern schon nach Hause gebracht worden. Mauser stellt sich zwischen die Wacholder und schaut sich das Ganze aus der Entfernung an. Wehmut überkommt ihn.

Er hat tatsächlich das Gefühl dazuzugehören, wenigstens für ein Weilchen. Und trotzdem weiß er, dass er draußen steht. Für ihn gibt es keine Dorfgemeinschaft, zumindest nicht mehr seit dem Fund der Höhlenleiche. Für ihn gibt es keine Glaubensgemeinschaft, und wenn er nach Hause kommt, gibt es nicht einmal Veronika, die auf ihn wartet, ihre helle Stube, ihre Geschäftigkeit, ihre Frage: Na, wo kommst du her?

Ja, wo kommen Menschen immer her? Wo treiben sie

sich herum, an welchen Grenzen, am Rand welcher Abgründe, wenn sie Fragen haben und ein Zuhause suchen, das sie nie haben wollten?

Die Fröhlichkeit am Feuer kommt ihm auf einmal grell und höhnisch vor, die tanzenden Narren in ihren Larven dumm und abergläubisch, die Nacht feindselig, der Schneeregen lästig – was machst du hier?

Geh heim, Hermann.

Er verschwindet zwischen den Hecken und gerät auf die Rückseite des Dachsbergs. Ein Wäldchen kommt ihm quer, Gestrüpp und Zweige, die er im Dunkeln nicht sieht. Er kommt auf eine kleine Lichtung hinaus und erkennt einen Schuppen, ein schwarzes, schweigsames Gebäu. Fern hört er noch den Festlärm, ganz nah seine Schritte im Unterholz und das Prasseln des Regens. Auch hier schimmert der gefallene Graupel bleich im Gras.

Muss mich einfach südlich halten, denkt Mauser. Vom Berg runter und dann rechts, nach Westen.

Martinstag. Unheilige Nacht. Mummenschanz. Die Dunkelheit ist voller Gestalten und Figuren, ein Busch bildet einen grantigen Kerl, ein Baum streckt seinen Arm, die Konturen des Schuppens flattern und flackern.

Hinter dem Schuppen tritt eine Gestalt hervor.

Sie trägt ein Gewand, das im Wind flattert. Eine Kapuze. Sie geht nicht, sie scheint über den Boden zu schweben.

»Herr Pfarrer, sind Sie's?«

Er weiß gar nicht, ob da wirklich was ist. Im Graupelnebel tanzen die Bilder.

»Herr Pfarrer, ich hab mich verirrt!«

Die Gestalt hat sich ihm zugewandt und blickt doch an ihm vorbei. Sie schweigt. Eine Stimme vielleicht, fern vom Waldrand oder flüsternd hinter ihm, sagt: Ich geh noch immer um.

Was?

Mich gibt es seit Menschengedenken. Niemand weiß, wie ich aussehe. Die's wissen, sind nicht heimgekehrt.

Wer sind Sie?

Ich wachse aus, bis ich sichtbar dastehe. Es gibt ein Reich der bitteren Früchte, wusstest du das nicht?

Du hast das Leisle auf dem Gewissen, sagt Mauser. Seine Lippen bewegen sich nicht.

Du weißt jetzt, wer ich bin. Ich wohne in vielen, sogar in denen, die wider mich sind. Aber das fällt ja oft in eins zusammen.

Mauser stehen die Haare zu Berge. Und das Ding kann sogar lachen.

Er dreht sich um und rennt los, raus aus dem Wald, ins Freie, den Berg hinunter. Er rutscht aus und stürzt, verstaucht sich im Fallen den Arm, spürt die Nässe durch die Hose dringen.

Weiter!

Er stapft über die aufgeweichte Heide auf die fernen Lichter des Dorfes zu. Der Regen lässt nach, seine Schuhe sind vollgelaufen, er keucht und hat Atemnot.

Mein Herz, denkt er.

Verdreckt und gehetzt kommt er im Lampenlicht am Dorfrand an. Niemand sieht ihn, alle sind beim Fest oder zuhause.

Müde schleppt er sich durch die Straßen zu seinem Auto.

Bin dafür nicht mehr gemacht, denkt er, für solche Begegnungen.

Erst im beruhigenden Licht des Wageninneren kommt er zu sich. Er hat das Gefühl, dass er sich zurückgelassen hat, dass er noch immer dort im Wald umherirrt, und zugleich ist er das gar nicht, ist es ein Anderer, ein Alias, den er nicht kennt. Eine Gestalt, die aus der Nacht geboren ist und nun in Ewigkeit umgeht.

Scheiße, denkt er. Hab mich wohl zu viel mit Zauberbüchern beschäftigt. Als er die Tür schließt, sitzt er wieder im Dunkeln. Lampenlicht fällt von draußen herein. Die Scheiben erblinden von seinem Körperdampf.

»Ich glaub«, sagt er gegen die blinde, erleuchtete Scheibe, durch die er bald nichts mehr sehen kann, »ich bin dem Leibhaftigen begegnet.«

Oder nein: dem Nachtgrabb. Den Täter. Oder war's doch der Pfarrer? Oder ein anderer Pfarrer? Vielleicht ist der Pfarrer der Nachtgrabb.

Er streicht sich die nassen Haare glatt und greift mit feuchten Händen nach dem Zündschlüssel. Er zittert am ganzen Leib.

Und dann fällt ihm ein, dass die Gestalt etwas in der Hand gehalten hat, etwas, das aussah wie der Spaten auf Mutz' Bildern. Aber er hat es genau erkannt: Es war ein Kreuz.

14

Greving ruft bei Mauser an, dass er am Freitag doch keine Zeit hat. Sie müssen das Essen verschieben, um eine ganze Woche. Dann tu ich das Fleisch eben in die Gefriere, denkt Mauser. Es ist dann aufgetaut nicht mehr so gut, aber ein neues kauf ich jetzt nicht. Schade, er hat sich schon auf Greving gefreut. Aber nach dem gestrigen Erlebnis ist es ihm ganz recht, ein bisschen Abstand zu haben. Er telefoniert mit einem Psychologen wegen der Symptome von Mutz, die Mutter im Tagebuch festgehalten hat. Er will wissen, ob sie tatsächlich auf Schwachsinn hindeuten oder ob sie nicht auch mit einer Traumatisierung zusammenpassen. Besonders die weitere Entwicklung von Mutz. Der Psychologe bietet ihm einen Gesprächstermin an, den Mauser als Krisenintervention mit der Krankenkasse abrechnen kann. Wissen Sie, sagt er, da bekomme ich sowieso bloß acht Euro dafür. Aber Ihre Angelegenheit interessiert mich. Schicken Sie mir doch die Liste mit den Beobachtungen zu, am besten per E-Mail, geht das? Beobachtungen, nennt er es immer. Er ist selber so ein neutraler Beobachter, nüchtern und vorurteilsfrei. Der kann ihm sicher weiterhelfen.

Dann ist da noch Zwiefalten, wo er auch einen Antrag zur Einsichtnahme in die Krankenakten gestellt hat. Dort will er am Montag hin, der Stutenberg erwartet ihn, der Leiter der Münsterbibliothek. Mauser tut es gut, dass den Leuten dort selbst etwas an der Aufklärung und Bewältigung der Vergangenheit liegt. Wären die Leute noch da, die früher mitgemacht haben, würden sie ihm die Tür vor der Nase zuschlagen.

Psychiatrisches Krankenhaus Zwiefalten. Das wurde in Vorbereitung auf die Aktion T4 zur Zwischenanstalt umfunktioniert, so viel weiß Mauser inzwischen. Im Reich gab es die sogenannten Kinderpsychiatrischen Abteilungen, in denen vor und nach der Euthanasie-Aktion T4 Kinder ermordet wurden. Tübingen hatte keine solche Abteilung, auch Zwiefalten nicht. Aber oft kreuzte das Gesundheitsamt in Buttenhausen auf und wollte sich Mutz ansehen; immer neu widersetzten sich die Mutter und besonders der Vater der Einweisung. Einmal waren sie zu einer Untersuchung nach Zwiefalten bestellt worden, und da kam Hochstetter ins Spiel. Die angebliche Untersuchung war recht kurz, und vermutlich haben dem Arzt die ganzen Unterlagen von Tübingen und vom Gesundheitsamt vorgelegen. Er hat die Einweisung verfügt. Das war neunzehnvierzig, die Aktion T4 wurde vorbereitet, Mutz war sechzehn. Um sie aus dem Blickfeld des Gesundheitsamtes zu bekommen, erkundigte sich Mutter bei der Gustav-Werner-Stiftung in Reutlingen nach einem Platz für Mutz. Die hatten ja Jugendheime und waren evangelisch, Mutter hielt sie für aufrecht und ehrlich. Aber auch dort, erfuhr sie, waren schon der Amtsarzt und ein Begleiter aufgetaucht und hatten die Abholung von Pfleglingen angewiesen. Mutz wäre dort nicht sicher.

Der Streit mit Hochstetter muss sich hingezogen haben. Dreiundvierzig dann schaffte er Tatsachen und ließ Mutz einfach von daheim abholen. Im Auto, wie Mutter schreibt, nicht in den grauen Bussen. Und nicht nach Grafeneck, sondern zunächst nach Zwiefalten.

Merkwürdig, denkt Mauser. Ich hab das anders in Erinnerung behalten. Vielleicht haben sie es mir anders erzählt, aber ich dachte immer, sie haben Mutz gleich nach Grafeneck gebracht. Das ändert zwar nichts, aber der Apparat, der in meiner Erinnerung als dunkle Bedrohung herumspukt, bekommt deutlichere Züge. Besonders die Rolle von Hochstetter wird klarer.

Mutter war dann noch einmal in Zwiefalten und hat versucht, Mutz herauszuholen. Hat sich im Büro auf den Boden gehockt und gesagt: Gebt mir mein Kind, vorher geh ich hier nicht weg! Sie hätte Mutz dann wohl besuchen dürfen, aber da war sie schon fort. In Grafeneck. Zwei Tage vorher. Inzwischen wusste man in den Dörfern ringsum, was in Grafeneck vorging, und Mutter war völlig verzweifelt. Sie fand die Zustände in der Klinik entsetzlich, es war ein Alptraum für sie, dass ihre Mutz hier so lange gehalten worden war wie Vieh, schreibt sie. Die Flure vollgestopft mit den armen Geschöpfen, auf Stühlen, auf Tischen, auf Strohsäcken lagen sie, alle eine Nummer aus blauer Tinte auf dem Unterarm, sie streckten die Arme nach ihr aus und flehten heilige Maria, Mutter Gottes, bitt' für uns Sünder jetzt und in der Stunde unseres Todes. Von einem Pfleger erfuhr sie, dass die Dicken bei der Verbrennung weniger Öl verbrauchten als die Mageren. Am Tag bevor sie sich aufhängte, ging sie nach Grafeneck, wurde aber nicht vorgelassen. *Ohne meine Mutz kann ich nicht leben*, schreibt sie.

Zwiefalten muss also Krankenakten haben von Mutz, und das Gutachten von Hochstetter muss sich auch finden lassen. Er will die Papiere sehen. Er will den Kindheitsspuk von dem grauen Bus, der vor dem Haus vorfährt, bannen. Er will die Schreibmaschinenschrift auf dem billigen grauen Papier sehen, die Unterschrift mit verblasster Tinte, die Worte lesen, die sie für ihre Verachtung für Mutz gefunden haben, die Kühle, die Sachlichkeit von Schädlingsbekämpfern, er will Daten und Uhrzeiten und Orte lesen, welches Zimmer, welche Diagnose, welche Behandlung. Und sich den Morgen vorstellen im Januar vierundvierzig, als Mutz in den grauen Bus einstieg, herumgestoßen wie seit Langem, verbracht, transportiert, untergekommen in dunklen Zimmern, im Gänsemarsch durch mit graugrüner Ölfarbe gestrichene Flure. Der Abgasnebel in der Kälte, der Schnee in der Auffahrt, die ersten Lichter in den Häusern ringsum. Die kurze Fahrt, bei der sie nicht aus den Fenstern schauen konnte. Mutter fehlte ihr, sie war allein, verstört, zitterte, jammerte, was geschah nur mit ihr, was war nur mit ihr geschehen seit jenem Tag im Mai, elf Jahre zuvor? Dann die Ankunft wie an einem Ausflugsziel, aber Uniformierte und Weißkittel waren geschäftig unterwegs, wiesen die Fracht ein, Schwestern, vertrauter Anblick, führten sie in den Krankensaal, ihr Gepäck wurde ihr getragen, dort durfte sie sich erst einmal hinlegen. Feldbetten, nicht zum Verkriechen. Dann wurde sie nackt ausgezogen, gewogen, gemessen und fotografiert. Schließlich brachte man sie zum Anstaltsarzt, die letzte Untersuchung, nicht zu einer endgültigen Auswahl, sondern zur Feststellung der Richtigkeit der Identität. Es gab manche, die wurden gerettet. Ein prüfender Blick, ein Stirnrunzeln, einige sachliche Erwägungen, und der Alptraum, der wahnwitzige Ausflug war für den Pflegling beendet, er durfte zurück in seine Anstalt. Den anderen sagte man, sie würden nun geduscht. Nackt, mit einem Armeemantel notdürftig bedeckt, wurde Mutz durch ein Tor im Bretterzaun in einen Anbau gebracht, sie öffneten die eisernen Tore, trieben die Pfleglinge hinein, die immer noch glaubten, sie würden geduscht. Drinnen dann der Augenblick, in dem die Riegel einrasten. Kohlenmonoxid auf Hebelbewegung. Die ersten beginnen zu schreien. Mutz auch? Schreit sie in Todesangst, hoch und schrill, krümmt sie sich zusammen und umarmt ihre Knie, wie sie das immer macht, wenn sie Angst vor dem Nachtgrabb hat? Nun ist er da, unsichtbar, leise zischend. Oder steht sie still, eng gequetscht mit den anderen, den Nackten, Erbärmlichen, mit denen keiner Erbarmen hat, und weiß sie, dass sie nun am Ende ihres Weges angekommen ist, des langen dunklen Weges, der dort im Wald begonnen hat? Dann die ersten Muskelkrämpfe, die Atemlähmung, Erbrechen, der Todeskampf. Es wird still. Die blanken Leiber winden sich. Kot und Urin. Strampelnde Glieder. Der schöne, glückselige Tod im Gas, zum Nutzen des Volkes.

Das alles will Mauser vor sich sehen. Sehen, wie es angefangen hat, wie es abgearbeitet, weitergeleitet, beschlossen und abgestempelt wurde.

Das alles will er in Zwiefalten finden.

Ihm ist flau im Magen, als er ins Auto steigt. Schade, dass ich grad keine Zigarren mehr hab, denkt er. Eine letzte rauchen, das wäre gut. Besuch in der Vorhölle. Warum muss ich auch alles wissen? Warum hab ich auch diese Leich finden müssen, das arme Leisle, mit dem alles angefangen hat?

Er beißt die Zähne zusammen und startet den Motor.

Aber wenn's eben so war, denkt er zuletzt, dann muss ich dem ins Gesicht sehen. Lieber die schreckliche Wahrheit sehen, statt mit einer Lüge leben. Hoffen, dass die Wahrheit einen nicht vernichtet, kann man immer noch.

Vor dem Fenster, im Hof, geht der Hausmeister mit dem Laubbläser um. Die Maschine dröhnt durchs geschlossene Fenster, Greving ist genervt. Da soll sich einer konzentrieren. Der Lärm erinnert ihn an etwas, aber er kommt nicht darauf, woran. Jedenfalls klingt er nach Herbst. Nach dem kommenden Winter. Nach den dunklen Abenden, wenn er allein in der Wohnung sitzt. Lange Briefe schreiben wird er nicht, an wen auch? Vielleicht in den Alleen unruhig wandern, wenn die Blätter treiben, Rilke, denkt er, aber das hilft auch nichts.

Irgendwie ist sein Leben ins Rutschen gekommen. Nichts stimmt mehr. Wenn er morgens aus dem Haus geht, würde er sich am liebsten ins Auto setzen und nach Süden fahren, Richtung Bodensee, auf das Sagengestade der Schneeberge zu, über Pässe, über Firnfelder hinab ins Frühlingstal, wo blaue Seen zwischen Felswänden liegen und Zitronen blühen. Die alte Flucht, denkt er. Welschland. Heut fährt man eher auf den Flughafen und bucht *last minute* nach Thailand oder Haiti. Aber was hilft das?

Vielleicht sollte er auf seine alten Tage umsatteln. Alten Tage? Er ist gerade mal sechsundfünfzig. Da, bitte! Zu alt. In den Sicherheitsdienst. In die Wirtschaft. Blödsinn. Das macht nichts besser. Er muss die eine Frage lösen, die ihn seit Jahren umtreibt. Was macht er hier in dieser Welt? Kampf gegen das Böse, mit Gottes Hilfe, aber eigentlich glaubt er das nicht. Es geht nicht um Kampf. Es geht um Erbarmen. Aber woher dann diese Wut in ihm, dieser manchmal ganz menschliche Zorn? Wenn ich mit der Welt, wie sie ist, nicht mehr zurechtkomme, denkt er, dann kann ich's gleich aufgeben. Verdammt noch mal, ist der jetzt bald fertig mit seinem Krach da draußen!

Vielleicht sollte ich mal wieder zu den Pferden gehen, denkt er und steht auf, um sich einen neuen Kaffee zu holen. Davon träumen, wie einer Mensch wird in dieser Welt. Davon träumen, was *ich* mir eigentlich wünsche. Wie *ich* gerne leben würde. Und warum das nicht so gekommen ist. Wann hat das angefangen?

Als er an der Tür ist, klingelt das Telefon. Er kehrt um und nimmt ab. Ein Anruf wird durchgestellt, ein Herr Schympf, Greving ist nicht überrascht.

Der Groschen ist gefallen, denkt er und meldet sich.

»Sie, Herr Kommissar«, beginnt der Mann zögernd, »hier ist der Ministrant aus Gammertingen, Sie waren neulich bei mir …«

»Ja, ich weiß, wer Sie sind, Herr Schympf. Ist Ihnen noch was eingefallen zu Bonaventura Glattis?«

»Ja, wie soll ich sagen? Das Gespräch mit Ihnen ist mir nicht aus dem Kopf gegangen, wie Sie so genau nachgefragt haben … also, es stimmt, das mit der Sakristei war schon komisch, dass er die Mädchen da immer mit hineingenommen hat …«

»Ja …?«

»Aber es waren nur Mädchen, keine Buben, verstehen Sie …?«

»Ich denke, ich verstehe, was Sie sagen wollen, Herr Schympf.«

»Die Mädchen hatten rote Gesichter, und manches heulte auch. Ich hab mir nichts dabei gedacht, weil ich wusste ja, dass der Herr Pfarrer streng hat sein können. Manchmal ist der Herr Pfarrer gleich hinterher auf die Toilette, da denkt man sich ja nichts dabei, jeder muss mal. Aber jetzt, wo Sie so genau gefragt haben …« Er verstummt hilflos.

»Hatte er auch privat Kontakt zu den Mädchen?«

»Davon weiß ich nix. Aber privat war er ja eigentlich nie, der Herr … der Glattis. Man hat ihn immer in der Soutane gesehen, auch wenn er nicht in der Kirche zu tun gehabt hat.«

»Ist er manchmal in den Wald gegangen, zu Spaziergängen oder so?« Greving ist ganz ruhig. Im Grunde will er nur noch so viele Informationen wie möglich herausholen. Er hofft, dass der alte Ministrant mit seiner Erkenntnis fertig wird. Soll er sich eine Haarprobe von Glattis besorgen, Schuppen an Kleidern oder so? Aber bei der Leiche ist ja nichts gefunden worden. Den kriegen wir nicht, denkt er.

»In den Wald? Nein, wieso? Nur eben zur Sankt Georgskapelle, wenn da eine Andacht war oder so, sonst hat der Küster danach geschaut. Aber zu der Kapelle ist er schon mal gegangen, der Glattis.«

»In seiner Soutane?«

»Ja. Die war ja für den Alltag. Er hat mal dem Gärtner im Friedhof geholfen, Beete umzugraben, da hat er auch die Soutane angehabt.«

»Und gibt es sonst noch etwas Außergewöhnliches aus dieser Zeit, an das Sie sich erinnern?«

»Ja, das ist mir eingefallen, da war die kleine Margret, die wollte nach dem Kommunionsunterricht nicht zur Kommunion gehen. Keiner hat aus ihr rauskriegen können warum. Das hat ziemlich Malheur gegeben. Die Eltern haben sie dann gezwungen, es ging ja nicht, dass ein Kind nicht zur Kommunion geht, weil austreten aus der Kirch wollt sie ja nicht, das wäre ja … das ist der Kleinen nie in den Sinn gekommen. Aber sie wollt einfach nicht zur Kommunion.«

»Gehörte sie auch zu denen, die der Pfarrer mit in die Sakristei genommen hat?«

Kurzes Schweigen. Dann, leise: »Ja.«

»Können Sie mir den vollen Namen des Mädchens geben?«

»Wollen Sie da nachforschen? Weil ich jetzt was gesagt hab?«

»Sie erzählen mir nur, woran Sie sich erinnern, Herr Schympf. Sie beschuldigen niemanden. Die Schlüsse daraus ziehen wir. Das wird keiner erfahren.«

»Ich will ja niemand anschwärzen …«, der Mann hustet und atmet schwer, »… aber wissen Sie, das ist auch nicht leicht für mich. Man hört ja in letzter Zeit immer wieder von solchen Fällen –«

»Sexueller Missbrauch von Schutzbefohlenen«, sagt Greving knapp.

»Ja, so was halt. Ich hab das immer für übertrieben gehalten, und natürlich hab ich die Pfarrer nie für Heilige gehalten, das sind ja auch nur Menschen, aber so was – wem soll man denn da noch vertrauen können? Wem kann man da noch glauben, wenn sogar die Priester … und die Kirch hat das gewusst … das ist unglaublich!«

»Über den Rückzug des Pfarrers ins Kloster wissen Sie nichts Näheres?«

»Nur, dass es zuvor ein Gespräch mit dem Bischof gegeben hat. Aber das ist ja normal.«

»Ist denn von irgendwem einmal ein solcher Verdacht gegen den Pfarrer geäußert worden? Und sei es nur als Verleumdung oder Gerücht?«

»Na ja, Kinder erzählen halt manchmal so Sachen, die sie sich ausdenken, das kennt man ja. Ernst genommen hat das niemand.«

Das Gespräch erbringt nichts weiter, das weiß Greving nun. Der Zeuge ist erschöpft, im doppelten Sinne.

»Gut. Vielen Dank, Herr Schympf, dass Sie mich angerufen haben. Darf ich Sie bitten, noch einmal bei uns in Sigmaringen vorbeizukommen, damit wir Ihre Aussage schriftlich aufnehmen können? Das wäre wichtig für uns.«

»Hm, meinen Sie, dass 's das braucht …?«

»Und bis dahin können Sie sich überlegen, ob Sie uns den Namen des anderen Mädchens geben wollen, das die Kommunion verweigern wollte, Sie wissen schon.«

Greving macht das Fenster auf, weil ihm plötzlich warm wird, aber das war ein Fehler. Im Gedröhn des Laubbläsers geht die Antwort des Ministranten unter.

»Was sagten Sie? Herr Schympf? Hallo?«

Er hat aufgelegt.

Greving ist unzufrieden. Wenn er die Aussage nicht schriftlich bekommt, kann er sie nicht verwenden. Aber auch so liefert sie nur Verdachtsmomente, nichts Konkretes. Und Indizien für den Mord schon gar nicht.

Auf seinem Schreibtisch liegt der offizielle Brief von Bruder Salvatore. Von einem Anwalt verfasst. Greving hat den Abt angeschrieben, damit dieser Salvatore von der Schweigepflicht entbindet. Aber der Abt weicht aus, und Salvatore beruft sich nun ausdrücklich auf Paragraf dreiundfünfzig Absatz eins Nummer eins der Strafprozessordnung, obwohl ein Strafverfahren noch gar nicht eröffnet ist. Und wenn das so weitergeht, wird auch keines eröffnet werden.

Dieser sture Hund, denkt Greving. Der Staatsanwalt will es nun damit versuchen, dass Salvatore ja kein seelsorgerliches Amt im Kloster innehat oder zumindest innehatte, als er mutmaßlich mit Bonaventura Glattis gesprochen hat. Aber sie haben den Paragrafen nachgelesen: Er gilt auch für Personen, die nur eine seelsorgerliche Funktion ausüben, ohne dazu irgendwie berufen oder ordiniert worden zu sein. Es wird nun zu klären sein, ob es sich hier um ein Beichtgeheimnis oder ein Seelsorgegeheimnis handelt, denn ersteres kann auch bei einer Pflichtentbindung durch den Abt aufrechterhalten werden.

Solche Griffelspitzerei hasst Greving.

Und angesichts der Tatsache, dass der Verdächtige längst tot ist, kann es auch nicht um Verschleierung oder Fluchtgefahr gehen.

Es wäre dann nur die Aufdeckung eines weiteren Kirchenskandals, die Greving hier anstoßen könnte, aber er weiß nicht, ob ihm daran etwas liegt. Er ist kein Kirchenfeind. Wem bringt das etwas?, fragt er sich. Mord verjährt nicht, aber das alles liegt schon achtzig Jahre zurück. Ja, vielleicht leben noch ein paar Opfer von damals, sie hätten es verdient, späte Anerkennung ihres Leidens, aber das gibt ihnen ihr Leben auch nicht zurück. Das macht Kyrieleis auch nicht lebendig. Höchstens Mauser, der hätte was davon.

Er setzt sich in den Drehstuhl und schaut aus dem Fenster. Unter den Achseln riecht er seinen Schweiß. Seit einer Woche duscht er morgens nicht mehr. Der Gedanke, sich auszuziehen, in das kalte Porzellanbecken zu treten, die Brause aufzudrehen, sich einzuseifen, eine Monotonie völlig sinnloser Verrichtungen, die er gar nicht will, die er nur macht, weil es so üblich ist: Das alles ermüdet ihn und macht ihn wütend.

Und jetzt macht ihn der Laubbläser vor dem Fenster wütend.

Er springt auf, reißt das Fenster auf und brüllt hinunter: »Bist du jetzt bald fertig mit deinem Höllenlärm da unten!«

Aber der Mann hört ihn nicht. Er trägt dicke Ohrenschützer.

15

Am Freitag will Greving noch einmal mit Schlagenhauf sprechen. Vielleicht gibt es noch andere im Dorf, die etwas über den Pfarrer von damals sagen können. Er parkt vor Schlagenhaufs Haus, aber der ist im Garten. Das Gespräch erbringt nichts. Schlagenhauf weiß jetzt, worauf es ankommt, und schwafelt nur herum. Macht sich wichtig, denkt Greving. Ich sollte mal bei der Altherrenriege nachfragen, vielleicht weiß einer von denen mehr. Er lässt den Wagen stehen und macht sich zu Fuß auf den Weg. Aber die Herren sind wieder auf dem Sportplatz oder im »Bären« oder sonst wo. Ziemlich aushäusig, das alte Volk. Als er zurückkommt, stimmt irgendetwas mit seinem Wagen nicht. Er will einsteigen und merkt, dass die Federung anders reagiert und alles irgendwie niedriger ist als sonst. Er steigt wieder aus und geht um den Wagen herum.

Alle vier Reifen!

Der Wagen steht fast auf den Felgen.

Er untersucht das schwarze Gummi und entdeckt die Stichspuren. Da war einer mit dem Messer zu Gange. Das waren keine vorbeiziehenden Rowdys, das ist mal sicher. Jemand in Kettenacker hat es auf ihn abgesehen. Kindische Rache oder einer, der ihn vertreiben will. Als ob das bei einem ermittelnden Polizisten etwas nützen würde. Vielleicht auch bloß ohnmächtige Wut.

Da kommt eigentlich nur einer in Frage, denkt Greving.

Knöpf ich mir den gleich vor, oder lass ich es auf sich beruhen, bis ich morgen noch mal herkomme?

Und wenn der Peter Glattis nun doch der Mörder war? Mit vierzehn immerhin möglich. Will der mich bloß vertreiben oder mir wirklich an den Kragen?

Er setzt sich ins platte Auto und überlegt. Ich muss sie mir noch mal vornehmen. Die könnten tatsächlich was über den Pfarrer wissen. Er schaut auf die Uhr. Um sieben ist er mit Mauser verabredet. Das ist zwar kein Grund, den Dienst nicht zu verlängern, aber hier in Kettenacker kommt er gerade nicht weiter. Bald wird es dunkel, dann klappen sie hier die Gehsteige hoch, die sie nicht haben.

Er beschließt, Glattis noch zu verschonen. Den lad ich nach Sigmaringen vor, ganz offiziell. Mal sehen, ob er dann immer noch so aufsässig ist wie im Waldstadion. Er telefoniert mit dem Automobilclub, der einen Abschleppwagen schickt. Kann eine Stunde dauern. Keine Lust, so lange hier im Auto zu sitzen. Wird kalt. Er beschreibt dem Mann, der aus der Gegend ist, wo der Wagen steht. Schlüssel wird stecken. Dann ruft er sich ein Taxi. Auch das dauert, es kommt aus Gammertingen.

Als der beigefarbene Benz vorfährt, taucht auch der gelbe Pannenwagen auf. Das passt ja. Es ist mittlerweile dunkel geworden, im Licht der Straßenlaternen quellen die Abgaswolken. Das orangene Blinklicht kreiselt über die Häuserwände. Bei Schlagenhauf öffnet sich die Tür, er schaut heraus und ruft etwas, was Greving nicht versteht. Auch gegenüber hängen sie an den Wohnzimmerfenstern.

Er setzt sich in den Wagen und steuert, während die Winde ihn auf die Transportfläche zieht. Der Taxifahrer wartet und raucht derweil eine. Greving unterschreibt das Protokoll und notiert dem Pannenhelfer die Adresse der Werkstatt in Sigmaringen, wo sie den gesamten Fuhrpark warten und reparieren lassen. Alles klar, gut Nacht!

Der Pannenwagen dröhnt davon, im Taxi ist es bullig warm, die Heizung läuft auf vollen Touren. Greving schreckt zurück, das ist ihm viel zu eng.

Wohin, Meister? Kein Schwabe, ein Sachse.

Er nennt die Adresse in Buttenhausen und lässt sich die Visitenkarte des Taxiunternehmers geben, damit er von Mauser wieder wegkommt heut Abend. Dann öffnet er das Seitenfenster. Der Fahrer brummt; es ziehe, meint er, aber Greving stellt klar: Ich brauch das so. In die dicke Heizungsluft schneidet sich ein Keil frischen, kalten Atems.

Als Greving im Fond sitzt und sich durch die Nacht kutschieren lässt, kommt ihm der Gedanke, dass er nun bei Mauser Alkohol trinken kann. Ganz neue Aussichten. Sicher hat Mauser einen guten Tropfen im Keller. Einen Roten, der passt zu Rindfleisch. Müde ist er auf einmal. Dieser Glattis, denkt er. Leute gibt's. Ein ganz ungewohntes Gefühl, sich nach Buttenhausen chauffieren zu lassen. Er schaut aus dem Fenster, der

Wind bläst ihm ins Haar. Schwäbische Nacht. Novembernacht. Kahle Wälder, gehen jetzt schlafen. Füchslein und Rehlein. Nur der Lichtkegel der Scheinwerfer, der entgegenrasende Mittelstreifen, die Leitpfosten mit ihren aufblitzenden Reflektoren. Die leeren Felder. Anhalten, aussteigen, in die Finsternis hineingehen. Verlorengehen. Ich bin nicht gern, woher ich komme. Ich bin nicht gern, wohin ich fahre. Nein, das stimmt nicht. Eher Zwischenstation. Unterwegssein, ein ganz eigener Ort. Wenn man selbst fährt, merkt man das kaum. Warum treibe ich den Fahrer zur Eile? Aber der fährt seine neunzig, das Taxameter tickt, Ortsdurchfahrten, erhellte Fenster, Wirtshausreklame, das Rot der Sparkassenfiliale. Der Asphalt schimmert leicht, es hat um die null Grad, da könnte es gefrieren.

»Haben Sie schon Winterreifen drauf?«, fragt er nach vorn.

»Klar, Meister. Braucht man hier. Sagen Sie mal, mit Ihrem Akzent kommen Sie aber auch nicht von hier, was?«

Greving antwortet nicht. Er hat keine Lust auf eine Nach-der-Wende-im-Westen-neu-angefangen-Geschichte. Oder vielleicht eine Fluchtgeschichte?

»Seit wann sind Sie hier im Westen?«, fragt Greving.

»Anno einundneunzig rübergekommen, Meister.«

Na also.

Der Benz hält vor Mausers Häuschen. Friedlich steht es da in der Gasse zwischen den anderen, lehnt sich an sie an, schmiegt sich in die Reihe. Regenrinne, Fußgitter, Garagentor. Im oberen Stock brennt hinter drei Fenstern Licht. Sieht wie ein geordnetes Leben aus, denkt Greving und lässt sich den Fahrpreis quittieren. Das Taxi wendet und fährt davon. Die Gasse ist still, in den Nachbarhäusern flimmert es blau von den Fernsehbildern. Eine Katze trollt über die Straße und verschwindet unter einem Lattenzaun.

Fast wie ein Heimkommen, denkt Greving und kostet den Augenblick der Ankunft aus. Um ihrer noch froh zu sein eine Weile. Nusslaub im Fenster. Ein Gehalt Most, einen Ranft Brot. Der Ranft duftet schon aus der Küche oben, es ist kurz vor sieben.

Melancholisch drückt er den Klingelknopf. Jemand hat vor langer Zeit mit einem Füllfederhalter MAUSER auf das Namensschild geschrieben. Kringel im M und im R, ein rundes E. Weibliche Schrift. Mausers Mutter? Das wäre lang her.

Er hört Schritte auf der Stubentreppe, ein Schatten hinter dem Riffelglas, dann öffnet sich die Haustür.

»Sie sind ja pünktlich, Herr Kommissar«, sagt Mauser.

»Obwohl das nicht ganz einfach war«, antwortet Greving. Dann geben sie sich die Hand.

»Wieso nicht?«

Er streift die Schuhe auf dem Eisengitter ab, tritt ein, zieht die Lederjacke aus und hängt sie an die Garderobe. Auf dem Weg nach oben, hinauf ins Licht und den Essensduft, erzählt Greving, was passiert ist.

Das Fleisch gart schon im Backofen. Mauser bittet Greving ins Wohnzimmer und widmet sich seinem Sößchen. Im Bratensaft Zwiebeln und Gelbe Rüben dünsten, mit Wasser ablöschen und köcheln lassen, drei Scheiben Weißbrot zum Binden, einen Würfel Bratensaftextrakt dazu, mit dem Pürierstab zerkleinern und durch ein Haarsieb streichen, abschmecken. Dann frittiert er die mehlbedeckten Zwiebelringe in heißem Öl in der Pfanne. Die Spätzle sind auch schon fertig, ein Haufen gelber breiter Teigstreifen zugedeckt in einer Schüssel. Er macht sie von Hand, schabt sie vom Brett, wie der Vater es immer gemacht hat.

Greving sitzt im Sessel und kostet den Essensduft aus. Die Stehlampe brennt, draußen rückt der Novemberabend weit weg.

Jetzt bin ich hier, denkt er.

Dann trägt Mauser auf. Sonntagsgeschirr mit Goldrand, Silberbesteck oder werweißwas, dampfende Schüssel, eine Saucière, das Fleisch liegt breit und dünn auf dem Teller, die Zwiebeln kross darauf. Dazu zwei Tellerchen Salat, weißer Rettich und Kartoffelsalat.

»Der Kartoffelsalat ist vom Albmetzger«, entschuldigt sich Mauser. »Den hab ich nicht selber gemacht.«

Sie einigen sich auf einen Trollinger mit Lemberger, nachdem Greving die Abstinenz offiziell aufgehoben hat. Am Esstisch wird getafelt. Merkwürdigerweise schweigen sie und genießen nur das Mahl. Das Fleisch will Mauser nicht so zart und saftig erscheinen, wie wenn es nicht eingefroren gewesen wäre, aber Greving ist völlig zufrieden.

»Albbüffel«, meint Mauser nur, »Bio.«

Die Spätzle nehmen die würzige Soße auf und haben Biss, Greving verputzt sein Stück gänzlich und nimmt den Soßenrest mit einem Löffel voll Teigwaren auf, Mauser isst langsamer und tunkt die Soße mit einer Scheibe Bauernbrot.

Der Wein ist leer, als sie das Besteck niederlegen. Sie prosten sich zu, und Mauser fragt schelmisch: »Haben Sie eigentlich gebetet vorm Essen?«

»Wieso? Ich dachte Sie können kochen«, erwidert Greving.

Mauser lacht. Das gefällt ihm.

»Zum Verdauen ein Schnäpschen?«

»Oh, nein danke! Hochprozentiges mag ich nicht so.«

»Wie? Keinen Cognac, keinen Weinbrand zuhause?«

»Zum Entspannen abends ein Gläschen Whisky«, gibt Greving zu.

»Ich hab da was ganz Besonderes«, sagt Mauser, bringt das Geschirr in die Küche und kommt mit einer Flasche zurück. Es schimmert rot in ihr.

»Selbstgemachter Schlehenschnaps«, präsentiert er sie seinem Gast.

»Soso. Selbstgebrannt, oder was?«

»Ha nein, Herr Kommissar, was Sie auch denken! Selbst angesetzt mit gesammelten Schlehen. Von letztem Jahr. Noch zwei Flaschen hab ich. Der wird mit Kandis und Weizenkorn angesetzt, dann lässt man ihn stehen. Keine Panscherei oder was Sie meinen!«

»Gut, ein Gläschen probiere ich.«

Mauser holt zwei Schnapsgläser mit buntem Aufdruck aus dem Kredenz und schenkt ein. Sehr fruchtig steht das Getränk in dem kleinen Behältnis. Greving schnuppert daran. Der Schnaps fuselt nicht, duftet vielmehr lecker.

»Auf Ihr Spezielles, Herr Mauser«, sagt Greving.

»Sagen Sie mal, Herr Greving«, beginnt Mauser mit dem erhobenen Glas in der Hand, »sollen wir nicht die Förmlichkeiten mal beiseitelassen? Herr Kommissar ist ja schlimm, aber auch das ewige Herr Greving …«

»Je nun.« Greving weiß nicht, was er sagen soll. Die getrunkenen Gläser Wein tun ihre Wirkung, warum eigentlich nicht? Der Abend mag lange währen, der Morgen mit Kriminalarbeit ist weit weg – also denn!

»Ich heiße Stefan.«

»Hermann.«

»Zum Wohl.«

Sie nehmen die Flasche Schlehenschnaps mit zum Couchtisch, auf dem Mauser dann den Kaffee serviert.

»Möchten Sie eine?«, fragt Mauser und bietet eine seiner dünnen Zigarren aus dem Etui an.

»Du. Ja, gern. Was sind das eigentlich?«

»'tschuldigung, du. Sumatra. Feines Blatt.«

Sie stecken sich beide eine an und paffen genüsslich vor sich hin.

»Das letzte Mal, als wir eine zusammen geraucht haben, ich mein vor dreizehn Jahren, wissen Sie … weißt du das noch?«

»Ja«, antwortet Mauser. »Das war doch am Mahnmal in Grafeneck, oder nicht?«

»Sag mal, Hermann, was ist eigentlich bei deinen Nachforschungen über deine Schwester herausgekommen? Du hast da so was angedeutet.«

»Ja, ich war beim Stutenberg in Zwiefalten. Und bei einem Psychologen, den hab ich nach Mutz gefragt. Aber zuerst zum Stutenberg. Das ist ein Netter, weißt. Der ist auf meiner Seite, der weiß genau, wer der Feind damals war. Ich wunder mich immer ein bisschen, dass die heut so offen und bereitwillig sind, einer, der selber unter den Braunen gelebt hat, ist das nicht gewohnt.«

»Wieso nicht? Heutzutage ...«

»Ja, gut. Heutzutage. Aber zuerst waren da die ganzen Mitläufer und Handlanger, die von nichts mehr was wissen wollten. Wie die Unternehmer mit ihren Fabriken, die von den Zwangsarbeitern profitiert haben. Da ist alles vertuscht und geleugnet worden. Da hätt dich keiner in seine Unterlagen gucken lassen.«

»Na ja, es ist eben eine neue Generation nachgekommen«, meint Greving. »Denen geht es genauso um Aufarbeitung der Geschichte wie dir.«

»Das stimmt. Der Stutenberg hat tatsächlich eine Akte von Mutz gehabt. Sie ist also zuerst in Zwiefalten gewesen, wie's Mutter geschrieben hat.«

»Ah ja.«

»Und der Hochstetter, dieser gemeine Hund, der hat nicht lockergelassen. Bis er sie hat einweisen können. Das Gutachten war fast wörtlich gleich wie das Gutachten aus Tübingen. Die haben nur voneinander abgeschrieben. Die haben sich nicht mal die Mühe gemacht, sie richtig zu untersuchen.« Mauser schüttelt fassungslos den Kopf.

Greving nickt wissend. »Ja, solche Folgegutachten waren üblich, das habe ich auch gehört.«

»Und so knapp ist das alles abgefasst. Die waren sich so sicher, was mit Mutz ist.«

»Das waren keine Ärzte, Hermann. Das waren Richter. Das waren Henker. Denen ging es nicht um die Heilung von Menschen.«

»Da hast Recht. Denen ging es um die Heilung des Volkskörpers.« Mauser kneift die Lippen zusammen.

»Ja und? Was war denn nun wirklich mit ihr?«

»Nicht abrichtfähig«, sagt Mauser sarkastisch. »Das ist der Hammer! Nicht abrichtfähig. Man hätte die Idioten ja noch Kartons falten oder Tüten kleben lassen können. Fürs Volkswohl. Dann hätte ihr Leben noch einen Wert gehabt. Was für eine … Kälte.«

»Ich denke, die Diskussion geht heute wieder in eine ähnliche Richtung«, meint Greving offenherzig. Vom Wein ist ihm warm, er öffnet den obersten Hemdknopf. »Ich meine nicht einmal die Kosten-Nutzen-Rechnung der Krankenkassen. Die sind trotz ihres Fürsorge-Pathos ein Wirtschaftsunternehmen, vielleicht muss man da so rechnen. Was ich meine, ist, dass man schon wieder beginnt, den Wert eines Lebens zu bemessen. Was heißt hier Menschenwürde? Ist die Würde eines Menschen abhängig von seinem Gesundheitszustand? Oder von seinem Geisteszustand? Stirbt einer unwürdig, nur weil er debil ist und sich einkotet? Lebt einer nur würdig, wenn er frei entscheiden und alles genießen kann, was ihm die Konsumgesellschaft auf dem Silbertablett serviert?« Langsam kommt Greving in Fahrt, er spürt es, er lässt es zu. Heute mal, denkt er, heute mal wird Tacheles geredet.

»Meine Fresse«, fährt Greving fort, »dann sind viele

Leben auf diesem Planeten unwürdig und nicht lebenswert. Und ich sag dir, Hermann, dahin wird es wieder kommen, dass diesen Menschen, in der Dritten Welt und sonst wo, das Lebensrecht abgesprochen wird. Vielleicht sogar aus sogenannten ethischen Gründen.«

»Ha no, Stefan«, wundert sich Mauser, »jetzt gehst aber ran!«

»Diese ganze Diskussion, ab wann ein Leben nicht mehr lebenswert sei, ist brandgefährlich. Wir als Christen haben da eine klare Position: Würde und Wert eines Lebens stammen von Gott, er wollte und will, dass ein Mensch lebt, und solange er lebt, haben wir kein Recht, dieses Leben irgendwie zu bewerten! Und nur, solange Ursprung und Berechtigung eines Lebens in Gott verankert sind und nicht in einer gesellschaftlichen oder politischen oder wissenschaftlichen Definition, nur so lange sind wir vor einer Wiederholung der Euthanasiemorde sicher.«

»So hab ich das noch nie gesehen«, meint Mauser. »Noch ein Schnäpsle?«

Die Flasche leert sich allmählich. Mit dem Wegbringen des Kaffeegeschirrs haben sie den Gesprächsort in die Küche verlagert. Dort hängen sie auf den dürren Stühlen und reiben ihre Hände am Wachstuch.

»Weißt«, beginnt Mauser wieder, »es ist irgendwie komisch. Ich hab der Mutz ihre Geschichte sozusagen in den Händen gehalten. Einfach so. Auf Papier. Ich hab's mit eigenen Augen sehen können, ganz offiziell. Das kann man jetzt in die Geschichtsbücher reinschreiben, da steht's ja auch schon drin. Der Mutz ihre

Geschichte ist zu Geschichte geworden. Irgendwie komisch war das …«

»Geschichte und Geschichte hängen zusammen«, sagt Greving bestimmt. »Das denke ich schon lange. Wir sind es doch, die Geschichte erzählen. Wir Menschen! Wir erzählen uns dauernd Geschichten darüber, was wir für die Welt und für unser Leben halten. Vielleicht sollte man das Erzählen einfach mal bleiben lassen. Vielleicht sollte man die Dinge geschehen lassen, ohne Geschichte, ohne Sinn. Vielleicht würde dann das Böse von selbst verhungern.«

»Das Unkraut geht nicht von selber ein«, sagt Mauser düster. »Das ist ja das ganze Problem mit der Frömmelei.« Er schenkt wieder nach. »Alles, was passiert, wird so gedeutet, als gäbe es einen Gott, der alles in der Hand hält. Und weil das Gute genauso wie das Schlimme passiert, wird das Ganze so schwierig. Dann muss man sich alles hinbiegen, damit es passt. Das nennen die dann Glauben.«

»Wer die?«

»Na, die Kirchen. Die Pfaffen. Die, die einem sagen, was man glauben soll.«

»Mit Verlaub, Hermann, das ist Quatsch!«, sagt Greving brüsk. »Was du glauben willst, entscheidest du ganz allein. Du kannst dich nicht auf eine Institution herausreden, wenn du nicht glauben willst.«

»Dann eben nicht. Aber keiner hat mir bisher erklären können, kein Einziger, warum dieser Gott zugelassen hat, dass das Leisle so elend umgekommen ist! Keiner. Und von den Pfaffen schon gleich gar niemand.«

»Was ist denn nun mit Mutz? Was war denn an diesem vierten Mai? Hast du was rausgekriegt?«

Mauser besinnt sich und reibt sich die Stirn. »Ja, ach so. Also der Psychologe, der hat sich angehört, was ich aus Mutters Tagebuch hab. Ich kann's dir jetzt nicht auswendig sagen, aber der hat da ganz konkrete Symptome rausgelesen. Zuerst eine, wie hat er das genannt?, posttraumatische Belastungsstörung oder so. Das, was Soldaten nach dem Einsatz haben, weißt. Und dann so was wie Autismus, so einen neurotischen Zug oder was. Wart mal, ich hol mir den Zettel jetzt doch.«

Mauser steht auf und geht ins Wohnzimmer, eine Spur zu unsicher, um nüchtern zu sein, kramt dort in einer Kredenzschublade und muss sich abstützen. »Hab mir das alles aufschreiben lassen von dem, ich wollt ja nicht extra ein Gutachten bezahlen … ah, hier hab ich's … jetzt pass auf!«

In der Küchentür bleibt er stehen und liest vor: »›Das vitale Erlebnis einer Diskrepanz zwischen bedrohlichen Situationsfaktoren und den individuellen Bewältigungsmöglichkeiten, das mit Gefühlen von Hilflosigkeit und schutzloser Preisgabe einhergeht und so eine dauerhafte Erschütterung von Selbst- und Weltverständnis bewirkt.‹«

Er lässt den Zettel sinken und schaut Greving triumphierend an. »Na, passt das nicht? Und später ist diese Angst und Hilflosigkeit immer wieder hochgekommen, sagt der Psychologe, ein Flashback hat der das genannt, wie bei Drogensüchtigen, weißt. Deshalb hat sie immer wieder die Bilder gemalt, mit dem Nachtgrabb drauf … verdammt noch mal, ja, der Nachtgrabb, ich weiß jetzt, wer's war … Intrusion heißt das, und dann hat sie auch immer alles vermieden, was sie daran erinnert hat, sie hat sich nicht mehr anrühren lassen und war so schreckhaft, manchmal drehte sie völlig durch – alles posttraumatisch!«

»Und das hat genügt, dass sie als schwachsinnig begutachtet wurde?« Greving schüttelt den Kopf.

»Das war ja noch nicht alles. Ich hab ihn besonders gefragt nach sexuellem Missbrauch, weil wir ja nicht wissen, ob der Täter bloß das Leisle, oder auch sie … jedenfalls hat er gesagt, dass es Anzeichen für eine allgemeine Vernachlässigung gibt, sie hat kaum noch was gegessen, hat sich nicht mehr gewaschen und auch nicht waschen lassen. Kopfweh hat sie oft gehabt, immer hat sie gejammert. Und die ständige Angst, die sie gehabt hat, und die Zeiten, wo sie sich vollständig zurückgezogen hat, ist bloß noch dagesessen, die Arme um die Knie geschlungen und den Kopf reingedrückt, depressiv, ganz klar, sagt der Dings, der Psychologe, und dass sie bald nichts mehr selber konnte, das war eine Rückentwicklung auf das Stadium eines Kleinkindes, hier: Regression. Bald hat sie gar nicht mehr gesprochen und einen nur angeguckt oder gelacht, Vermeidungsverhalten, um sich zu schützen, weißt!«

Mauser fällt die Prinzessin im Sigmaringer Schloss ein. In seinem Kopf schwappen die Bilder und Erinnerungen durcheinander.

»Und auch das stimmt: Sie hat, als ich klein war, immer mit meinem Seggele herumgespielt, und auch später hat sie die Buben immer angemacht, das hat sich keiner erklären können, wo sie doch sonst so zurückgezogen war. Sie hat sich nicht geschämt und ihre … ihre Genitalien gezeigt, das haben die vom Gesundheitsamt ja als sittliche Verwahrlosung interpretiert – dabei ist das so nach einem sexuellen Missbrauch. Sexualisiertes Verhalten nennt der Pysch-, der Dings das. Davon hat man ja sonst keine Ahnung. Heute weiß man das vielleicht, da werden die Eltern darauf hingewiesen. Aber damals …!«

Mauser steckt den Zettel in die Hosentasche und setzt sich sichtlich erschöpft auf den Küchenstuhl.

»Das passt alles zusammen«, sagt er.

»Dieser Psychologe meint also, dass Mutz auch missbraucht wurde?«

»Na ja, er redet bloß von Möglichkeit. Das *kann* alles darauf hindeuten, es *kann* so gewesen sein. Aber, ich mein, das ist doch der Hammer! Unterstellen ihr erblichen Schwachsinn, und dabei hat sie Hilfe gebraucht! So eine … ach, verdammt!«

Greving nickt betroffen.

»Und später dann, die Zwangsster'l'sierung und wie sie sie immer verfolgt haben, da haben sie das noch schlimmer gemacht. Und Grafeneck war die logische Kons-, die logische Folge, darauf hat das am Ende abgezielt. Mensch, Herr Kommissar, das ist doch nicht zu fassen!«

»Hier, Mauser, trink noch einen. Du bist ja völlig durcheinander.«

»Mein Herz«, meint Mauser. »Ich glaub, ich muss aufpassen. Da war neulich schon mal was …«

»Du hast eine Menge mitgemacht, Mauser.« Greving tätschelt ihm den Arm.

»Hallo, nenn mich nicht Mauser. Mauser und Du, das geht gar nicht.«

»Okay: Hermann.«

Die Schnapsflasche ist fast leer, Mauser will die zweite aus dem Keller holen.

»Nee, lass man«, sagt Greving. »Wir machen die noch leer, dann reicht's.«

»Den neuen hab ich schon angesetzt«, meint Mauser. »Prosit!«

»Jetzt, Hermann, jetzt lass uns mal zusammentragen, was wir über den Kerl alles wissen. Solange wir noch halbwegs nüchtern sind.«

»Nüchtern? Warum? Ich bin viel zu oft nüchtern. Ich will mal richtig besoffen sein und die Sau rauslassen!«

»Dein Borstenvieh kannst du nachher präsentieren«, sagt Greving. »Zuerst machen wir unsere kriminalistische Arbeit.«

Hat er mit dem Fremdwort schon Schwierigkeiten? Gehorcht die Zunge schon nicht mehr ganz? Greving lächelt süffisant. »Wir zwei großen Detektive, wir wissen doch schon, wer's war, oder? Aber wir müssen so tun, als gingen wir vorurteilsfrei an die Sache heran. Zwecks des kriminalistischen Ethos!« Das hat er noch gut herausbekommen, trotz Genitiv.

»Ich weiß sowieso, wer's war«, sagt Mauser und guckt grimmig.

»Ach? Und wer?«

»Der Nachtgrabb.«

»Ja, klar, aber wer war der Nachtgrabb?«

»Der Pfaffe«, sagt Mauser.

»Welcher?«

»Dieser Bonaventura Dingsbums. Der Pfarrer von damals. Der den Onkel Heinz so verleumdet hat. Er hat einen Spaten dabeigehabt und hat das Leisle vergewaltigt ...«

»Das wissen wir nicht mit Sicherheit. Wir wissen nur, dass der Täter vermutlich ein kuttenähnliches schwarzes Gewand getragen hat, allerdings müsste das eine Analyse der Bilder von Mutz noch bestätigen.«

»Jetzt bist aber streng, Stefan.«

Greving lässt sich nicht unterbrechen. »Wir wissen, dass er seine Tat ungeschehen machen wollte, indem er dem Mädchen die Kleider aufs Gesicht gelegt hat –«

»Wieso hat er das Gottschützedichle nicht mitgenommen?«, fragt Mauser dazwischen. »Ich mein, da ist doch ihr Name draufgestanden. Damit hätt man doch gewusst, dass sie es war. Und dann hätt man doch herausfinden können, dass er es ihr geschenkt hat?«

»Ich weiß nicht, ob er das als Gefahr gesehen hat. Vielleicht wollte er, dass man die Leiche findet, um es dann deinem Onkel anzuhängen.«

»Oder er wollt grad nicht, dass man sie findet.«

»Auf jeden Fall hat er ihr die Kette gelassen. Wenn es der war, den wir vermuten, dann hat er ihr das Kettchen sozusagen auf den Weg ins Jenseits mitgegeben, damit sie noch einen Schutz hat.«

»Meinst, der war so pervers?«

»Der war so katholisch! Der brauchte ein Ritual,

nachdem er sie ermordet hat. Der musste ihr was auf den Weg geben, schließlich war er Pfarrer.«

»Meinst?«

»Er hat ihr das Kettchen sicher bloß aus Zuneigung geschenkt, oder wie man das nennen will. Aber gleichzeitig hat er ja gewusst, was er mit ihr vorhat. Das wäre der blanke Hohn, verstehst du, der pure Zynismus, wenn er ihr Gottes Schutz um den Hals hängt und schon weiß, dass er sie vergewaltigen wird.«

»Vielleicht wollt er sie gar nicht vergewaltigen? Vielleicht ist das da im Wald einfach passiert?«

»Und in der Sakristei? Was, denkst du, ist da passiert?« Und Greving erzählt ihm, was er von Schympf weiß. »Nein, meine Theorie ist ja, dass er insgeheim wollte, dass sie *vor ihm* beschützt wird – dass Gott sozusagen eingreift und ihn an seiner Tat hindert.«

»Ziemlich krank«, meint Mauser.

»Er war eben Pfarrer. So einer muss ja seinen Drang noch ganz anders vor seinem Gewissen verantworten als andere Leute.«

»Und wenn er so richtig fies war und ihr das Kettchen absichtlich geschenkt hat? Gott schütze dich, aber ich fress dich?«

»Du meinst, dass er ein Heuchler war? Dass seine Frömmigkeit gar nicht echt war? Na ja, könnte sein, aber ich glaube das nicht. Ich glaube, er hat wirklich unter seinem Trieb gelitten und hat eben versucht, sich vor Gott zu verantworten.«

»Eine arme Sau, meinst? Ja ist denn damit alles entschuldigt?«

»Quatsch! Damit ist gar nichts entschuldigt. Man muss nur einfach die Realität sehen, die Realität des gefallenen Menschen ...«

»Nö!«, sagt Mauser bestimmt. »Muss man nicht. Man kann auch einfach mal dreinschlagen wollen!« Er ballt die Faust und schlägt auf den Tisch. Die Schnapsgläser hüpfen.

Greving schaut ihn verblüfft an. »Du hast Recht, Mauser.«

»Du sollst mich nicht Mauser nennen!«

»Du hast vollkommen Recht. Warum soll man immer alles hin und her abwägen? Für alles Verständnis haben? Alle Aspekte sehen? Warum kann man nicht einfach mal verurteilen, zack!«, jetzt schlägt Greving auf den Tisch, die Gläser hüpfen wieder, »so sieht's aus, so ist es?«

»Vielleicht wollte er bei der Kapelle ein paar Beete umgraben«, überlegt Mauser versonnen.

»Da gibt's keine Beete.«

»Damals vielleicht schon. Oder er wollt was anderes im Wald. Und da hat er die beiden Kinder spielen sehen ...«

»Das eine. Wahrscheinlich hat er nur das Leisle gesehen. Und Mutz war irgendwo im Gebüsch. Vielleicht haben sie Verstecken gespielt.«

»Oder er hat beide angesprochen, und die Mutz zum Zugucken gezwungen, und sie ist dann doch weggelaufen. Oder er hat sie angerührt, und sie hat sich gewehrt ... na ja, Untersuchungen bei Mutz in dieser Richtung hat ja keiner gemacht. Wenn ich mir das vorstell...«

Mauser schüttelt sich.

»Aber dann hätte er sie nicht laufen lassen. Er hat deine Schwester doch sicher gekannt, er war ja Pfarrer im Dorf und hat sie sicher mit Kyrieleis zusammen gesehen. Dann hätte er doch alles daran gesetzt, sie zum Schweigen zu bringen. Aber er ist ja in Buttenhausen nie aufgetaucht, oder etwa doch?«

Mauser schüttelt den Kopf. »Mutter hat davon gar nix geschrieben.«

»Auf jeden Fall scheint dieser Mord zu viel gewesen zu sein für den Kerl. Das konnte man nicht mehr mit heimlichen Spielchen in der Sakristei abtun.«

»Und dann hat ihm das Gewissen geschlagen und er ist vor lauter Reue ins Kloster gegangen, was? Wie rührend!« Mauser lacht höhnisch.

»Nee, nee«, sagt Greving und grinst spöttisch. »Da ging ein Gespräch mit seinem Bischof voraus. Die wussten genau Bescheid, vielleicht haben sie das die ganze Zeit gewusst. Das Beste war, den Kerl aus der Schusslinie zu nehmen. Eine neue Stelle mit neuen Kommunikanten wollten sie ihm lieber nicht geben – da blieb nur das Kloster.«

»Meinst?«

»Könnte ich mir denken.«

»Und wenn er wirklich bereut hat? Wenn er wirklich Wiedergutmachung gesucht hat?« Mauser ist fasziniert von diesem Gedanken. »Ist ja auch bloß ein Mensch gewesen.«

»Das Kloster als Sühne. Warum nicht?«

»Ach, Quatsch!«, sagt Mauser und winkt ab. »Das gibt's bloß in Kirchenlegenden. Nein, nein, der Kerl hat sich abgesetzt, das ist alles. Hat da in seinem Kloster gehockt und sich gefreut, dass er davongekommen ist.«

»Nicht ganz. So ein Trieb ist ja nicht plötzlich weg. Da im Kloster unter lauter Männern ist er sicher nicht in Versuchung geführt worden, aber irgendwo musste er ja hin mit seiner Not.«

»Jaja«, knurrt Mauser, »die Täter brauchen Hilfe, und die Opfer sind selber schuld. So dreht man's heute hin!«

»Na«, sagt Greving sarkastisch, »an Hilfe hat's im Kloster ja nicht gefehlt. Er hat doch tatsächlich einen barmherzigen Bruder gefunden, mit dem er seine Last teilen konnte.«

»Einen Bruder?«

Greving nickt. »Der könnte uns sagen, wie's war. Aber der beruft sich auf sein Zeugnisverweigerungsrecht, dieser harte Hund!«

Mauser lässt sich kurz von Bruder Salvatore erzählen. »Der weiß also was und sagt nix?«, sagt Mauser tückisch. »Und ihr könnt nix machen?«

»Rechtsstaat«, meint Greving knapp. »Wir schützen die Rechte der Täter.«

Mauser denkt sich seinen Teil. »Na ja«, sagt er, »vielleicht findet einer doch noch einen Weg, den zum Reden zu bringen.«

Greving schaut ihn an, stutzt kurz, dann schenkt er ihnen noch einmal ein. Der Schnaps hinterlässt im Hals einen süßen Schleim, aber vierzig Prozent sind vierzig Prozent. Beide trinken leer.

»Mensch«, sagt Mauser, »mir tut der Arsch weh. Die Stühle hier sind furchtbar. Da kann man ja nicht sitzen.«

»Gehen wir wieder rüber«, meint Greving.

Sie müssen sich an Türrahmen, Wand und Couchtisch abstützen, bis sie in den weichen Sesseln landen.

»Ich glaub, wir haben schon 'ne ganze Menge getankt«, sagt Greving verwundert.

»Macht nix. Kann man endlich mal die Wahrheit sagen«, meint Mauser. »Wie bei den Japanern, hab ich gelesen, die laden ihren Chef zum Sake ein und saufen sich voll, und wenn beide besoffen sind, können sie ihm sagen, was sie schon immer mal sagen wollten und sich nicht getraut haben. Und der muss es sich anhören und darf nicht sauer sein.«

»Bloß dass ich nicht dein Chef bin.«

»Gott sei Dank.«

»Hör mir auf mit dem!« Greving winkt ab.

»Warum denn das? Du bist doch der Fromme von uns zweien.«

»Gott schütze dich«, sagt er spöttisch. »Von wegen.«

»So weit war ich auch schon.« Mauser lacht hämisch. »Weißt du, was der Wiegand, der Pfarrer von Gammertingen, dazu gesagt hat? Neulich, beim Martinsumzug? Gott lässt das Unkraut aufwachsen, damit man's am Schluss besser vom Weizen unterscheiden kann.« Mauser lacht wieder. »Das ist doch Schwachsinn, oder nicht?«

»Nein, nein«, sagt Greving spöttisch und setzt sich auf, »ich habe davon auch schon gehört: Wir haben es hier mit einem der tiefsten Geheimnisse Gottes zu tun.« Jetzt psalmodiert er. »Gottes Gedanken sind ja höher als unsere Gedanken, und unser sündiger Menschenverstand reicht nicht hin, um Gottes Absichten zu erkennen.«

Mauser schaut ihn an. »Meinst das jetzt ernst?«

»Gott ist ein Gott der Gerechtigkeit, Mauser!«, wettert Greving gespielt.

»Nenn mich nicht Mauser!«

»Letztlich läuft doch alles auf das Gericht hinaus, und da will Gott natürlich untadelig dastehen. Würde er das Böse schon im Keim ersticken, dann könnte er ja niemanden mehr anklagen, nicht wahr?«

Mauser merkt, dass Greving sich lustig macht, er weiß nur nicht, über wen. Der zieht aber vom Leder, denkt Mauser. Was so ein paar Promille ausmachen.

»Nein, nein, Mau… Hermann, es kommt nicht darauf an, dass Menschen Leid erspart wird. Viel wichtiger ist das Rechthaben am Schluss.« Er spricht gütig wie zu einem Konfirmanden. »Und weißt du, schließlich war Leisles Tod zu irgendetwas gut. Zu etwas Heiligem, Geistlichem. Das verstehen wir nur nicht!«

»Mensch, Stefan! Was schwätzt denn? Wo du doch immer so fromm bist!«

»Wird Zeit, dass sich das ändert!«

Mauser fühlt sich unbehaglich. Die zynischen Ausfälle des Kommissars kann er nicht einordnen. Auf diese Weise will er das Gespräch nicht führen. »Vielleicht sollten wir warten, bis wir wieder nüchtern sind. Nach so viel Wein und Schnaps ist nicht gut theologisieren.«

»Doch«, insistiert Greving lächelnd. »Doch, gerade dann. Besoffen lässt sich am besten Theologie machen. Da kommt man der Wahrheit endlich ein Stück näher.

Da sagt man endlich, was man von diesem Gott eigentlich hält. Ich hab genug davon, gegen die Widersprüche immer nur anzuglauben. Verdammt noch mal, wenn Gott ein Gott der Gerechtigkeit ist, warum schützt er dann die Unschuldigen nicht?«

Mauser nickt. Jetzt hat er verstanden, worum es Greving geht. Er nickt eine Zeitlang grimmig vor sich hin, brütet über einem Gedanken. »Ich sag dir jetzt was«, meint er, »ich sag dir was: Gott ist ein *Arschloch*!«

Greving lacht. »Mensch, Mauser, du begreifst allmählich.«

»Nenn mich nicht Mauser, das hab ich schon mal gesagt!«

»'tschuldigung, Hermann.«

»Manchmal ist Gott ein richtiges Arschloch! Kann auch sein, ich bin zu blöd dazu, das zu begreifen.«

»Du siehst das völlig richtig, Hermann«, sagt Greving leutselig. »Du bist zu blöd dazu. Wir alle sind zu blöd dazu, das zu begreifen. Gott hat sich wahrscheinlich vergriffen, ha – begreifen, vergreifen ...« Er kichert über sein eigenes Wortspiel und kann sich eine Weile nicht wieder beruhigen. Dann setzt er neu an: »Gott hat sich einfach vergriffen, als er uns zu seinem geliebten Geschöpf erwählt hat. Er hätte sich etwas Intelligenteres aussuchen sollen, Delfine vielleicht, die sollen ja so schlau sein, ja, Jesus hätte als Delfin auf die Welt kommen sollen ...!«

»Mensch, Kommissar, jetzt ist aber genug Heu runter!«

»Ich mein, wir sind doch bescheuert, wenn wir an

einen Gott glauben, der nicht hilft! Oder? Wir sehen das und ignorieren das einfach, sagen immer trotzig und ohne Grund: Ich glaube. Das ist doch geisteskrank! Ich kann da nur zustimmen, wenn Atheisten uns das vorwerfen. So zu denken ist gefährlich. Das leugnet das Böse in der Welt.«

Greving richtet sich in seinem Sessel auf und gestikuliert wild. »Ich hab das so satt! Ich will nicht mehr glauben, *obwohl*. Ich will endlich glauben, *weil* – weil ich gesehen habe, dass Gott gut ist. Dass er hilft und schützt und sich um uns kümmert. Ich will das endlich am eigenen Leib erfahren! Wenn schon Gericht, dann jetzt gleich! *Apocalypse now*!«

Er schaut Mauser plötzlich ganz klar und kalt in die Augen.

»Ich weiß nicht, wie lange ich meinen Job noch machen kann ohne diese Erfahrung.«

Mauser erschrickt. In dem steckt ja ein Teufel, denkt er.

»Aber sag doch«, meint Greving und reibt sich das Kinn, erschöpft, besänftigt durch die Gegenwart des Anderen, »wie siehst du denn das Ganze?«

»Stefan, was soll ich sagen, ich weiß nicht.«

Er will jetzt nichts sagen, sie haben schon zu viel überflüssiges Zeug geredet. Muss er jetzt mit der Offenherzigkeit des Kommissars gleichziehen? »Ich hab nie einen großen Glauben gehabt«, sagt er hilflos.

Mauser schaut in sein leeres Schnapsglas. Die Wut ist verflogen. Greving hat für sie beide gewütet. So eine Anklage gegen Gott hätte er sich nie getraut, das ist schon fast Gotteslästerung. Als er Gott Arschloch geheißen hat, war das eher eine Provokation. Wahrscheinlich sind wir beide nur zwei verwirrte, verzweifelte Menschen, denkt er, die eine Antwort suchen und nicht bekommen.

»Ich hab als Kind oft zu Gott gebetet, dass er hilft. Der Mutter. Mutz. Dem Vater. Aber ich hab immer gedacht, warum soll er gerade auf mich hören? Da müssen schon Berufenere ran. Mutter hat immer gesagt, dass Gott jede Träne mitweint. Irgendwie hat mich das getröstet. Ich hab mir vorgestellt, dass der große liebe Gott jetzt mit mir weint. Dass er sich zu mir herunterbeugt und meinen Kummer teilt. Aber weil er nie aufgestanden ist und etwas gegen das Leid getan hat, weil er immer alles hat geschehen lassen, da bin ich wohl zu dem Schluss gekommen, dass er ein schwacher Gott ist. Mitleiden tut er, aber helfen tut er nicht.«

Mauser zuckt hilflos die Schultern.

»Irgendwie hat mir die Kreuzigung das bestätigt. Das ist Gott, hab ich gedacht. Er hängt am Kreuz und leidet. Und sein Vater lässt ihn leiden. Das sagt doch alles. Wahrscheinlich denk ich heut noch so. Ein Gott des Leidens. Wenn einer Gerechtigkeit will, dann muss er sich selber helfen.«

Greving lacht bitter. »Was bist du nur für einer, Hermann?«

»Einer, der Hilfe braucht«, sagt er und senkt den Kopf in die Hände.

Greving traut seinen Ohren nicht. Er hört ein Schluchzen, ein leises, mattes Weinen.

Greving hat ein schlechtes Gewissen, dass er das Gespräch so vorangetrieben hat. »Im Grunde«, sagt er sanft, »wollen wir nur in einer besseren Welt leben.«

»Das ist es ja«, sagt Mauser weinerlich und zeigt sein nasses, rotes Gesicht. Es ist merkwürdig, das Tränengesicht eines alten Mannes zu sehen. Er wird wieder Kind und doch wohnt ein ganzes Leben in diesem Gesicht. »Und diese Welt ist noch nicht da.«

»Nein, davon haben wir nichts«, bestätigt Greving bitter.

»Genau das hab ich nie verstanden: warum das alles immer so weitergeht! Warum hört das nicht auf, jetzt, wo doch angeblich die Erlösung da ist? Ist denn nicht schon genug gelitten worden?«

»Du hast Recht, Mauser. Das ist die Frage aller Fragen.«

»Nenn mich nicht Mauser, du blöder Herr Kommissar«, sagt Mauser und schnäuzt sich in sein Taschentuch.

»'tschuldigung.« Greving muss lachen. Ohne Spott diesmal. »Vielleicht dient das Ganze dazu, dass wir klug werden«, sagt er leise. »Vielleicht sollen wir eine Ahnung davon bekommen, wie das Leben ohne Gott in Wahrheit ist.«

»Was meinst?« Mauser schnupft und packt das Taschentuch weg.

»Nicht wichtig, Hermann. Bloß so Frömmeleien. Und jetzt ruf ich mir ein Taxi.«

Mauser wischt sich die Augen und schaut ihn an. »Aus dir soll einer schlau werden«, knurrt er.

16

Am nächsten Morgen hat Greving keine Kopfschmerzen. Er ist erstaunlich klar. Nur kann er nichts frühstücken. Als er in seinem Büro ankommt, ist ihm ein wenig flau im Magen. Gut, Kopfweh hat er keines, aber seine Hirnmasse schwimmt wie auf einem Wasserbett.

Es ist ihm nicht peinlich, sich daran zu erinnern, was er alles gesagt hat. Er weiß auch nicht mehr jede Einzelheit. Er fragt sich nur, ob das jetzt eine gute Aktion war oder nicht. Was bleibt von so einem Suff? Von so einem Freundschaftsabend, an dem man sich hat gehen lassen? Hat das irgendeinen Nährwert?

Unzufrieden ist er immer noch. Der eine Satz ist ihm im Gedächtnis geblieben: Er weiß nicht, wie lange er seinen Job noch weitermachen kann ohne diese Erfahrung. Aber wie soll die denn aussehen? Ein Erdbeben vernichtet das Hauptquartier der Taliban, oder ein Sexualmörder stirbt an Aids? Das ist doch Quatsch!

Immer bleibt es an mir hängen, denkt er wütend und nimmt einen Schluck Kaffee. Aber Kaffee geht gar nicht. Der brandige Geschmack klebt in der Kehle fest, und im Magen verklumpt sich alles.

Ich bin der, der für das Gericht verantwortlich ist. Ich bin der, der Gerechtigkeit in die Welt bringt. Und ich kann es nicht. Dieser Bonaventura ist tot, ich habe nichts als eine windige Geschichte, lauter Mutmaßungen und Fantasien, ich kann das Leisle nicht mehr lebendig machen und Mausers Schwester auch nicht. Und verhindern, dass solche Kerle ihren Trieb an wehrlosen Kindern ausleben, kann ich auch nicht. Was soll das alles?

Er ist mit dem Bus gekommen. Nicht wegen des Restalkohols, sondern weil sein Dienstwagen ja platte Reifen hat. Muss mich um einen anderen kümmern, denkt er und greift nach dem Telefon.

Plötzlich fällt ihm etwas ein.

Ein Satz von Mauser. Vielleicht findet jemand einen Weg, den Bruder Salvatore zum Reden zu bringen.

Ich hätte Mauser seine P 04 nicht zurückgeben dürfen. Ich hab zwar den Schlagbolzen abfeilen lassen, aber so was kann man ersetzen. Mensch, wenn der bloß keinen Blödsinn macht!

Er ruft gleich in Buttenhausen an, aber da geht natürlich keiner ans Telefon. Gut möglich, dass Mauser seinen Rausch ausschläft. Mit über siebzig steckt man das nicht mehr so weg. Aber wenn nicht? Blöd, dass ich ihm von Salvatore erzählt habe.

Dann telefoniert er nach einem Dienstwagen, herrscht den Fuhrparkleiter an, als der nicht gleich spurt, und hetzt dann hinunter zur Fahrzeughalle. Hauptsache, das Ding fährt, sagt er. Natürlich könnte er auch die Kollegen von der Schutzpolizei informieren, aber nachher ist das alles bloß falscher Alarm. Und vielleicht erwisch ich ihn ja noch!

Diesmal nimmt er gleich die Landstraße, durch Inneringen und an Kettenacker vorbei. Die Bundesstraße ist zu stark befahren. Es ist kurz nach zehn, in einer Dreiviertelstunde kann er es schaffen. Wenn er Mauser in Buttenhausen nicht antrifft, dann wird er ihn sicher in Beuron finden. Vielleicht wär's schlauer, gleich nach Beuron zu fahren und dort auf ihn zu warten. Oder einzugreifen, wenn er schon dort ist. Aber vielleicht bin ich auch bloß misstrauisch. Berufskrankheit. Wahrscheinlich liegt der alte Lehrer friedlich in den Kissen und schnarcht. Nee, ich muss zuerst in Buttenhausen nachschauen. Auch wenn ich dann die gleiche Strecke wieder zurückfahren muss. Nach Beuron sind es von Sigmaringen aus bloß zwanzig Kilometer.

Immer wieder hält er Ausschau, ob ihm Mausers Wagen entgegenkommt, aber er kann sich an die Marke nicht erinnern. Blöd, dass ich mein Maul nicht halten konnte. Die Ermittlungen kann Mauser nicht gefährden, aber die Zeugen! Diese ganze Duzerei ist schuld. Nachher hat er das mit Absicht gemacht. Zuzutrauen wär's dem Halunken!

Ach was! Du musst nicht immer gleich das Schlechteste von Menschen denken, sagt er sich. Der alte Lehrer, der ist in Ordnung.

Und so geht das auf der Fahrt hin und her.

Mauser biegt von der Straße ab, quert auf der Brücke die Donau und hält auf dem großen Kiesparkplatz. Das Kloster steht schmuck zwischen kahlen Bäumen, eine Herbstwiese davor, die barocke Fassade erhebt einen Anspruch an den Vorüberfahrenden, die Fensterreihen und geschweiften Giebel geben dem sichtbaren Mittel- und Südflügel der Klausur, dem Klerikatsbau, ein autoritäres Gesicht. Links abseits erhebt sich die Klosterkirche. Die Bäume markieren mit ihrem großen, weitverzweigten Astwerk, von dem er weiß, dass es im Mai buschige Kastanien mit weißen Blütenkerzen sind, herrschaftliche Ruhe.

Natürlich hatte er beim Aufstehen einen Brummschädel, aber inzwischen geht es. Seine Gedanken waren von Anfang an klar. Er weiß, was er zu tun hat. Er nähert sich dem Kloster von vorn, über einen Weg, der an einem Kruzifix vorbeiführt und dann durch eine schmiedeeiserne Pforte in den Mariengarten. Die Buchhandlung hat schon geöffnet. Da kriegt man kleine Gottschützedichle, weiß Mauser. Heute noch. Da schließt sich der Kreis, denkt er ungenau.

Der Barockhof wirkt nüchtern und leer. Die Rabatten sind umgegraben, die Hecken kahle Gerüste, der Brunnen trockengefallen und voller Laub. Der Mittelflügel mit dem Kapitelsaal liegt vor ihm, links die Kirche. Säulengänge, weißer Stein, sieht wie Marmor aus, ist wahrscheinlich Kalk. Herrschaftsanspruch, denkt Mauser. Weiß auch nicht, warum ich darauf grad so spitz bin. Oder doch: Da hocken sie drin und meinen, dass sie Gott verwalten, und dieser eine Lump hat dem Mörder die Beichte abgenommen und will jetzt nicht damit rausrücken. Verwaltung der Sünden. Lossprechungsmonopol. Der kann was erleben.

Über dem Säulenportal prangt einer dieser Feldherrensprüche, Kirchenlatein, altes Herkommen. *Sanc-*

tificavit Dominus tabernaculum, was auch immer das heißt. Er geht auf die Kirche zu, will sich das Ganze einmal anschauen. Mit anderen Augen als bei seinen früheren Besuchen. Mit Veronika war er mal hier, eine Lektion in Kunstgeschichte, der hat er nichts abgewinnen können. Ein handgeschriebener Zettel an der Wand, mit Klebestreifen befestigt: Die Kleidung solle der Würde des Gotteshauses entsprechen. Schade, dass ich nicht im Lederanzug bin, denkt Mauser.

Beim Eintritt Kühle. Im Sommer ist sie sakral und wohltuend. Heute eher fröstelnd und ungastlich. Die dünne Strenge in der Luft kommt vom Weihrauch. Das Schiff ist weiträumig, weißer Verputz mit Goldrändern, blühende Stuckrosen und Blattgerank, reseda und kalkrot. Die Galerie oben schwingt als Säulengang unter der Kuppel, auf der bibelbunte Fresken himmelwärts stürzen. Prunk, denkt Mauser. Pracht. Wozu? Wer wird da verherrlicht? Braucht Gott das?

Eine merkwürdige Welt, diese Katholikenwelt. Eine jauchzende Christenheit mit Hostie und Messgerät, Gipsfiguren mit Heiligenschein am Draht stehen segnend an den Wüstenstraßen Judäas, reichen Bedürftigen und lassen sich die Säume küssen. Eine Welt, durchherrscht von Willen und Gebot. Sie gehören sich selbst nicht. Sie gehören alle Ihm, oder vielleicht ihr, der Muttergottes im roten Gewand mit dem blauen Mantel.

Mauser hat eine Gänsehaut. Damit wollte er nie etwas zu tun haben. So eine kleine Dorfpfarrei ist eine Sache, aber das hier –!

Ein Mönch geht vorüber, in schwarzer Kutte mit langen Tuchrollen unter dem Arm, und kommt nicht am Altar vorbei, ohne niederzuknien und sich zu bekreuzigen.

Ja, ja, die Brüder, denkt Mauser. Was das wohl wäre: so ein Leben? Novize unterm Schirm des Abtes, nur Einem zu Willen, aber wem? Wer ist dieser Gott? Eine Bruderschaft, zusammengeschlossen, zusammen eingeschlossen, und wenn ich wieder in Buttenhausen im Wirtshaus hock, werden die hier noch immer ihre Horen beten und Chöre singen und Gott preisen. Vielleicht ist es gar nicht so schlecht, einmal jemandem zu gehören. Leibeigenschaft, klar, aber wenn's ein Herr ist, der's gut mit einem meint …

In der Vierung wendet er sich nach links und tut einen Blick in die Gnadenkapelle. Unter mächtigem Bogen der Altar, eingefriedet von weißen glänzenden Kerzen, ein Baldachin, Hängeampeln, Intarsien aus Edelholz. Ein Mosaik an der Wand, der Schmerzensmann in den Armen seiner Mutter. *Cum Maria mater Iesu*. Eine Frau kniet vor der Bank nieder und schlägt das Kreuz. Ein alter Mann betet stumm mit gesenktem Kopf. Heiligemariamuttergottesbittfüruns. Eine merkwürdige Welt, denkt Mauser.

Eine fürchterlich heilige Weite. Eine Verlorenheit in der Anbetung. Ein Warten auf das, was immer kommt. Eine Reinheit, in der Jungfrauen herrschen und Geweihte Könige sind, einfach, hart und klar. Die Schatten tiefer, die Gelöbnisse ernster. Keuschheit, denkt Mauser: das Geheimnis des Fleisches. Da muss einer drin aufgewachsen sein, denkt Mauser, mit den Bitten gegen das eigene Fleisch, das zarte, das an einem zehrt, da muss einer sein Weib erkannt haben zwischen steifen Laken und in dünnen Nächten die Virgo Dei mit ihrem Blau und Rot.

Mauser steht mit den Händen auf dem Rücken und rührt sich nicht. Vor so etwas kann er nicht niederknien. Nur werden ihm die Augen feucht. Sehnsucht vielleicht, es zu können. Aber lieber vor dem Menschensohn, zu seinen Füßen sitzen und zuhören, sich sagen lassen, dafür könnte er sich hergeben.

Da klingelt sein Mobiltelefon.

Was ist denn das? Er wird hektisch, fummelt das Ding heraus und trabt schon zurück zum Ausgang.

Hätt's ausschalten sollen. Wer ist's denn?

Die Nummer kennt er nicht.

Draußen, in der frischen Novemberluft, drückt er auf Abheben. »Hallo?«

»Hallo, du alter Brummbär! Na, wie geht's dir inzwischen?«

Veronika. Im Hintergrund Verkehrsgeräusche. Aus Stuttgart?

»Von wo rufst du an?«, fragt er verwundert. Es ist nicht das Einzige, was ihn wundert.

»Aus Stuttgart. Ich hab mir jetzt endlich ein Handy gekauft, da staunst du, was? Ich hab ja hin und her überlegt, aber jetzt hab ich gedacht, dass ich für meinen Internetauftritt und die neuen Kunden doch eins brauch, weißt, damit ich immer erreichbar bin, dann kann ich das auch mit in die Werkstatt nehmen und muss nicht immer die Stiege raufrennen, wenn's klingelt …«

»Du bist seit zwei Wochen in Stuttgart? Warum hast du nicht angerufen?«

»Ich ruf doch jetzt an«, sagt sie erstaunt. »Du scheinst dich nicht sehr zu freuen.«

»Ach, Veronika, doch. Es ist nur im Moment ganz schlecht, ich bin unterwegs, muss was Dringendes erledigen ...«

»In Stuttgart ist vielleicht was los, sag ich dir. Hast du das mit den Demos wegen Stuttgart einundzwanzig mitgekriegt? Ich hab das im Fernsehen gesehen, aber jetzt hier zu sein, das ist etwas ganz anderes. Die demonstrieren immer noch, stell dir vor, und ...«

»Veronika ...«, setzt Mauser an.

»Für die zerbrochenen Schüsseln musst du dich aber ordentlich entschuldigen.« Sie lacht.

»Ja, hast Recht. Nur im Moment ...«

»Ja, ich weiß. Ich bin wohl ein bisschen ungerecht zu dir gewesen. Natürlich kann ich nicht einfach verlangen, dass du mit mir nach Stuttgart ziehst, nur weil mir das gerade einfällt.«

Soso, denkt Mauser. Auf einmal lösen sich die Probleme in Wohlgefallen auf. Er könnte erleichtert sein und sich freuen auf den nächsten Abend bei ihr, wenn er nicht von ganz anderen Sachen eingenommen wäre.

»Veronika, das ist lieb, dass du das sagst. Können wir das ...«

»Und das mit Stuttgart, weißt, da hab ich gemerkt, dass das für ein paar Tage oder Wochen echt guttut, aber, ich glaub, für länger – da würde es mir doch auf die Nerven gehen. Ich bin die Hektik nicht mehr gewöhnt, verstehst? Vielleicht muss ich einfach ein paar Mal im Jahr ausbrechen, in Stuttgart einen draufmachen, vielleicht reicht das schon. Was meinst?«

Jetzt endlich schweigt sie und wartet auf seine Erwiderung. Wenn er jetzt das Falsche sagt, ist die Versöhnung unmöglich. Es ist ihr egal, ob er gerade anderweitig beschäftigt ist: Wenn sie sich versöhnen will, dann muss das sofort sein.

»Klingt vernünftig«, sagt er und bemüht sich, einen sachlichen Ton anzuschlagen, als ginge es um ein bloßes Arrangement von Terminen. »Davon will ich dich ganz und gar nicht abhalten.«

»Na ja, weißt, ich bin immer noch unzufrieden mit meinem Leben in Buttenhausen. Vielleicht sollten wir erst mal –«

Das war zu wenig gefühlvoll. Jetzt heißt es schnell reagieren.

»Ich bin so froh, wenn du wieder hier bist. Du hast mir gefehlt. Vielleicht gibt es ja etwas, das wir tun können, damit diese Unzufriedenheit aufhört. Gemeinsam, weißt. Erinnerst du dich, wie wir in Beuron waren? Die Klosterkirche? Das war für mich ein echtes Erlebnis …«

»Ach, Hermann«, sagt sie. Dann, plötzlich fürsorglich: »Geht's dir denn gut? Bist du zurechtgekommen?«

»Ja, ja, kein Problem. Weißt, hier war einiges los, das muss ich dir dann in Ruhe erzählen. Ich hab einen alten Bekannten getroffen und bin viel unterwegs gewesen. Hab meinen Vetter in Kettenacker besucht und so. Muss ich dir dann ausführlich erzählen.«

»Ja, mach das.«

»Wann kommst du?«

»Silke ist schon seit drei Tagen wieder daheim. Ich dachte, ich bleib noch und guck mir alle Museen an, die's so gibt, aber allein ist's ziemlich blöd.«

»Dann komm doch morgen gleich. Ich kann was kochen, dann essen wir zusammen.«

Sie lacht. »Das war eigentlich meine Idee. Na, mal sehen.« Eine kurze Pause, ein Krachen, er befürchtet schon, dass der Kontakt abgebrochen ist.

»Bist noch dran?«

»Weißt, Hermann, wirklich: Wir müssen noch mal über uns reden. In Ruhe. Ich hab viel über uns nachgedacht ...«

Das kann er nun gerade überhaupt nicht: über sich und Veronika nachdenken. Am Mobiltelefon, vor der Klosterkirche in Beuron. Er muss diesen Salvatore ausfindig machen.

»Veronika, Spatz, darüber reden wir. Ganz sicher. In aller Ruhe. Deswegen eben nicht grad jetzt. Ich brauch da einen klaren Kopf, und den hab ich nicht.«

»Also gut«, sagt sie. Er weiß nicht, ob ihm dieser Ton gefallen kann. »Ich will dich damit nicht überfallen. Ich dachte eben, du freust dich, wieder von mir zu hören.«

»Das tu ich, Veronika. Mir hat deine Stimme gefehlt.«

Er kann ihr Beleidigtsein nicht dadurch verhindern, dass er viele Worte macht, das weiß er. Das muss jetzt einfach genügen. Es war ehrlich gemeint. Und wenn sie trotzdem enttäuscht von ihm ist und deswegen, wegen dieser zwei Minuten am Handy, ihre Beziehung zerbrochen ist – dann soll es eben so sein. Da ist dann auch die Hebamm nicht mehr schuldig, sagt er sich.

Sie verabschieden sich, und Mauser steckt das Mobiltelefon wieder ein. Aber nicht, ohne es ausgeschaltet zu haben.

Greving fährt vor Mausers Haus vor. Die Läden sind noch geschlossen, nichts rührt sich. Er klingelt zuerst an der Haustür, dann klopft er gegen das Garagentor.

Der pennt noch, sagt er sich. Garantiert.

Das Schlafzimmer geht zum Garten hinaus, er steigt kurzerhand über den Jägerzaun und stapft durch das feuchte Gras auf die Rückseite des Hauses. Die Läden im Schlafzimmer sind vor, er wirft einige Kiesel dagegen und ruft.

Nichts.

Er schaut sich im Garten um. Wo hat er denn immer sein Auto stehen?

Da entdeckt er einen Spaten auf dem Rasen liegen. Drüben, im Eck.

Er geht hinüber und sieht das ausgegrabene Viereck im Boden. Frische Grasnarbe, glänzende feuchte Erde.

Der hat was ausgegraben.

Groß war es nicht, was er ausgegraben hat. Eine Schatulle. Oder eine Pistole.

Scheiße, flucht Greving und läuft zurück zum Auto. Sein erster Reflex ist: losfahren. Im Eiltempo nach Beuron.

Dann denkt er, dass die Kollegen von der Schutzpolizei wahrscheinlich schneller wären. Aber was sollen sie tun, wenn sie vor Ort sind? Ihn verhaften? Er müsste ein Foto von Mauser schicken, das wäre eine richtige Fahndung, und wenn er fairerweise die Kollegen davon unterrichtete, dass Mauser bewaffnet ist, dann eskaliert das Ganze womöglich.

Nein, das kann ich nicht machen.

Aber wenn der Mönch in Gefahr ist?

Wozu ist Mauser fähig?

Verdammt, flucht er wieder. Immer diese Entscheidungen auf Leben und Tod.

Er entschließt sich, die Kollegen aus dem Spiel zu lassen, und braust los, den gleichen Weg zurück. Eine Stunde rechnet er bis Beuron. Und dann muss ich ihn noch finden. Vielleicht sollte ich mir die Nummer des Abtes geben lassen und ihn dort anrufen.

Die Handhabung der Freisprechanlage macht ihn ruhiger. Er richtet sich darauf ein, eine Stunde unterwegs zu sein, bevor er etwas tun kann. Die Zentrale verbindet ihn mit der ermittelten Nummer, aber dort hebt niemand ab. Die Buchhandlung gibt es noch, aber auch da geht keiner ran. Vielleicht hat sie noch zu.

Das bringt alles nichts. Ich kann's ja nachher noch mal versuchen. Er konzentriert sich auf die Straße und erhöht die Geschwindigkeit.

Bruder Salvatore ist drüben im Kunstverlag zugange. Jemand müsste ihn von da holen, Mauser hat natürlich nicht verraten, worum es geht, sondern nur gesagt, dass es sich um eine dringende persönliche Angelegenheit handelt. Wenn der Kerl wirklich Seelsorger ist, dann werden die schon das Richtige denken.

Wo soll er mit ihm sprechen? Er hat sich ein Büro oder so was vorgestellt. Er zögert. Am besten, denkt er schließlich, ich geh da rüber und such ihn selber. Vielleicht können wir irgendwo im Kreuzgarten miteinander reden. Irgendwo, wo niemand hinsieht.

Aus dem Mariengarten kommt er nur über die Pforte. Die Klausur darf er nicht betreten, und er wüsste auch gar nicht, wo er da hinkäme. Er geht zurück, am Parkplatz vorbei und an der Straße entlang. Drüben, im Hotel Pelikan, stehen keine Tische draußen. Er kennt das Hotel vom Sommer her, unter buschigen Linden mit bunten Sonnenschirmen. Jetzt eine triste Herbstherberge. Beuron ist ein kleines Dorf. Hinter dem Kloster liegt eine Wohnsiedlung mit Häuschen, einen ausgeschilderten Wanderweg gibt es, Nahziele wie die Mauruskapelle oder Burg Wildenstein, fast ein Alpenkurort, denkt Mauser.

Er geht am Kunstflügel und dann am Gästeflügel vorbei, wo man eine Auszeit im Kloster verbringen kann. Dann steht er vor dem Gebäude des Kunstverlags. So hat er sich das nicht vorgestellt. Große Fragerei, Rumsuchen, Nicht-eingelassen-Werden, er hat sich das alles viel zügiger vorgestellt. Kurzer Prozess. Es fällt ihm schwer, Geduld zu haben. An der Pforte fragt er, ob Bruder Salvatore im Haus sei. Der Mönch hinter der Scheibe stutzt keinen Augenblick; wenn der Besucher einen Bruder mit Namen kennt, dann geht das in Ordnung.

Er erfährt, dass Bruder Salvatore Bildredakteur im Kunstverlag ist. Aha. Er wird per Telefon gerufen, Mauser wartet und schaut sich um. Das Geschäftsmäßige eines Verlages und die Frömmigkeit eines Klosters. Moderner Betrieb, aber Kruzifixe an den Wänden, eine Vitrine mit den Bildbänden, die der Verlag herausbringt, die Monatsschrift *Erbe und Auftrag*, eine Ausgabe des Schott, des Messbuches, ein schlichtes Büchlein von bescheidener Erlesenheit. Das Blatt für den heutigen Tag ist ausgestellt, Mauser interessiert das nicht, aber er bleibt doch hängen. Tagesgebet, Kommentar, Lesung aus den Makkabäern. Die kennt Mauser gar nicht. Katholikenbibel, denkt er verächtlich. Antwortpsalm, Kommentar, Lesung, noch ein Psalm. Nach deinen Geboten leben. Ja, Pfeifendeckel! Evangelium, in dem Jesus die Händler aus dem Tempel wirft. Räuberhöhle. Das ist mehr nach Mausers Geschmack. Und da kommt es: *Fürbitte für alle, die Macht und Einfluss haben: Hindere sie, Arme und Wehrlose auszunützen.*

Daran hätten sie sich mal halten sollen, denkt Mauser und beißt die Zähne zusammen. Schutzbefohlene. Vertrauensperson. Mit hochrotem Kopf aus der Sakristei. Pfui Deibel! Gerade da kommt ein Mönch die Treppe herunter und geht auf ihn zu. Das muss Bruder Salvatore sein. Gebräunte Haut, südländisch oder Sonnenstudio, denkt Mauser sarkastisch. Ein rundes, aber mageres Gesicht voller Falten, stechend blaue Augen. Unsympathisch.

»Sie haben nach mir gefragt?« Freundlicher Tonfall, volle Aufmerksamkeit. Mauser reißt sich zusammen.

»Bruder Salvatore?«

»Ja, der bin ich. Darf ich fragen, woher Sie mich kennen?«

»Mir ist Ihr Name genannt worden.« Unwillkürlich schraubt Mauser seinen sprachlichen Ausdruck herauf, für Obrigkeiten reserviert, bis ihm das klar wird und er betont grob sagt: »Ich hab ein Problem. Ein seelsorgerliches. Das will ich mit Ihnen besprechen.«

Der Bruder guckt ihn noch immer freundlich, aber deutlich distanzierter an. »Wir stehen Gästen und Besuchern immer gerne zur Verfügung«, sagt er, »aber wir halten dafür eigene Zeiten bereit. Darf ich Sie weiterverweisen an –«

»Nein, tut mir leid, aber ich muss mit Ihnen sprechen. Sie sind der Einzige, der mir helfen kann. Sie sind doch Seelsorger, oder nicht?«

»Wir Brüder sind alle in gewissem Maße Seelsorger«, meint er glatt. »Warum müssen Sie denn gerade mit mir sprechen?«

Mauser schaut sich ängstlich um. »Können wir irgendwo hingehen, wo wir unter uns sind? Wissen Sie, da hängt alles mit allem zusammen, das tät ich Ihnen gern unter vier Augen sagen ...«

Der Bruder guckt ein wenig skeptisch, aber er scheint nichts zu ahnen. Merkwürdig ist so ein Ansinnen ja schon, mitten am Morgen und mitten in seiner Redaktionsarbeit, aber hier scheint ein Mensch in dringender Not zu sein, und dafür muss er sich nicht eigens äbtliche Anweisung holen.

Er lässt in der Redaktion Bescheid sagen, dass er kurz

weg sei, und nimmt Mauser dann am Arm. Er führt ihn durch das Gebäude hindurch und tritt auf der Rückseite auf den Hof hinaus. Lieferwagen mit dem Schriftzug des Verlages, Paletten mit Kartons, Arbeiter eilen hin und her, manche im Blaumann, manche in Kutte. Während Bruder Salvatore mit Mauser den Hof überquert und auf eine Lücke zwischen Metzgerei und Bibliothek zusteuert, fragt Mauser: »Sind Sie im Kloster Redakteur? Ich hab gehört, Sie sind Seelsorger?«

»Von meiner weltlichen Ausbildung her komme ich aus dem Verlagswesen. Meine Gaben kann ich deshalb hier gut einbringen. Seelsorger bin ich keiner.«

Mehr will er nicht sagen.

»Ihrem Akzent nach sind Sie nicht aus der Gegend. Kommen Sie von weiters her?«

Der Bruder sieht solche Unterhaltungen wohl als vertrauensbildende Maßnahme an und lässt sich darauf ein.

»Meine Mutter war Italienerin. Wir sind mit dem ersten Gastarbeiterstrom nach Deutschland gekommen. Vielleicht ist Ihnen mein südländisches Aussehen aufgefallen. Aufgewachsen bin ich aber in Franken.«

»Ach, daher!«, sagt Mauser und lacht. »Das rollende R und das weiche T sind mir gleich aufgefallen. Jetzt, wo Sie's sagen! Ich bin pensionierter Lehrer, wissen Sie. Deutsch und Heimatkunde. Ich kenn mich aus mit der hiesigen Mundart.«

Genug Vertrauensbildung. Sie kommen in einen kleinen Garten. Der Blick bleibt an einer Mauer hängen, dahinter liegt die Donauaue. Nicht gerade abgeschlossen, und von den Fenstern des Verlagsgebäudes und von der Bibliothek her kann ihnen jeder zuschauen.

»Wir sind hier noch nicht in der Klausur«, sagt Bruder Salvatore entgegenkommend, »ist es Ihnen hier recht?«

Mauser tut, als schaue er sich um, und antwortet zögernd: »Na ja, ich weiß nicht … da kann ja jeder zugucken …«

Der Bruder schaut ihn verwundert an und deutet nach links, wo eine Baumreihe steht. Eine Kapelle liegt im Winkel, und zwischen den Bäumen sieht man Maschendraht. Da läuft die Bahnlinie.

»Vielleicht wäre es dahinten besser?«

Sie stellen sich ins Eck, jetzt hat Mauser ein wenig Deckung. Tatsächlich hält sich niemand in dem Gärtchen auf. Sie stehen sich gegenüber, Bruder Salvatore schaut ihn ermunternd an, Mauser weiß nicht, wie er beginnen soll.

»Wissen Sie«, sagt er, »meine Schwester, die Therese, wir haben sie immer Mutz genannt«, und er fängt an, Mutz' Geschichte zu erzählen, um den Mönch einzustimmen auf eine persönliche Notgeschichte. Er wird, wenn er von einem zweiten Kind bei der Vergewaltigung weiß, keinen Zusammenhang herstellen, bis zu dem Moment, in dem Mauser auf das Verbrechen im Wald zu sprechen kommt. Er schaut dem Mönch in die Augen, aber der ahnt offensichtlich noch nichts.

»Wissen Sie, da oben bei Kettenacker …«, sagt Mauser.

Jetzt flackert es in den Augen.

Ich hab dich, denkt Mauser.

»Da, wo das Sühnekreuz im Wald steht. Da ein Stück oberhalb ist das kleine Leisle ermordet worden. Das Sühnekreuz kennen Sie doch, oder?«

Der Blick wird distanziert, die Freundlichkeit kühlt aus und wird zur Maske.

»Sind Sie von der Polizei?«, fragt er glatt. Er hat wohl keine Lust, Verstecken zu spielen. Er merkt, dass Mauser Bescheid weiß. »Wollen Sie mich aushorchen und haben mir deshalb diese Geschichte erzählt?«

»Bevor Sie sich künstlich aufregen«, kontert Mauser, »und mir damit kommen, ich hätte Ihre Menschenfreundlichkeit ausgenützt – was ich Ihnen erzählt habe, ist die Geschichte von meiner Schwester. Sie war bei dem Verbrechen dabei, und Sie wissen etwas darüber! Ich *muss* wissen, ob es dieser Pfarrer war und ob er Mutz auch etwas angetan hat. Verstehen Sie das? Sie hat man deswegen als Schwachsinnige eingestuft und in Grafeneck vergast. Grafeneck sagt Ihnen doch was, oder? Sie war traumatisiert durch das, was Ihr Glaubensbruder getan hat. Glauben Sie, ich lass mich da mit einem Beichtgeheimnis abspeisen?«

Mauser wird angriffslustig. Er kann die Maske fallen lassen. Er ist wütend und entschlossen, die Sache hier und jetzt aufzuklären.

Der Mönch überlegt kurz. Bewundernswert, wie schnell er sich auf die neue Lage einstellen kann. Ein ganz Ausgebuffter, Stefan hat Recht gehabt.

»Hören Sie, ich darf Ihnen nichts über das sagen, was mir die Brüder hier unter Stillschweigen anvertrauen …«

»Ich will nix von Ihren Brüdern hören, sondern nur von einem: Bonaventura Glattis. Geben Sie endlich zu, dass er mit Ihnen gesprochen hat. Warum sind Sie sonst da am Sühnekreuz aufgetaucht? Sie wissen von dem Verbrechen, Sie kennen den Ort, vielleicht haben Sie sogar selber das Kreuz aufgestellt. Was wissen Sie noch?«

Jetzt verschanzt sich der Bruder, nicht beleidigt, sondern hochmütig. Da ist kein Weiterkommen mit diesem fremden Herrn, der so massiv auftritt und fordert, und er kann und will nichts preisgeben.

»Tut mir leid«, sagt er kalt, »ich kann Ihnen nichts sagen, wie mein Anwalt es schon der Polizei mitgeteilt hat, und Ihnen kann ich auch nichts sagen, selbst wenn Sie persönlich betroffen sind.«

»Und ob ich persönlich betroffen bin! Wie vereinbaren Sie das mit Ihrem Glauben? Sie decken einen Kinderschänder und Mörder! Sie verweigern die Aussage und lassen einen Menschen, der durch den Kerl seine Schwester verloren hat, einfach im Stich? Ja, beten könnt ihr für euch und euer Seelenheil, beten könnt ihr für die Schwachen und Hilflosen, aber wenn's um eure eigene Schuld geht, wenn ihr mal was zugeben und dafür geradestehen sollt, dann wird gekniffen. Fromme Heuchelei, nix weiter!«

»Herr … Wie heißen Sie eigentlich?«

»Schmid«, sagt Mauser.

»Herr Schmid, Sie haben keine Ahnung, wovon Sie reden. Ja, es ist schrecklich, was geschehen ist, und Menschen haben daran Schuld, eine Schuld, die nicht wiedergutzumachen ist. Glauben Sie mir, das Schicksal

Ihrer Schwester und des kleinen Mädchens lässt mich nicht kalt. Aber ich sehe eben auch die Menschlichkeit dieser Schuld, die Not, die dahintersteckt, und manchmal die Unvermeidbarkeit. Es ist leicht, Menschen zu verurteilen, aber es ist schwer, die ganze Geschichte zu kennen und zu verstehen, was wirklich geschehen ist.«

»Was heißt hier wirklich geschehen? Ein kleines Mädchen ist brutal vergewaltigt worden und ein anderes in der Gaskammer gelandet. Was soll sonst noch geschehen sein?«

»Es ist sonst noch geschehen, dass der Schuldige seine Schuld eingesehen und bereut hat. Es ist geschehen, dass er unter der Last seines Verbrechens gelitten hat. Es ist geschehen, dass er als dieser Schuldige nicht mehr weiterleben wollte. Es ist geschehen, dass dieser Mann beinahe seinen Gott verloren hat, die Gnade, die Vergebung. Es ist geschehen –«

»Ach? Und das ist so schlimm wie die zwei Morde? Wie die Leben, die ausgelöscht worden sind? Das können Sie mir nicht erzählen!«

»Es ist immer tragisch, wenn Leben ausgelöscht werden, wenn sie scheitern oder in eine ausweglose Not geraten, wenn Menschen verzweifeln und am Ende angekommen sind. Das Mädchen ist tot, das konnte dieser Mann nicht mehr ändern. Aber er konnte dafür sorgen, sich selbst zu ändern, er konnte verhindern, dass er noch einmal so etwas tat, er konnte versuchen, es wiedergutzumachen!«

»Reden Sie jetzt allgemein oder reden Sie über Bonaventura?« Mauser schaut ihn listig an.

»Sowohl als auch. Wir sind Christen, nicht weil wir besser oder heiliger wären, sondern weil wir eine Lösung für unsere Schuld haben.«

»Sie geben also zu, dass da *zwei* Mädchen im Spiel waren?«

»Ich gebe gar nichts zu, und alles, was ich gesagt habe, werde ich vor Gericht bestreiten.«

»Du liedriger Lump, du«, fährt ihn Mauser an, »du eitler Geck und Paragrafenreiter! Ist das alles, um was es dir geht? Dein kleines Pfaffenärschle zu retten? Ich komm nicht von der Polizei, ich komm wegen Mutz und dem Leisle! Ich will jetzt wissen, was war!«

»Diese Unterhaltung führt zu nichts«, sagt der Bruder und wendet sich ab. »Sie werden mir zu aggressiv, und Sie bemühen sich nicht zu verstehen, was ich Ihnen sagen will.«

»Das ist richtig«, sagt Mauser plötzlich seelenruhig. »Ich bin nur gekommen, weil ich was wissen will. Ich will keine Rechtfertigungen und Entschuldigungen hören, und wie der Kerl mit seiner Schuld fertiggeworden ist, interessiert mich einen feuchten Kehricht. Das braucht mich auch nicht zu interessieren. Wo kämen wir hin, wenn die Opfer und die Betroffenen sich auch Gedanken über das Seelenheil der Täter machen müssten. Darum kümmern sich dann solche wie du, solche Heuchler und Fuchsgesichter. Halt, nicht weggehen!«

Er hält den Mönch am Ärmel fest und will ihn zu sich herumdrehen. Der Bruder widersetzt sich und versucht, Mauser abzuschütteln.

»Jetzt reicht's aber!«, zischt er. Ganz scharf und angeekelt. Wovor ekelt der sich? Vor blinder Wut? Vor Jammer? Vor einfachen Leuten? Vor sich selber, dass er kein Herz für die Opfer hat?

»Du bleibst jetzt hier«, sagt Mauser und greift nach der Pistole im Gürtel. Als er sie zieht und dem Bruder Salvatore gegen den Bauch hält, den leichten Wohlstandsbauch unter der Kutte, spürt, wie sich der Pistolenlauf in das weiche Fleisch bohrt, das zarte, zehrende, gegen das sie bitten, weiß Mauser, dass keiner es sehen kann.

Greving jagt über die Landstraße. In den Ortschaften nimmt er kaum das Gas zurück. Inzwischen hat er die Buchhandlung erreicht und Bruder Salvatore ans Telefon gebeten. Kriminalpolizei, es ist wichtig! Der Bruder verbindet ihn mit der Pforte, die ist zuerst unbesetzt, dann geht einer ran. Bruder Salvatore sei, soviel er wisse, im Verlagsgebäude. Jemand solle ihn holen. Ja warum denn? Ob er nicht herkommen könne. Ich bin schon auf dem Weg, wettert Greving, aber es ist dringend! Holen Sie ihn her! Am liebsten würde er sagen, dass es um Leben und Tod geht, aber das würde vielleicht eine Panik auslösen und der Sache nicht dienlich sein. Er bleibt dran, es dauert fünf Minuten. Greving weiß nicht, wie weit das Verlagsgebäude von der Pforte entfernt ist, aber dass der Mönch nicht mal eben einen Stock höher muss, ist ihm schon klar. Schwer atmend ist der wieder am Hörer. Der Bruder Salvatore sei nicht am Platz. Er sei kurzfristig weggegangen. Wohin? Das wisse niemand. Wann hat man ihn zum letzten Mal gesehen?

Er sei mit einem Besucher über den Hof gegangen, heißt es.

Besucher. Das kann nur Mauser sein.

Aber andererseits, was überrascht dich das?, fragt sich Greving und hält die Leitung offen. Dein Verdacht hat sich bestätigt. Das besagt immer noch nichts darüber, wozu Mauser fähig ist.

»Soll ich ihn suchen lassen?«, fragt der Pförtner am Telefon.

»Ja, lassen Sie ihn suchen. Er soll mich dringend zurückrufen.« Das mit dem Rückruf ist natürlich eine Ausflucht, denn wenn sie ihn jetzt finden, hat er schon mit Mauser gesprochen. Und überlebt.

Wie lange werde ich noch brauchen? Er schaut auf die Uhr. Er ist jetzt kurz vor Sigmaringen. Samstagmorgenverkehr. Wenn zu viel Stau ist, muss er das Blaulicht gebrauchen. Das tut er ungern, weil es ihn selber hektisch macht. Hektisch ist er schon genug. Durch die Raserei verliert er die Sorgfalt beim Fahren.

Zwanzig Kilometer. Nicht weit, aber es geht durchs Donautal. Die Straße windet sich eng am Fels, es geht durch zwei kurze Tunnels, die Fahrbahn ist schmal, da kommt er nicht gut vorwärts. Vielleicht wäre es schlauer gewesen, oben herum über Inzigkofen zu fahren und dann über die Dörfer hinunter nach Hausen, da käme er direkt bei Beuron heraus. Wäre, hätte, würde, hinterher ist man immer schlauer.

Im Tal versucht er, seine Geschwindigkeit beizubehalten, aber das ist unmöglich. Bei der ersten Kurve quietschen die Reifen, und Greving gerät auf die Gegenfahrbahn. Der Passat, den er heute fahren muss, liegt auch nicht so gut in den Kurven wie sein BMW, er drosselt auf siebzig, was für diese Slalomstrecke immer noch genug ist. Fünfzig sind erlaubt.

Erst jetzt kommt ihm der Gedanke an seinen Gott. Herr im Himmel, denkt er, ja, jetzt kannst bloß du noch helfen! Mach, dass der Mauser nicht durchdreht! Mach, dass er die Pistole nicht benutzt! Bewahre den Mönch, ach Herrgott noch mal, auch wenn du Kyrieleis nicht bewahrt hast und ich nicht mehr weiß, was ich glauben soll – egal, tu's einfach!

Da liegt ein Felsbrocken auf der Fahrbahn, Greving weicht aus, kommt ins Schlingern, ein Wagen taucht auf und bremst lärmend, Greving kurbelt und lenkt und hat das Gefühl, da ist ein anderer am Steuer, er rührt es gar nicht an, das Lenkrad dreht sich von selbst, der Wagen schleudert, rammt einen Seitenpfosten am Rand der Gegenfahrbahn, schert knapp an dem anhaltenden Gegenverkehr vorbei, dreht sich noch einmal und bleibt dann mit einem Schaukeln der Karosserie stehen.

Der Motor ist aus.

Bremsspuren auf dem Asphalt.

Greving legt die Hände wieder aufs Steuer.

»Und was wollen Sie jetzt tun?«, sagt Bruder Salvatore ruhig. »Mich erschießen? Hier?«

Mauser hat sich das alles ganz anders vorgestellt. In einem Büro, allein mit dem Kerl. Die Drohung mit der Pistole. Das Einlenken, Aufgabe, die Wahrheit. Wer eine Waffe zieht, denkt Mauser, muss auch bereit sein, sie abzufeuern. Sonst sollte man das Ding gleich steckenlassen.

»Los, kommen Sie mit!«

Vielleicht kann er den Mönch ohne Aufsehen zum Parkplatz dirigieren und ihn dort ins Auto setzen. Dann fahren sie irgendwo auf die Hochfläche zu einem abgelegenen Fleckchen, und dann kann er ihn noch mal in Ruhe bearbeiten.

»Nein, das tue ich nicht«, sagt der Mönch. Der hat leider überhaupt keine Angst. Vielleicht tut er auch nur so.

»Ich muss dich nicht gleich erschießen«, sagt Mauser und kommt sich lächerlich vor in seiner Gangsterrolle. So schnell kann's gehen, denkt er. Da zieht man so ein Stahlgerät aus dem Gürtel, und schon steht man abseits der Gesellschaft. Wie soll ich das wieder hinbiegen? Jetzt darf's auf jeden Fall nicht umsonst gewesen sein.

»Ich kann dir auch erst mal ins Knie schießen. Eine zertrümmerte Kniescheibe, dann kannst du dein Lebtag nicht mehr laufen.«

Wie bei der Mafia oder der IRA. Fürchterlich. Aber was ist der Kerl auch so stur.

»Das tun Sie nicht.« Der Mönch schaut ihm in die Augen. Die blauen Augen sind nun nicht mehr stechend, sondern klar und ruhig. Mauser begreift, dass der Bruder nicht aus Bosheit schweigen will. Für ihn ist es wirklich eine Frage der Ethik. Dinge wie das Beichtgeheimnis sind Werte, Ordnungen; wenn man sie aufgibt, stürzt das ganze Gebäude ein.

»Ich tät es nicht drauf ankommen lassen«, sagt Mauser ebenso ruhig. Er würde es nicht gern tun, aber er müsste es tun. Er kann den Gedanken nicht ertragen, dass die Wahrheit so greifbar vor ihm steht und sich doch verschließt.

»Herrgott, was bist du auch so stur! Das erfährt doch niemand, das bleibt doch unter uns. Ich will doch nur Gewissheit haben, verstehst denn nicht?«

Der Bruder nickt. Sein Nasenflügel zuckt. »Doch, das verstehe ich sehr gut. Aber Sie verstehen nicht. Sie wollen bloß einen Namen, einen Schuldigen, einen Richterspruch, und nicht einmal einen der weltlichen Gerichte. Bruder Bonaventura ist tot, er steht längst vor seinem Richter. Was er mir anvertraut hat, ist nicht bloß ein Geheimnis zwischen zwei Mönchen, nicht bloß ein vertraulicher Gesprächsinhalt. Was er und ich miteinander teilen, ist ein Kommen vor Gott, ein geistlicher Akt, ein Prozess der Läuterung und der Vergebung. Das geht niemanden etwas an.«

»Das weiß ich doch alles«, sagt Mauser und drückt den Lauf tiefer ins Fleisch. »Mir ist es wurscht, wie ihr das mit eurem Gott verhackstückt, und meinetwegen soll er Vergebung haben, das ist nicht mein Bier. Aber wie es war, warum die Mutz hat so leiden müssen, dass das nicht der wandelnde Nachtgrabb war, der Spuk, der uns heimsucht, sondern dass das Böse ein Gesicht hat – das will ich von dir hören! Verstehst du das?«

»Ja, Sie haben Recht: Das Böse hat immer ein Gesicht. Es hat immer Ort und Stunde, immer eine Herkunft und Umstände. Deshalb ist es ja so wichtig, dass wir uns auch um die Täter kümmern. Nicht nur, um zu verhindern, dass es wieder geschieht. Sondern um die Täter zu schützen!«

»Die Täter schützen? Nachdem niemand die Opfer beschützt hat, nicht einmal euer Gott?«

»Es ist auch Ihr Gott. Aber: Ja, die Täter schützen. Die Hinterbliebenen brauchen gewiss Trost und Hilfe; sie müssen zurück ins Leben geführt werden.«

Jetzt schwatzt der Kerl wie ein Pfaffe, denkt Mauser. Hör ihm gar nicht zu, der will dich bloß einlullen.

»Aber auch die Täter müssen zurück ins Leben geführt werden. Sie müssen geschützt werden …«

»Wovor?«

»Vor dem, womit sie sich eingelassen haben. Vor dem Gift, das in ihr Leben gedrungen ist und das sich ausbreiten will, das alles Leben zerstören will. Wir dürfen die Täter nicht einfach aufgeben und sie wegsperren. Sie werden aufgefressen von ihrer Tat, von dem Dunkel, das sie hereingelassen haben, von dem Tod, dem sie sich ausgeliefert haben. Das Böse ist eine Macht. Wir müssen alle davor schützen, mögliche Opfer und mögliche Täter, denn jeder von uns kann zum Täter werden und Hilfe brauchen.«

»Nein, das stimmt eben nicht! Nicht jeder wird zum Täter. Nicht jeder vergreift sich an Kindern, nicht jeder vergewaltigt und mordet. Es gibt eine klare Grenze, die muss keiner überschreiten!«

»Und wo verläuft diese Grenze? Sind Sie mit Ihrer Pistole in der Hand noch diesseits oder schon jenseits der Grenze? Öffnen Sie nicht das Tor für lebensfeindliche Kräfte in sich, und denken Sie, Sie haben das alles im Griff?«

Da ist es wieder, dieses Mausersche Grau-in-Grau. Diese unsichtbare Grenze, die es aber doch geben muss. Diese Scheidung von Recht und Unrecht, diese Notwendigkeit des Urteils, diese Unaufgebbarkeit des Schwarz-Weiß. Man kann doch nicht immer klein beigeben. Man kann doch nicht immer das große Ganze sehen müssen und daran verzweifeln. Wie soll einer so leben?

Der Mönch sieht es Mauser am Gesicht an.

»Ich muss es aber wissen«, sagt Mauser ratlos.

»Ich glaube Ihnen, dass Sie nicht vergeben können. Nicht ohne Weiteres. Und ich meine auch nicht, dass Unrecht nicht geahndet werden soll. Dafür hat Gott eine Ordnung eingesetzt, in der die Menschen leben sollen. Und es muss auch Urteile geben, weltliche Richtersprüche, denn das Böse ist nichts Geheimnisvolles, Rätselhaftes. Das Böse ist, wenn es enthüllt wird, etwas sehr Einfaches. Aber das Urteil über den Täter dürfen wir nicht fällen wie über einen Unmenschen. Sonst sind wir genauso wie diejenigen, die ihre Unmenschen in Lagern gesammelt und vergast haben. Wir fällen unser Urteil über einen Menschen, der vom Weg abgekommen ist, der sich Tod und Zerstörung zugewandt hat, ob er es nun weiß oder nicht. Es mag Menschen geben, die sich in voller Absicht und in voller Erkenntnis dem Bösen überlassen, auch wenn mir noch keiner begegnet ist. Und es gibt in uns etwas, das das Böse liebt, zweifellos. Aber das ist nicht unser Verdammungsurteil, sondern unsere Not. Das ist die Not, für die Gott seinen Sohn geopfert hat. Und Not braucht nicht nur Richter und Henker, um sie einzudämmen, sondern braucht Menschen, die aufhelfen und zurechtbringen.«

»Fang jetzt nicht an zu predigen«, knurrt Mauser. »Ich weiß schon, worauf du hinauswillst. Aber ich bin genauso stur wie du: Ich kann nicht weiterleben, wenn ich nicht weiß, was war. Und sag jetzt nicht, dass das *meine* Not wär.«

Einen kurzen Augenblick hat Mauser Lust abzudrücken. Einfach so. Den Knall zu hören, der die Wirklichkeit in Stücke sprengt, das riesige Knäuel, die heillose Verstrickung, in der alles feststeckt. Den Gordischen Knoten einfach zerhauen. Etwas Klares, Einfaches zutage fördern. Eine Tat, eine Schuld, einen Toten. Für einen Moment gefällt ihm dieser Gedanke. In so einer klaren, einfachen Welt könnte er leben, denkt er. Selbst im Gefängnis, selbst als Mörder. Dann wäre ein für alle Mal die Grenze gezogen, die Schatten gebannt, Schwarz und Weiß geschieden. Er hätte diese Grenze in die Wirklichkeit geholt, und vielleicht ist dieser Gedanke der wahre Grund, weshalb die Menschen sich auf das Böse einlassen: weil es eine vollendete Wirklichkeit schafft. Weil damit die Zweifel, das Hin und Her, die Ungewissheit der Welt, weil damit die Verschwommenheit Gottes endlich aufhört. Selbst Vergebung zu erfahren und anzunehmen ist dann möglich, vielleicht erst dann. Ja, das versteht Mauser plötzlich. So gut wie noch nie in seinem Leben. Und er bildet sich nicht ein, dass die Wirklichkeit des Bösen am Ende Recht behält. Nein, das Böse hat sein Ende vor sich. Aber man wüsste endlich, wohin man gehört. Man könnte sich endlich retten lassen.

Was ist passiert?

Von dem Auto, das bremsen musste, kommt eine Frau gelaufen. Sie beugt sich her und versucht, die Tür aufzumachen.

»Alles in Ordnung mit Ihnen? Geht's Ihnen gut?«

»Alles in Ordnung«, sagt Greving erleichtert und lächelt. Er reibt sich den Nacken, da tut etwas weh, aber sonst ist alles noch dran. Der Passat steht quer im Weg, er lässt den Motor an und rangiert, bis der Wagen wieder in Fahrtrichtung steht. Andere Autofahrer sind ausgestiegen. Ich muss ein paar Worte sagen, merkt Greving.

Er lässt das Seitenfenster herunter und hält der Frau seinen Ausweis hin.

»Ich bin Kriminalpolizist«, sagt er, »in einem dringenden Einsatz. Ich muss weiter. Vielen Dank, dass Sie angehalten haben und helfen wollten. Wenn Sie wollen, rufen Sie die Kollegen von der Verkehrspolizei an und notieren sich meine Nummer. Außer dem umgefahrenen Pfosten ist ja nichts passiert. Aber ich muss weiter.«

»Ja so«, sagt die Frau verwundert und tritt einen Schritt zurück. Greving nimmt das als Freigabe und fährt los, zuerst im Schritttempo an der Schlange gestoppter Wagen vorbei, dann langsam beschleunigend. Als er ein Stück gefahren ist und merkt, dass alles normal ist, die Lenkung, der Motor, seine Hände, seine Augen, atmet er auf.

Das war nötig, sagt er sich. Danke. Ich hab mal wieder nicht nachgedacht.

Er passt die Geschwindigkeit den Straßenverhältnissen an und merkt, dass er viel gelassener ist. Es ist noch immer eine Notfallsituation, aber innerlich hat er eine Ruhe gefunden, die ihn wieder handlungsfähig macht. Er bringt die letzten Kilometer hinter sich und parkt den Wagen auf dem Parkplatz vor dem Kloster.

Wo ist die Pforte?, denkt er beim Aussteigen und will sich kurz orientieren.

Da entdeckt er auf dem Weg, der an der Klostermauer entlangführt, unter den kahlen Bäumen, eine Gestalt. So, wie sie dasteht, in sich versunken, müde, gefasst wie ein Stein in einen Ring, kann es nur Mauser sein. Im Laufschritt geht Greving hinüber, da bewegt sich die Gestalt und entfernt sich in Richtung der kleinen Buchhandlung, die vor den Toren des Klostergartens liegt. Bevor er ihn eingeholt hat, verschwindet der Mann in der Tür.

Keuchend kommt Greving dort an, öffnet und tritt ein. Geruch nach Teppichboden und Holz, Beleuchtung von Strahlern, ein klares, zuverlässiges Licht. Er schaut sich um. Zwischen Regalen und Vitrinen, im übersichtlichen Gefüge des Raums, entdeckt er Mauser an einem Glaskasten stehend.

Er geht hinüber und tritt an den alten Lehrer heran.

Der schaut nicht auf, als hätte er den Kommissar erwartet.

»Schau mal, da«, sagt er und deutet auf ein kleines Silberkettchen, das im weißen Samt liegt. Feingearbeitete, zierliche Glieder, die Länge für einen Kinderhals. Daran hängt ein Medaillon, ein geriffelter Rand, der im Strahlerlicht blitzt, und ein nachdenkliches Engelchen, das herunterblickt auf seinen Schutzbefohlenen.

»Wir wissen beide, was auf der Rückseite steht«, sagt Mauser und lächelt.

Greving nickt.

»So eins kauf ich mir. Das ist so eins, wie das Leisle getragen hat.«

»Zur Erinnerung?«, fragt Greving.

»Nein. Das leg ich ihr dann aufs Grab, in die Erde, weißt. Das braucht's jetzt irgendwie.«

»Und Mutz?«

Mauser zuckt die Schultern. »Die hat ihr historisches Grab«, sagt er. »Ganz offiziell, verstehst. Und ich weiß ja jetzt, wie's dazu gekommen ist.«

Greving kennt Menschen, die eine Tat begangen haben. Ja, manche sind ganz ruhig und lassen sich abführen, weil sie froh sind, dass es ein Ende hat. Mauser ist nicht der Typ. Mauser hat den Mönch nicht erschossen.

»Hat er dir alles erzählt?«, fragt Greving und begleitet Mauser zur Kasse. Der Bruder dort holt unter dem Tresen ein Schächtelchen hervor und kassiert ab. »Die Kleine wird sich freuen«, sagt der Mönch freundlich.

»Ja«, antwortet Mauser, »das wird sie.«

Als sie draußen sind, wiederholt Greving seine Frage.

Mauser nickt. »Ich weiß jetzt, wie's war. Das ändert nix mehr. Der Bonaventura ist tot, der kann niemand mehr was tun. Versuch gar nicht erst, den Salvatore festzunageln. Der wird alles bestreiten, was er mir gesagt hat. Aber das ist jetzt auch egal.«

»Hast du ihm gedroht?«

»Ja, aber deswegen hat er's nicht gesagt. Sondern weil er gesehen hat, wie wichtig mir das ist.«

»Und du willst nicht, dass das Ganze öffentlich wird? Ein Pfarrer, der seine Schutzbefohlenen missbraucht hat? Der ins Kloster versetzt wurde, statt angezeigt zu werden?«

»Weißt, dass Mutz da mit im Wald war: Ob das nun Schicksal ist oder Gottes Fügung oder bloß eine Kette aus blöden Zufällen, das ist mir jetzt wurscht. Und dass er Mutz wahrscheinlich angerührt hat, auch. Viel hat er gar nicht gewusst, der Salvatore. Mich treibt ganz was andres um, Stefan.«

Er schaut Greving ins Gesicht. Mauser hat wässrige Augen, aber das kommt vom Wind.

»Weißt«, sagt er lächelnd, »ich kann einfach nicht glauben, dass Gott es wirklich gut meint mit uns. Ich kann es nicht. Aber das ist mein Problem, nicht seins.«

Greving nickt. Langsam lässt die Adrenalinwirkung nach, er hört sein Herz schlagen und spürt, dass er schwitzt. Erst jetzt wird ihm bewusst, dass noch einmal alles gutgegangen ist. Vielleicht sollte er sich vergewissern, dass dem Mönch nichts geschehen ist.

»Wo ist Bruder Salvatore?«, fragt er.

»In seiner Redaktion.« Mauser nickt. »Ach so, deswegen bist du hier. Keine Sorge, dem geht's gut.«

»Ich hab das Loch im Garten gesehen …«

»Komm, lass uns eine rauchen. Da drunten am

Fluss«, sagt Mauser und deutet über den Parkplatz hinüber zur alten Holzbrücke, die über die Donau führt. »Da bin ich im Sommer gesessen und hab Papierschiffchen gebastelt und sie schwimmen lassen. Hab mir vorgestellt, wie sie im Schwarzen Meer ankommen. Lass uns da eine rauchen.«

Greving bleibt stehen und streckt die Hand aus. »Hast du nicht was vergessen?«

»Ach so, die.«

»Und sag jetzt nicht, du hättest sie weggeworfen.«

Mauser lacht. »Nein, hier.«

Er legt Greving das Ding in die Hand. »Diesmal kannst du sie behalten. Bringt nur Ärger, das Ding. Auch wenn einer meint, dass er sich nicht anders wehren kann.«

Sie überqueren den Parkplatz und gehen den Weg entlang, der zur Brücke führt.

»Im Sommer wachsen da weiße Lichtnelken«, sagt Mauser und holt sein Etui mit den Zigarren heraus.

»Den wirst du schon noch erleben«, meint Greving.

»Ich hoff's. Vorhin, nach dem Gespräch mit dem Salvatore, ist mir ganz schwummrig geworden. Die ganze linke Seite hat mir wehgetan, und der Schweiß ist mir ausgebrochen. Ich glaub, ich sollt mal kürzertreten.«

»Zum Arzt solltest du, Hermann.«

»Ach, in meinem Alter, weißt. Und wenn's zu Ende geht, weiß ich ja, wo ich hingehör.«

»Auf einmal?« Greving hebt die Brauen.

Sie erreichen das Ufer, ein trostloses Stück Erde, das am Strom aufhört. Die Donau ist hier knapp fünf Meter breit und seicht, voller Kiesel. Das Rauschen und die Kälte nimmt sie auf wie ein Kirchenraum.

»Und du? Was machst du jetzt?« Mauser sucht sich einen großen Stein und setzt sich darauf, Greving bleibt stehen und nimmt das Tabakstäbchen in Empfang.

»Ich weiß nicht.« Er seufzt und lässt sich von Mauser Feuer geben. Er pafft, die duftenden Wölkchen schwinden im Atem des Flusses.

»Vielleicht such ich mir eine neue Gemeinde.«

»Gefällt's dir nicht mehr, wo du bist?«

»Ich glaube nicht, dass ich da eine Antwort auf meine Fragen bekomme.«

»Und dein Job?«

»Mein Job?« Greving holt aus seiner Jackentasche ein Stück Papier, den Durchschlag einer Quittung, dünnes Zeug, aber es geht. Er faltet es auf Hälfte, dann noch einmal, schlägt die Ecken ein, so dass es ein Dreieck ergibt, schlägt die unteren Ränder um und öffnet das Ganze, schließt es verkehrt wieder und zieht es auseinander, bis er das Schiffchen fertig in den Händen hält. Er kniet nieder und setzt es aufs Wasser. Scheinbar ohne Berührung schaukelt es auf der Oberfläche, wird in den Strom gesogen und trudelt rasch flussabwärts, unter der Brücke hindurch, nur noch ein weißer Fleck, bis es hinter einer Biegung verschwindet.

»Wenn das Ding im Schwarzen Meer herauskommt«, sagt er zu Mauser, lacht und schlägt ihm auf die Schulter, »dann ändere ich mein Leben. Dann werd ich Mönch oder geh in die Mission oder wandere aus. Wenn nicht, dann nicht.«

»Aha, verstehe: ein Gottesurteil. Und bis dahin?« Mauser schüttelt lachend den Kopf und pafft vergnügt vor sich hin.

»Bis dahin? Immer der Nase nach, alter Betbruder. Immer der Nase nach.«

»Gott schütze dich, alter Freund und Kupferstecher!«

Gemeinsam hocken sie da und paffen, schauen dem Wasser zu, wie es sich auf seine tausend Meilen weite Reise macht, unerschrocken, gelassen, zuversichtlich.

Editorisches Nachwort

Die in diesem Roman erzählte Geschichte ist frei erfunden. Wie aber viele Geschichten nimmt sie Bezug auf tatsächliche Gegebenheiten und historische Fakten. Wo sie von diesen abweicht, tut sie dies bewusst und aus erzählerischen Gründen.

Den beschriebenen Mord hat es in Kettenacker nie gegeben und auch keinen Pfarrer als Täter. Auch die Altherrenriege der Sportgemeinschaft und die Vorgänge, an denen sie beteiligt war, sind fiktiv. Als Vorbild für Dr. Fritz Hochstetter dienten mir die vielen Ärzte aus der NS-Zeit, die die »Aktion T4« befürwortet, engagiert ausgeführt und dadurch erst ermöglicht haben. Die Spätdatierung der »Aktion T4« auf 1944 statt 1940 habe ich aus dem Vorgängerroman »Grafeneck« aus Gründen der Kontinuität übernommen.

Eine Ähnlichkeit mit tatsächlichen Personen wäre rein zufällig.

Rainer Gross

Rainer Gross wurde 1962 in Reutlingen, Baden-Württemberg, geboren. Er studierte Philosophie und Literaturwissenschaft in Tübingen, danach folgte ein Studium an einem theologischen Seminar. Er ist verheiratet und lebt seit 2002 als freier Schriftsteller in Ahrensburg. Für sein Debüt »Grafeneck« wurde er mit dem »Friedrich-Glauser-Preis« ausgezeichnet.

Mehr von Rainer Gross:

Grafeneck. Roman

GOLDMANN
Lesen erleben

Jürgen Heimbach

Unter Trümmern

2. Auflage
528 | PB | Euro 13,95
ISBN: 978-3-86532-341-5
Auch als eBook erhältlich.

www.pendragon.de

Deutschland 1946: Die Zeiten sind hart. Hunger, Kälte und die Sorge um vermisste Angehörige dominieren das Leben.
Paul Koch kehrt in das zerstörte Deutschland zurück. 1934 ging er nach Frankreich, später nach Spanien, um gegen Franco zu kämpfen. Jetzt braucht die Polizei dringend jeden politisch Unbelasteten. Doch Kollegen und Vorgesetzte begegnen dem Kriminalkommissar mit Misstrauen. Und auch Koch ist auf der Hut. Bei einem Überfall auf ein Warendepot wird ein Wachmann getötet. Paul Koch übernimmt den Fall, der ihn schon bald zu dem einflussreichen und aalglatten Bauunternehmer Helmut Brunner führt. Plötzlich stirbt der einzige Zeuge und Kochs Ehrgeiz ist geweckt.
Eher zufällig führen ihn seine Ermittlungen zu Dorle. Deren Mann wird vermisst und ihr Sohn ist schwer verwundet aus dem Krieg zurückgekehrt. Doch Medikamente gibt es nur auf dem Schwarzmarkt. Dorle will alles tun, um ihrem Sohn zu helfen. Wirklich alles?

Eindrucksvoll entwirft Jürgen Heimbach das Bild einer Zeit, in der jeder Schuld auf sich lädt.